# 诗性与人性

## ——沈从文小说特性研究

赖芸芳　著

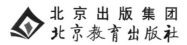

北京出版集团
北京教育出版社

**图书在版编目（CIP）数据**

诗性与人性：沈从文小说特性研究 / 赖芸芳著 . --
北京：北京教育出版社，2022.11
　ISBN 978-7-5704-4945-3

　Ⅰ . ①诗… Ⅱ . ①赖… Ⅲ . ①沈从文（1902-1988）
—小说研究 Ⅳ . ① I207.42

　中国版本图书馆 CIP 数据核字 (2022) 第 211865 号

诗性与人性：沈从文小说特性研究

赖芸芳　著

＊

北京出版集团
北京教育出版社　出版
（北京北三环中路 6 号）
邮政编码：100120
网址：www.bph.com.cn
京版北教文化传媒股份有限公司总发行
全国各地书店经销
旭辉印务（天津）有限公司印刷

＊

710mm×1000mm　16 开本　12.5 印张　218 千字
2022 年 11 月第 1 版　2022 年 11 月第 1 次印刷
ISBN　978-7-5704-4945-3
定价：50.00 元

**版权所有　翻印必究**

质量监督电话：(010)58572498　58572393
购书电话：18133833353

# 前　言

　　沈从文是中国现代文学代表性作家之一，其不以时代为标榜，不以商业为目的，创作出了一系列乡土小说和都市小说。沈从文在小说中融入了自身独特的生命体验，并且在小说中构建了极具特色和诗意的湘西——世外桃源般的理想国，围绕这一理想国构筑起一个独具艺术特色和审美价值的人性小庙，对现实都市文明和边远小城的人性进行了批判性的洞察与审视。

　　自 20 世纪 20—30 年代以来，沈从文的小说在社会上引发了巨大反响。纵观沈从文的小说，创作数量多，时间跨度大，而沈从文研究也经历了漫长的过程。自 20 世纪 80 年代以来，沈从文小说研究逐渐进入白热化时期，并最终迎来了稳定发展期。近年来，关于沈从文小说研究的学术性著作层出不穷，研究视角更为开阔，不断朝着系统性和深入化的方向发展。

　　沈从文作为现代文学史上当之无愧的文学大师和多产作家，其创作几乎横跨了整个现代文学史。沈从文的文学作品体裁丰富，包括小说、散文、戏剧、诗歌、杂文、书信等多种体裁。其中，小说创作在沈从文的文学创作中占有举足轻重的地位，是研究沈从文作品特性不可忽略的版块。本书以沈从文的小说为素材，对其小说中体现出来的诗性和人性进行了深入、系统性研究。

　　本书第一章从沈从文生平概述、沈从文小说中的浪漫因子、沈从文小说中浪漫的人性拯救三个方面，对沈从文小说中的浪漫特质进行了详细分析。浪漫特质是沈从文小说的主要特质，也是沈从文小说的诗性特质的重要表现，为下文分析沈从文小说中的诗性与人性奠定了重要基础。

　　本书第二章从诗化小说的特征及生成、中国诗化小说的源流、中国诗化小说的主题与形式三个角度对中国小说的诗化叙述进行了详细分析与阐释，为下文分析沈从文小说中的诗性奠定了重要基础。

本书第三、四、五章着重对沈从文小说中的诗性进行了系统性研究。第三章从独具特色的童年经验、矛盾而和谐的生命价值观、光怪陆离的都市生活体验三个方面，重点对沈从文小说诗性的根源进行了研究；第四章从沈从文小说的时空叙事审美、沈从文小说中诗化的神性、沈从文小说的诗性拯救与重构三个方面，重点对沈从文小说中的诗性主题进行了研究；第五章从沈从文小说语言和意境中的诗性表达、《边城》中的诗性表达两个方面，以总分结构对沈从文小说中的诗性表达进行了重点分析。

本书第六、七章则重点对沈从文小说中的人性进行了全方位研究。第六章从人性根源、人性内涵、人性剖析三个方面对沈从文小说中的人性主题进行了研究；第七章从人性光辉、女性言说、男性言说三个方面对沈从文小说中的人性表达进行了详细阐释。

本书立足宏观与微观两个角度，在对沈从文小说进行宏观研究的同时，对沈从文的代表性小说进行了微观分析，较为深入地分析了沈从文小说的特性，所作研究具有一定的借鉴意义，值得相关研究者参阅。

# 目　录

# 第一章　沈从文小说中的浪漫特质

## 第一节　沈从文生平概述

### 一、沈从文的成长经历

#### （一）少年经历

　　沈从文是在军人家庭中出生和长大的，他的曾祖父沈岐山本是贵州人氏，为了养家谋生，从贵州铜仁携家带眷迁居，安家在湖南凤凰城（今位于湖南省湘西土家族苗族自治州凤凰县）黄罗寨。沈岐山之子沈宏富就是沈从文的祖父，因家中贫困，沈宏富长大后在凤凰城一带以贩卖马草为生，生活艰难。1851 年，洪秀全等人在广西金田村发起了农民起义，建立了"太平天国"，起义军一路攻城略地，于 1853 年攻克了南京，改其名为"天京"，并宣布立此地为都。随后，清政府任命曾国藩为帮办团练大臣，派他对太平天国起义军进行镇压，于是，曾国藩在湖南各地掀起了招募乡勇创建湘军的大潮，沈宏富也因此应召入伍。沈宏富骁勇善战，很快就得到了赏识，被提拔成为青年将领，更于 22 岁时就获得了总兵衔，被任为云南昭通镇守使。

在沈宏富 26 岁那年——1863 年，他被擢升为贵州提督。随着沈宏富的发迹，沈家也从凤凰城外黄罗寨搬迁到了城中一处颇具南方气质、古色古香的四合院中。但好景不长，不久后沈宏富就因伤病于 31 岁时逝世了。

沈宏富虽然有战功、田产和房屋，但直至其去世都没有留下一儿半女，只有一个弟弟。沈宏富的妻子为了延续沈家香火，为其弟弟娶了一位苗族女子。这位苗族女子诞下了两个儿子，次子过继给了沈宏富，取名沈宗嗣，这便是沈从文的父亲。在沈家人的期待下，沈宗嗣走上了从武之路，沈家人期盼他继承沈宏富的将门之风。

受当时社会风气影响，苗民之子是没有参加文武科举的资格的。为此，沈家远嫁了生育了两个儿子的苗族女子，将沈宗嗣的苗裔身份隐瞒了起来。沈宗嗣自小便立志要成为一名将军，将家门的荣光传承和发扬下去。在当时，习武之风在凤凰城非常盛行，因为一方面，清廷施行改土归流政策后，凤凰城中众多行伍出身的子弟跻身上层阶级，极大地激励了当地人；另一方面，凤凰城作为卫戍之地，历来有军队在此驻扎，乡民们为了保护家人和自卫大多认真习武，所以凤凰城形成了浓厚的习武氛围。生长于这样的环境之中的沈宗嗣练就了一身高强的武艺，后来作为提督罗荣光的一名裨将参与了阻止八国联军攻占天津大沽口的战役，然而战败，提督罗荣光自尽殉职，沈宗嗣幸免于难，于乱军中逃生，回到了湘西老家。虽然成为将军的道路上困难重重，但沈宗嗣从不气馁，谨记家族使命，又相继参与了一系列战役。在对袁世凯的刺杀行动中，又一次失败的沈宗嗣再次开始了逃亡，在得到袁世凯的死讯后才回到了家中，之后就将重振家门荣光的希望放在了子女身上。黄素英是沈从文的母亲，出身于书香门第，是凤凰城书院山长的后代。黄素英思想进步，为人开明，对沈从文的成长有着很大的影响。

沈从文为沈家第四子，四岁时便接受启蒙，五岁时就进入了当地的私塾读书。沈从文非常聪慧，有着非常出众的记忆力，读书过目不忘。在当时的沈从文看来，乏味的私塾无法满足他对世界的好奇，于是他便经常逃学去感知外面的世界。由此，沈从文在读私塾的同时，也开始了阅览凤凰城这本"大书"的认知之旅。

沈从文逐渐发现了凤凰城中很多有趣的地方。每天上学时，沈从文都要光着脚丫提着竹篮走过长街，一路经过豆腐作坊、染布店、银楼、冥器店等店铺，很多工作场景都带着奇异的特点，令他非常感兴趣，百看不厌。沈从文不仅喜欢看长街两边林立的店铺，还喜欢看西城关押犯人的监狱。他看犯人戴着脚镣清早就从监狱出发，走到指定的衙门做苦役，还看到了被执行死刑的尸体。沈从文在私塾中读书上课时也不安生，听到蟋蟀的叫声就想逃学去田间山野捉蟋蟀，去城里老木匠家中借瓦盆斗蟋蟀。每次沈从文逃学被家里人发现后，都会受到惩罚，如罚跪、打板子等，但好奇心旺盛的沈从文乐此不疲。

在《从文自传》一书中，沈从文对自己逃学时的心理活动进行了以下描述："家中不了解我为什么不想上进，不好好地利用自己的聪明用功；我不了解家中为什么只要我读书，不让我玩。我自己总以为读书太容易了点，把认得的字记记那不算什么稀奇。最稀奇处，应当是另外那些人，在他那份习惯下所做的一切事情。为什么骡子推磨时得把眼睛遮上？为什么刀得烧红时在盐水里一淬方能坚硬？为什么雕佛像的会把木头雕成人形，所贴的金那么薄又用什么方法做成？为什么小铜匠会在一块铜板上钻那么一个圆眼，刻花时刻得整整齐齐？这些古怪事情实在太多了。"[①]

沈从文边逃学边成长，发现了很多凤凰城中有趣的事情，他站在孩子的角度观察着社会的百态人情，为后来形成浪漫气质奠定了稳定的基础。

### （二）青年经历

辛亥革命后，沈从文生活的凤凰小城发生了一系列变化。1914年，凤凰城创办了新式小学，在学校建成的第二年，沈从文来到了小学读书。无论是学生数量还是教学方法，旧私塾都无法与新学校相比，沈从文很快适应了新的环境，在课余时间，沈从文与同学一起游泳、爬树、赶集，在凤凰城各处接触热闹新鲜的事物。在沈从文就读高年级小学时，凤凰城创办了军事学校，而自小受当地尚武风气影响的沈从文也进入了军事学校，在技术班学习。直到沈从文小学毕业的那一年，也就是1917年，技术班解散，无忧无虑的沈从文突然遭遇沈家的重大变故。其父沈宗嗣早年参与天津的大沽口战役时，在战场上遗失了一些其祖父传下来的宝贝，后来因消息泄露，刺杀袁世凯失败，一路躲避逃亡，欠下大量外债。为还债，沈从文的母亲只能变卖家中田产，最终导致其家中破产，而沈从文时年14岁。当时，沈从文被母亲送去当兵，驻守在沅陵。

沅陵位于沅水中游地区，依山傍水，各类船只都必须经过这一处码头。驻守沅陵时，沈从文被编入支队司令的卫队中，训练之余，他常常到码头上观察过往的船只或河街上新奇的事物。在码头上，沈从文不仅可以观察商

① 沈从文.读人生这本大书[M].上海：东方出版中心，2017：24.

人、水手、船老大等，还可以听说各种有趣的传闻，这为沈从文后来从事文学创作提供了大量素材。几年后，沈从文所在的部队解散，他随即回到了凤凰城的家中，长大后的沈从文开始认识到家中生计艰难，托亲戚谋得了一个芷江警察所办事员兼任收税员的职位。

在工作之余，沈从文常走动于芷江城各处，不断增长见闻。在芷江度过了一段时间的安稳生活后，在感情方面受到挫折的沈从文深感无言面对母亲，最终离开了芷江，来到了湖南著名的水码头——常德。沈从文喜欢常德随处可见的码头和河街，每天都在河街上来回行走，看人间百态，观察气质与秉性不同的弄船人，辨认各类船只等。

沈从文在常德像个记录者一样对每一处生活图景细致地观察着，还与图景中的各色人等交流攀谈着，生活的窘迫并没有影响沈从文精神世界的日益丰富，鲜活的地理文化在不经意之间一遍遍地浸润着他的心灵。不久之后，沈从文搭乘一队货船从常德离开，一路上经历了白河、沅河中的暗礁险滩，将两岸迷人的风光尽收眼底。

湖南西北部的保靖县是沈从文这次旅途的下一站，保靖县有着独特的风光，依山傍水，秀美壮丽，他成了这里的书记员。在这里，沈从文经常与朋友一起下河上山，过着恣意潇洒的生活。沈从文在保靖县的美好生活随着部队向川东的转移告一段落，沈从文也随之驻扎到了龙潭。龙潭镇位于川东边境地区，不仅是川盐流入湖南的必经通道之一，还是重要的桐油集散地，是一个非常重要且繁荣的集镇。沈从文在这里仍旧对自然非常亲近，并遇到了很多新奇的人与事。后来，沈从文回到了保靖，受伤寒的侵染，大病一场，经历一场大病的沈从文对未来的发展重新作了考量，决定离开部队，前往北京读书。这一决定不仅改变了沈从文的个人命运走向，而且对中国文坛的格局产生了重大的影响。

沈从文在从军时，虽然辗转很多地方，但他对人世百态与自然山水始终有非常浓厚的兴趣。沈从文随部队驻扎的保靖、川东、沅陵与芷江都是环山绕水的地方，对自然山水的亲近和对水上世界的好奇无形中滋养了他浪漫的气质，尽管生活中充满了各种的磨难，但浪漫的气质深深地渗透进沈从文身体的每一处皮肤、细胞之中，而且即便远离了故乡，在故乡生活的一切经历仍鲜活地刻印在沈从文的脑海中。数年以后，沈从文在其浪漫情怀的影响下，用文字构筑出了一个充满诗意与浪漫情怀的湘西世界。

## （三）爱情经历

1922 年，沈从文告别父母，离开故乡，怀揣着浪漫的理想主义，前往北京。初到北京之时，沈从文原本想要进入一所大学读书，但只有通过考试才能在大学就读，而仅有高小教育经历的沈从文因无法通过考试，便放弃了读大学的打算。

沈从文每日不间断地去图书馆读书，因囊空如洗，在凛冽的冬季仍穿着单衣，仅靠着棉被取暖。纵使饱受饥饿与严寒的困扰，沈从文每日去图书馆读书的习惯从未改变过，他一边读书一边试着写作，在当时的文坛大家徐志摩、郁达夫等人的帮助和鼓励下，在与胡也频、丁玲等人的互相鼓励下，沈从文坚持在创作的道路上前行。1924 年，沈从文在《晨报》《晨报副刊》《语丝》以及《现代评论》上陆续发表了作品。1928 年，沈从文离开北京，转入上海，与丁玲和胡也频共同创办了出版社，筹办了《红黑》杂志。1929 年，沈从文任教于上海的吴淞中国公学。1930 年后，沈从文前往国立青岛大学（后为国立山东大学）执教。据统计，截止到抗战之前，沈从文出版作品共 20 多个，其中包括《八骏图》《石子船》《月下小景》《虎雏》等。在 1933 年 9 月 9 日这天，沈从文与相恋多年的张兆和结婚，同月 23 日，沈从文联合杨振声开始了《大公报·文艺副刊》的合编。1934 年，完成小说《边城》的创作。1938 年 11 月，沈从文在西南联大任职，担任中文系教授。1948 年起，沈从文将工作的重点转移到研究文物上，从 1949 年起对文物进行了长期的研究。中华人民共和国成立之后，沈从文在中国社会科学院历史研究所与中国历史博物馆工作，主要从事中国古代历史与文物的研究。1981 年，他研究编撰的专著《中国古代服饰研究》出版。1988 年，沈从文病逝于北京。

沈从文不仅在文学创作上展现了他的浪漫情怀，而且与其妻子张兆和也有着非常浪漫的爱情经历，他的浪漫特质从二人的初遇便体现了出来。他们的初遇发生在 1929 年，沈从文初次来到吴淞中国公学任教时。

我国学者凌宇研究和分析了《沈从文传》后指出，受胡适聘请，沈从文在吴淞中国公学担任教师。虽然沈从文在正式上课之前做足了准备，但在第一次登台时，仍因看到众多学生挤满了教室而感到震惊，紧张的沈从文在讲台上呆立了 10 分钟左右才终于平复心情，开始为学生讲课。由于过于紧张，原本设置为 1 个小时的课程，仅用了十几分钟就全部讲完了，课堂再次陷入沉默，倍感窘迫的沈从文无奈地在黑板上用粉笔写出了这样的一句话："我第一次上课，见你们人多，怕了。"而后来成为沈从文妻子的张兆和就在这些学生之中，目睹了他第一次讲课时的窘境。

张兆和有着贵族、名门的出身，是一名平和雅静的大家闺秀，有着独特的气质与非常传统的性格习惯。她对于沈从文的狼狈与窘迫非常同情，而在众多的学生之中，沈从文对张兆和也有着非常深刻的印象，张兆和沉静的性格与美貌对沈从文有着极深的吸引力，令其坐立不宁，寝食难安。沈从文并不满足于仅在上课的时间里与张兆和相见，他强烈地希望在下课时也能与张兆和交谈往来。而沈从文在来到了张兆和的宿舍后，却不知道该说什么，只木讷地呆立在屋子中间。

为了追求爱情，沈从文向笔端倾注浓郁的相思之情，将浓烈的爱恋写入了给张兆和的情书之中。而张兆和在初次收到沈从文的情书时非常紧张，为了不被他人知晓此事，她以不予理睬的态度冷待沈从文的情书。然而，沈从文并没有因为张兆和冷处理的态度就此止步，而是一封封不断地写，张兆和始终不为所动。长此以往，流言在学校中四处流传，于是张兆和带着收到的情书来到时任校长的胡适面前，向其表示自己年龄尚小，对于爱情暂不考虑，希望其出面制止沈从文。而胡适看过后，却有意为这两人做媒，见此，张兆和只能继续之前听之任之的态度，任由沈从文对其进行执着热烈的追求，而张兆和却开始有意地躲避沈从文。

但是，沈从文并没有因为张兆和沉默式的拒绝而放弃，他继续给张兆和写情书，坚持了四年之久。

1932 年，张兆和毕业回到苏州家中，沈从文这时已任职于国立青岛大学。回想四年来对爱情的执着追求，沈从文决定前往苏州，亲自看望张兆和，希望得到明确的答复。到了假期，沈从文特意选择了书籍作为礼物，前来苏州拜访张兆和家人。沈从文上门时，张兆和恰好不在家，于是张兆和的二姐张允和接待了沈从文，沈从文因此在张家等待。后来，沈从文以为一直拒绝他的张兆和是在故意躲避他，所以返回了下榻的旅馆。不久之后，在张允和的鼓励下，张兆和来到了沈从文暂居的旅馆邀请其到张家做客，由此沈从文才再次来到了张家。张家人对沈从文的到来十分看重，对沈张二人的感情也正视起来，尤其二姐张允和对这门姻缘表示十分赞同。

从苏州返回青岛后，沈从文给张允和写信，拜托她向张父代为征询其对于沈张二人关系的意见，在写给张兆和的信中用幽默的话表示了自己对这份婚姻的期待："如爸爸同意，就早点让我知道，让我这个乡下人喝杯甜酒吧。"① 张父十分开明，对此没有异议。1932 年底，在收到了张父准许张兆和与他交往的电报后，沈从文正式与张兆和往来通信。学期结束，沈从文便立即赶来苏州，与张兆和一同前往上海面询张父，二人的婚约就此确定。之后，张随着沈回到了青岛，工作于青岛大学的图书馆中。就此，沈从文的爱情长跑终于得到了圆满的结局。

从沈从文执着追求爱情的经历可以看出，他用非常浪漫温柔的方式对待爱情。他以纸笔为媒介，将满腔浓郁热烈的思恋深情化作情意绵长的文字，并向心爱之人倾诉满腔诚挚而热烈的爱意，最终解开了爱人的心结，打动了爱人的心，跨越了师生的身份，追求到了理想的爱情与圆满的婚姻。时至今日，沈从文对待爱情的种种做法与态度仍能令人感受到其中浓厚的浪漫气息。在爱情的滋润下，沈从文以爱人张兆和为原型，加以浪漫丰富的思想，塑造出了各种生动的人物形象与精彩浪漫的故事。

综上可知，沈从文的浪漫气质与情怀与其生平经历有着密切、直接的关联，无论是少年时期逃学所见的凤凰城趣闻，青年时期参军入伍、辗转各地的精彩经历，还是追求爱情时的执着用心，以及溢出纸笔的浓浓相思等，都对其浪漫气质与情怀的形成产生了非常重要的作用。

## 二、沈从文骨子里的浪漫特质

沈从文的家乡是坐落在湖南西部的凤凰城，与贵州省、重庆市相近。凤凰城虽是面积不大的小城，但却是中华民族的汉文化、传统农耕文化、苗文化与楚巫文化的交融之地，有着非常传统的人文传承与钟灵毓秀的自然风光。凤凰城是一座特别的古城，它隐于山坳之中，有着近乎圆形的轮廓，城墙主要由精致的石头堆砌而成，城内有奇梁洞、流水、石板街与石桥，城中风景秀美而奇特。凤凰城北是潺潺流过的河水，四周青山环绕，山水空明，风光秀丽，被誉为两个中国最美小城之一。正是在这样传统的人文环境与优美的自然地理环境的孕育滋养下，沈从文形成了浪漫的气质。

### （一）故乡自然地理环境对沈从文浪漫特质的影响

从地理位置上看，凤凰城处于苗汉两族的交界之地，但距离苗族人的集聚地更近一些，这里自清朝开始直到民国时期，常常有族群争斗发生。大约在雍正时期，清政府以"改土归流"的政策治理湘西，并派遣官兵在这里驻

① 凌宇 . 沈从文传 [M]. 北京：北京十月文艺出版社，2003：104.

扎，同时建立了城堡，设立了道尹衙门。到了 20 世纪初期，凤凰城就已经发展成有着千人规模的小城了。人们在城外建设了数千座碉堡，成了非常奇特的景观。在《凤凰》中，沈从文就对凤凰城外的风光进行了细致描述："试将那个用粗糙而坚实巨大石头砌成的圆城作为中心，向四方展开，围绕了这边疆僻地的孤城，约有五百左右的碉堡，二百左右的营汛。碉堡各用大石块堆成，位置在山顶头，随了山岭脉络蜿蜒各处走去；营汛各位置在驿路上，布置得极有秩序。这些东西在一百八十年前，是按照一种精密的计划，各保持相当的距离，在周围数百里内，平均分配下来，解决了退守一隅常作'暴动'的边苗'叛变'的。两世纪来清朝的暴政，以及因这暴政而引起的反抗，血染红了每一条官路同每一个碉堡。"

对于沈从文而言，凤凰城得天独厚的自然地理环境也对其有着极大的吸引力，幼年时期的沈从文不惜逃学在城中四处游走玩耍。在沈从文离开湘西前往北京之前，他也表现出了对自然地理环境的强烈热爱，不管在幼年时期，还是在参军时期，沈从文总是抽出时间探访每一处驻地附近的自然山水。一个世外桃源般极具浪漫气息的湘西自然地理生态世界从沈从文的笔下缓缓显现出来，摇曳生姿。湘西的地理位置也很有特点，扎根于西南地区著名的沅江流域，处于湘、黔、渝三地的交汇之处，在这里混居着汉族、土家族、侗族与苗族等多个民族的人。

沅江亘古长流，其中乱石密布，险滩迭起，恶浪翻滚咆哮。在江的两岸有夹江耸立的山脉，危峰蔽日，云雾晦暝，有狰狞的怪石，还有蒙烟的密林。在中华大地上，这种环境难得一见，而这秀美奇异的风景，对好奇心重的少年沈从文有着极大的吸引力。

在参军时，沈从文每停驻一地，就必定会去探访附近的古洞名山，在上山览胜与下河潜泳中领略湘西地区独特奇异的自然风光。不管是涛涛的江水，还是河对岸悬崖峭壁之上的石楼洞与狮子洞这种高山险洞，沈从文都会与其他的年轻士兵一起探察游览，聊理想谈人生，甚至很少有人愿意进去的寒潭洞，沈从文都会每天进去倾听流水之音，欣赏洞中美景，解热纳凉。前路迷茫不清时，沈从文总会与朋友们结伴，共同搭乘货船沿着白河、沅江缓缓前行，领略两岸秀美的自然风光。对自然的种种亲身体验使沈从文的心中产生了一种对湘西自然环境的特殊的感情，在这种感情与秀丽奇异充满生机的自然风光的催动下，沈从文逐渐形成了深厚的浪漫气质。

沈从文提笔，用文字构建出了文本中的湘西世界，以水为精华，以山为依靠，描绘着湘西世界独有的浪漫气质。如果仅有水，水就成了没有依靠的无源之水；如果只有山，山就没有了活力与生机。沈从文的笔下处处是山水的交织，飘逸着浪漫的气息。

例如，在《边城》中，沈从文对白河的描写："那条河水便是历史上知名的酉水，新名字叫作白河。白河下游到辰州与沅水汇流后，便略显浑浊，有出山泉水的意思。若溯流而上，则三丈五丈的深潭皆清澈见底。深潭为白日所映照，河底小小白石子，有花纹的玛瑙石子，全看得明明白白。水中游鱼来去，全如浮在空气里。两岸多高山，山中多可以造纸的细竹，常年作深翠颜色，逼人眼目。近水人家多在桃杏花里，春天时只需注意，凡有桃花处必有人家，凡有人家处必可沽酒。"①

又如，《湘行散记》中的《箱子岩》一文中，沈从文详细地描绘了箱子岩的美景，并强调："一列青黛崭削的石壁，夹江高矗，被夕阳烘炙成为一个五彩屏障。"②写出了日光变幻下，河流两岸山峰石壁的美景变化。

再如，《槐化镇》中："还有一个地方，就是田坪中那个方井泉。泉在田坪中，似乎把幽雅境致失去了。但泉的四围，十多株柳树，为前人种下来，把田坪四围的阔朗收缩了许多。且坐在泉边看女人洗菜，白菜萝卜根叶浮满了泉尾的溪面上，泉水又清到那样，许多女人都把来当镜子照到理发，也有趣。水流出井外时，则成了一条狭长小溪。泉水的来源，是由地底沙土中涌出的，在日光下，空气为水裹成小珍珠样，由水底上翻，有趣到使人不忍离开它。"③

沈从文的笔下不只有山水之美，还有随着气候变化而不断变幻的自然之美。沈从文笔下的湘西世界，有着不同的四季色彩，展现着多姿多彩的浪漫。自小生长于湘西的沈从文，不仅热爱湘西山水一年四季的美景，对云雾的精彩变幻也有着十分深刻的印象，他在多篇文章中对湘西的云雾变化进行了描绘。

例如，在《湘行散记》中的《云南看云》一文中，沈从文对湖湘地区的云的特质进行了描写，称："湖湘的云一片灰，长年挂在天空一片灰，无性格可言，然而橘子、辣子就在这种地方大量产生，在这种气候下成熟，却给湖南人增加了生命的发展性和进取精神。"④

沈从文将其对湘西的云的印象写在了这篇文章中，对于云有着一片灰的

---

①　沈从文.边城[M].北京：中国友谊出版公司，2019：11.

②　沈从文.边城　湘行散记[M].北京：人民文学出版社，2003.

③　沈从文.湘西[M].长沙：岳麓书社，2013：154.

④　沈从文.沈从文散文精选[M].南昌：二十一世纪出版社，2012：32.

印象，可见印象不佳。但对于雾，沈从文的描写非常细腻："每天黄昏来时，湿雾照例从河面升起，如一匹轻纱。先是摊成一薄片，浮在水面，渐如被一双看不见的奇异魔手，抓紧又放松，反复了多次后，雾色便渐渐浓厚起来，而且逐渐上升，停顿在这城区屋瓦间，不上升也不下降，如有所期待。轻柔而流动，缓缓流动，然而方位却始终不见有任何变化。颜色由乳白转成浅灰，终于和带紫的暮色混成一气，不可分别。"①

从中可见沈从文观察河面上的雾时多么用心和细致。沈从文不仅对山水与云雾十分关注，而且常常留意观察绚丽的晚霞，也曾在多部作品中描写了其对晚霞的印象。例如，沈从文在《夜渔》中对秋季晚霞有着这样的描写："天上的彩霞，做出各样惊人的变化。满天通黄，像一块奇大无比的金黄锦缎；倏尔又变成淡淡的银红色，稀薄到像一层蒙新娘子粉脸的面纱；倏尔又成了许多碎锦似的杂色小片，随着淡宕的微风向天尽头跑去。"②

使沈从文印象深刻的不仅有自然山水，还有各种在自然界中恣意生活的生灵，沈从文对这些生灵也有着非常细致的观察和描述。例如，在《橘颂》中，沈从文通过描绘生机勃勃的橘园赞叹生命的茁壮。沈从文笔下的水中鱼、地上草、林中木、树上花以及蝶蛾、禾苗等，都有着鲜活的生命力，湘西世界中充满生机的一面就这样跃然沈从文笔下。自然界中神奇美好的朝阳、晚霞、山水、雨雪、云雾、雷电、各种生物、轮回变化的四季，共同构建了和谐美好的自然画卷，自然万物在这幅画卷中共同奏响生命的乐章。在这种充满生机活力与和谐美好的自然乐章中，沈从文以自然赤子之心接近和感悟自然，形成了非常特别的浪漫气质，赋予了其笔下的湘西世界鲜活的生命力。

### （二）故乡人文环境对沈从文浪漫特质的影响

沈从文生长于湘西地区的凤凰城，虽然在沈从文的成长过程中，凤凰城总会爆发苗族人民的起义行动，但相较于当时中国的其他地区，凤凰城与现代文明的交织非常浅。这里孕育了沈从文，孕育了沈从文的浪漫心灵与气质。沈从文的独特浪漫气质主要受故乡人文环境三个方面的影响。

首先，湘西凤凰城地区的民俗文化深刻影响着沈从文浪漫气质的形成。沈从文的故乡混居着汉族与苗族的人民，当地不仅有秀丽奇异的自然风

---

① 沈从文，卓雅.沈从文的湘西世界：往事 [M].长沙：岳麓书社，2013：171.
② 崔广胜，高长梅.高中语文选修课补充读本：小说阅读与欣赏 [M].石家庄：花山文艺出版社，2010：227.

光，还有古朴又传统的生活。生活在这里的人凭水而生，依山而居，崇尚自然，向往自然，人与自然共生共荣的意识深刻影响着其精神特质的养成。

沈从文自幼年开始就喜欢细致地观察周围环境。幼年求学时，只因对自然山水有着深深的眷恋，沈从文就逃课流连于其中。在幼年时期，每天去城外读私塾时，沈从文都要走过长街，并且对长街两旁林立的店铺很着迷，所以他常常逃学出来，花大把时间默默留意苗族汉子在染布店中碾压布匹染布的场景，细心观察苗族妇人背着孩子在豆腐坊内一边辛勤工作一边轻声歌唱哄孩子的场景，甚至银楼中工人精细小心的手艺活都对他有很大的吸引力。参军时，不管随着部队到哪个地方驻扎，沈从文都最喜欢去河街与码头观看世间的人情百态。年少时对周围事物的细致观察促使沈从文形成了独特的浪漫气质，为其成年后的创作提供了重要素材。

在各种世情百态中，最吸引沈从文的莫过于民俗文化。湘西地区混居着多个民族的人民，在古代时期，外界就评价此地为"言语饮食，迥殊华风，曰苗，曰蛮"。可见自古时，苗族就与其他民族与地区的风俗文化有着很大的不同。春节、中秋节、元宵节、端午节都是湘西地区重要的节日，且各种热闹的节庆活动展现了当地独特而精彩的民俗文化。沈从文曾不止一次在其作品中描绘端午节的民俗盛景。

在其《过节和观灯》一文中，沈从文充满深情地回忆道："近年来，我的记忆力日益衰退，可是四十多年前在一条六百里长的沅水和五个支流一些大城小镇度过的端阳节，由于乡情风俗热烈活泼，将近半个世纪，种种景象在记忆中还明朗清楚，不褪色，不走样。"[1] 由此可见，湘西端午节给沈从文留下的印象之深。

在《边城》中，沈从文通过对主人公翠翠的亲身经历与见闻的描写将端午节特有的习俗细致地描绘了出来。赛龙舟、吃粽子等都是湘西端午风俗。"端午日，当地妇女小孩子，莫不穿了新衣，额角上用雄黄蘸酒画了个王字。任何人家到了这天必可以吃鱼吃肉。大约上午11点钟，全茶峒人就吃了午饭，把饭吃过后，在城里住家的，莫不倒锁了门，全家出城到河边看划船。河街有熟人的，可到河街吊脚楼门口边看，不然就站在税关门口与各个码头上看。河中龙船以长潭某处作起点，税关前作终点，作比赛竞争。因为这一天军官、税官以及当地有身份的人，莫不在税关前看热闹。划船的事各人在数天以前就早有了准备，分组分帮，各自选出了若干身体结实、手脚伶俐的

---

① 沈从文.沈从文散文：鉴赏版[M].西安：太白文艺出版社，2012：345.

小伙子，在潭中练习进退。船只的形式，与平常木船大不相同，形体一律又长又狭，两头高高翘起，船身绘着朱红颜色长线，平常时节多搁在河边干燥洞穴里，要用它时，拖下水去。每只船可坐十二个到十八个桨手，一个带头的，一个鼓手，一个锣手。桨手每人持一支短桨，随了鼓声缓促为节拍，把船向前划去。带头的坐在船头上，头上缠裹着红布包头，手上拿两支小令旗，左右挥动，指挥船只的进退。擂鼓打锣的，多坐在船只的中部，船一划动便即刻蓬蓬镗镗把锣鼓很单纯地敲打起来，为划桨水手调理下桨节拍。一船快慢既不得不靠鼓声，故每当两船竞赛到剧烈时，鼓声如雷鸣，加上两岸人呐喊助威，便使人想起梁红玉老鹳河时水战擂鼓，牛皋水擒杨幺时也是水战擂鼓。凡把船划到前面一点儿的，必可在税关前领赏，一匹红，一块小银牌，不拘缠挂到船上某一个人头上去，皆显出这一船合作的光荣。好事的军人，且当每次某一只船胜利时，必在水边放些表示胜利庆祝的五百响鞭炮。赛船过后，城中的戍军长官，为了与民同乐，增加这节日的愉快起见，便派兵士把三十只绿头长颈大雄鸭，颈脖上缚了红布条子，放入河中，尽善于泅水的军民人等，下水追赶鸭子。不拘谁把鸭子捉到，谁就成为这鸭子的主人。于是长潭换了新的花样，水面各处是鸭子，各处有追赶鸭子的人。船与船的竞赛，人与鸭子的竞赛，直到天晚方能完事。"[1]

从沈从文笔下描述的湘西端午节的特色民俗可以看出，该地端午节的习俗与我国其他地区有着很大不同，沈从文对其有着非常深刻的印象，精彩的回忆在沈从文的脑海中始终鲜活生动。

除端午节之外，新年春节时，湘西地区的狮子龙灯焰火也是远近闻名的民俗节目，湘西地区的每条街上都挂满了各种各样的灯，每逢正月初一到十二，整条街上都灯火通明，全城到处响着震耳欲聋的锣鼓声，白天可以观看表演和戏水，晚上可以在明亮璀璨的灯火下玩蚌壳。正月十三到十五的这几天叫作"烧灯"，全城的人一起比赛看谁家有最耀眼美丽的焰火，城中所有的人都被吸引来观看这些表演，热闹非凡。这种热闹欢快且奇特精彩的民俗活动对沈从文形成浪漫气质有着非常重要的影响。

湘西地区不仅有不同于其他地区的热闹节日民俗，而且其婚丧嫁娶、衣食住行、新船下河等各种活动习俗也很有特色，沈从文对此有着非常深刻的印象，这些也影响着他浪漫情怀气质的形成。

其次，故乡人际关系十分和谐对其浪漫情怀气质的形成有很大影响。

---

① 沈从文.边城 [M].北京：中国友谊出版公司，2019：9.

在沈从文成长的时光中，外界现代文明对地理位置相对偏僻的湘西没有产生多大的影响，因此湘西地区始终保持着简单的人际关系，有着非常淳厚的世情民风，同时人际关系非常淳朴、和谐、真挚。受此环境氛围的滋养，沈从文逐渐形成了浪漫的气质。

沈从文笔下的湘西世界以爱情为主线之一，爱情也是真实的湘西世界促使沈从文养成浪漫气质的一项重要因素。苗汉两族的人民长期在湘西地区混杂而居，沈从文对于苗族人大胆追求爱情的性情有着非常深刻的印象。沈从文为自小接受传统儒家思想教育的汉族人，但其常常以探究新奇事物的视角观察苗族人的习俗、求爱与劳作。没有传统儒家思想规矩约束的苗族人，全凭自己的心意追求爱情，不受权力、金钱的影响，没有媒妁之言父母之命的限制，他们往往通过唱歌定情的方式选择爱人，极为浪漫。在《边城》中，傩送与天保是一对兄弟，他们同时喜欢上了主人公翠翠，并且都不愿意放弃对翠翠的追求，于是两人约定来到河对岸以唱歌定情的方式，看谁能够打动翠翠，落后的一方自动放弃对翠翠的追求。这种对决方式公平公正，体现了当地百姓淳朴自然、不受约束、自由追求爱情的和谐态度，沈从文深受触动，因此在他的笔下，浪漫的爱情是恒久不变的主题之一。

亲情与爱情一样，也属于沈从文笔下构建湘西和谐人际关系时的重要主题。沈从文的家庭是当时社会中一个非常传统的大家庭，其父母共孕育了九个子女，其中有三子两女成活下来。沈从文与家人之间有着很深的感情，年幼时的任性与淘气令其成长过程备受家人的关注。每当沈从文逃学被其父抓住，就会被罚跪与挨打，但在一些大事上，沈父则非常尊重沈从文的选择。沈从文 9 岁时，革命党人于凤凰城外发起了起义，与清军之间爆发了严重的冲突。收到消息后，暗中支持革命的沈父立即转移了妻子儿女到外面避难，但沈宗嗣并没有强行命令沈从文随之避难，而是在询问沈从文的意见后同意了其留在凤凰城的请求。不久后，革命获得了成功，又过了不久，沈父前往北京，看管沈从文的重担转移到了沈从文大哥的身上，听力不好且近视的大哥为了避免其下河溺水，一件件检查沈从文与小伙伴扔在岸边的衣服，确认其是否在其中。后来，沈从文二姐的去世对沈母造成了严重的打击，沈从文也十分悲痛。沈从文在长大之后，仍对家人有着浓厚的亲情，他在迷茫时，会投奔大哥找寻指引。送弟弟参军时，也会不舍难过。在乱世之中，难得的兄弟团聚总是令沈从文激动非常。在凤凰城中，沈从文和睦相亲的家庭只是一个缩影，沈从文的世界观深受家人之间关爱和睦氛围的影响，他在作品中对真挚温暖的亲情也作了不同的描述。例如，《边城》中爷爷与翠翠相依为命难以分割的亲情，船总顺顺与两个儿子天保和傩送之间深切的父子亲情等，都非常感人。

故乡还存在一种对沈从文的创作与生活皆有很大影响的感情——友情。友情是沈从文成长过程中从未缺席的一种感情，无论是在凤凰城经历的幼、少年时期，还是在部队参军的时期，沈从文都与同龄人有着密切的交往，与很多人建立了较为深厚的友谊。后来在北京学习时，处于困境的沈从文在徐志摩、郁达夫、胡适等师友的帮助与陪伴下，走上了文学创作的道路，在这期间，他还与胡也频、丁玲建立了深厚的友谊，这些人的陪伴与帮助支持着他走出了生活中的困境，投入了创作之中。在沈从文出生成长的凤凰城中，民风淳朴，人们的交往总是以情义为先，不受财与利的侵染，年少的沈从文在河街上、码头间玩耍时，在观察城中的世情百态时，深受这种交往习惯的影响，所以在他进行创作时，友情就成了一种素材。例如，《边城》中作者虽然没有刻意描写老船夫与杨总兵之间的友情，但通过二人经常互倾心事，杨总兵在老船夫死后毅然代替他谋划翠翠未来的生活与归宿，就能看出二人之间真挚而又宝贵的友情。此外，在《贵生》中，主人公贵生与五爷虽有着主仆的关系，但实则二人也是彼此的知己伙伴，他们之间的深厚情感也是对湘西人民质朴真诚的友情的一种体现。

总之，故乡流淌的质朴真诚的亲情、友情与爱情的氛围及和谐美好的人际关系大大促进了沈从文浪漫情怀气质的形成。

最后，湘西地区特有的巫文化对沈从文的浪漫特质有重要影响。

凤凰城地处湘西，湘楚文化对其影响颇深。巫文化是湘楚文化中的一支，对凤凰人民的影响极为深刻，是凤凰人心中的重要信仰，当地的很多行为习惯与仪式习俗都能体现出这种巫文化的影响。在外人看来，巫文化非常神秘，沈从文从小生长于巫文化熏陶的环境中，深受巫文化的影响，并亲眼见识了巫文化的相关事件。在他创作的《凤子》《神巫之爱》《长河》等作品中，都有描述巫文化仪式与信仰的部分。从历史发展上看，湘西人民普遍信仰巫文化，巫文化维持着湘西世界在精神层面的半封闭化、原始化的状态，构建出了一个能在一定程度上抵挡外界文化渗透干扰的无形屏障，促进了湘西世界和谐美好乐园的构建。

综上可知，沈从文身上这种浪漫特质的形成与其故乡凤凰城的人文环境与自然地理环境的影响都有着密切的联系，无论是故乡中流淌的淳朴感情，还是故乡美丽的四季风光与青山秀水，都是沈从文形成浪漫特质不可缺少的影响因素。

# 第二节　沈从文小说中的浪漫因子

## 一、沈从文小说中浪漫因子的表现

爱情是人类精神世界的重要组成部分，也是沈从文文学作品中的一个重要主题。在沈从文创作的多部小说中都有着对浪漫爱情故事的描述。

### （一）青年男女朦胧而浪漫的爱情故事

沈从文的《边城》中最为人称道的就是翠翠与傩送纯粹的爱情故事。翠翠明眸善睐、容貌美丽，每日跟随祖父一起管理渡船，虽然出身贫寒，但心性如同山间小鹿般质朴单纯，有着湘西女子独特的自然生态美。傩送有着俊美的长相，是当地船总的次子，聪明能吃苦，是精英青年的代表人物，受众多湘西女子爱慕。翠翠的祖父虽然只是守渡船的一位老人，但因当地秉承敬老尊老的行为准则，他颇受尊重。

端午为媒，翠翠与傩送的爱情经历了三个端午节。第一年端午节，因为祖父和接替他掌管渡船的人喝酒喝醉了，无法脱身接翠翠，所以翠翠就一直在河边等着祖父。天渐渐黑了，一个年轻人从水中捉了鸭子上岸后看见了翠翠，邀请翠翠去其家中等老船夫，这个人就是傩送。而翠翠却对他产生了误会，骂了好心的傩送，而傩送没有计较，派家里的伙计将翠翠护送回家。当时年龄尚小的翠翠对这件事记忆非常深刻。第二年端午节，祖父带着翠翠看赛龙舟时遇到下雨，于是到船总顺顺家的吊脚楼上避雨。这一年虽没有与傩送直接见面，但他们听到了傩送在青浪滩过端午节的消息。到了第三年端午节，翠翠跟随祖父一同管理渡船，恰好碰到了一对母女，这对母女穿着非常讲究，是与傩送说亲的乡绅。祖孙看赛龙舟时，再次与这对母女相遇，随后了解到，乡绅家准备以一座崭新的碾坊为陪嫁促成女儿与傩送的婚事。然而，船总家的两个儿子天保与傩送却都喜欢翠翠，为了确定谁追求谁放弃，兄弟俩相约到对岸一起为翠翠唱情歌，谁能打动翠翠，谁就娶翠翠。但在翠翠心中，傩送一直是她喜欢的人，也只有傩送的歌声传入了翠翠的心里、梦里，深深地打动了翠翠。但在各种误会的影响下，傩送对翠翠的心意并不了解。天保发觉自己没有胜利的可能后，便搭船离开了家乡，却意外在他乡去世，而傩送出于对翠翠心意的不明确与对老船夫的怨气与误会，在天保去世后不久，就因为家里对婚事的逼迫与心中对翠翠的深情，也搭船外出，离开了故乡。老船夫因此事备受船总顺顺的冷待，翠翠的亲事与沉重的生活压力终于压倒了老船夫，在一个雷雨交加的夜晚，老船夫离开了人世。最后，翠翠在碧溪岨等待着傩送，无人知晓这段爱情是否能迎来圆满的结局。这段爱情故事透着青年人纯粹的、隐晦的、羞涩的喜欢，虽没有翠翠母亲大胆炽热的爱情耐人寻味，但却婉转反复，别有一番青春年少、美好纯真的浪漫与青涩。

### （二）妓女的爱情

妓女与水手的爱情也是沈从文笔下的重要主题。妓女的职业身份十分特殊，不为现代社会的伦理道德所认可，但在湘西世界中，这一职业却又是真实存在着的。在创作时，沈从文对妓女的刻画形象生动，他将这一类人的悲欢离合与难以言说的生存状态通过文字展现了出来。妓女生活在社会的最底层，大多数结局悲惨，按照世俗的观点，她们不配拥有爱情，但在沈从文看来，虽然生活给予了妓女无尽的苦难与折磨，但她们仍热烈且努力地活着，对爱情有着不输他人的渴望和憧憬。

《边城》中也有对妓女与水手之间的描述。翠翠在等待祖父老船夫时，偶然听到了水手们谈起妓女。常年在水上讨生活的水手们也是生活在社会最底层的人物，收入微薄，但妓女与水手之间也有真挚的爱情，他们有着属于他们自己的爱情信号。无论生活多么艰苦无望，爱情都是他们的救赎与良药，滋润着他们干枯的心灵，他们忍受着艰苦的生活与别离时的不舍，在彼此的慰藉下热烈顽强地生活着。

沈从文在其创作的《柏子》中，通过对水手柏子的生活的描述，将水手的生活场景展现了出来。沈从文在这部作品中用"妇人"称呼妓女。柏子与妇人之间靠金钱维系着关系，两人之间的爱情远不如爱欲更加旺盛，妇人对柏子的钱比对柏子本人更为看重。水手因生活贫困，难以负担娶妻的财务需求，只能以辛苦一个月赚来的金钱买妇人一刻的温柔。然而，久而久之，两人逐渐建立了一种金钱之外的残缺又奇特的爱情。

1930 年，沈从文创作了短篇小说《丈夫》。这部小说中描写了原已嫁作人妇的妓女老七为了生计听从丈夫的主张来到了城里，继续委身于花船之中靠卖身赚取家用。这在黄庄当地是很常见的现象。丈夫为看望继续从事妓女职业的妻子，来到了城里，却发现妓女有着非常可悲的社会地位，了解到挣扎在社会最底层的妻子在受到他人欺辱时，无论是否愿意，只能被迫忍受和接受。丈夫目睹妻子的遭遇后，不仅没能保护妻子，也无法为妻子提供任何支持，还不得不接受妻子依靠卖身受辱赚取的钱财。丈夫对此既无奈又矛盾。尽管这对贫困夫妻对生活在社会底层所受到的种种压迫感到麻木，但丈夫真正目睹了妻子的遭遇，真正了解了他们的生活状况后，终于还是做出了改变，原本主张妻子卖身养家的丈夫终于改变主意，带着妻子离开了花船，回归到原本贫困却自由的生活。

《小砦》讲述了妓女桂枝的爱情故事。因家中贫困，桂枝自小就每天劳碌，但仍不能吃饱饭。嫁人后，桂枝的生活没有改变，不堪忍受贫穷的丈夫最终离开了桂枝，走上了当兵的路。为了生存，桂枝认了老娘为干妈，开始了出卖身体讨生计的日子。与这个时代其他的妓女一样，桂枝依靠来往盐商的赏钱讨生活，还像个生意人一样，设法以抬高饭价的方式谋生，暗中却对镇上的贫苦青年产生了异样的情愫。与其他妓女不同，桂枝并没有对水手生出感情，而是对住在山上洞窟中的一个名叫憨子的采药人产生了感情。采药人憨子有养活自己的能力，每次在山中采摘到了新鲜的野果就会送给桂枝，赚了钱就会买礼物送给桂枝。在桂枝看来，憨子是个值得托付的人，她希望能与憨子一起过上平静安稳的日子。为此，桂枝与老娘总是谈论憨子，桂枝希望憨子能一跃发迹，带着自己过上好生活。桂枝与憨子的爱情是妓女特有的畸形爱情的一种表现，侧面反映出妓女想要回归宁静生活状态，祈求安稳生活的爱情希望。

### （三）兵士的爱情

沈从文常写的还有兵士的爱情故事。凤凰城常年驻扎着军士，年少时的沈从文也有一段在部队当兵的经历，因此他十分了解湘西兵士的生活。20世纪早期，驻扎在湘西的兵士不仅要坚持训练，还要去各地清缴乡民。这些兵士总是滥杀无辜，同时他们也常常被别人所杀。沈从文对兵士生活有着极为难忘的印象。沈从文着重对兵士的爱情进行了描写。在爱情上，兵士不同于妓女，如果说妓女的爱情是残缺的爱，那么兵士的爱情则是短暂的爱。

《边城》中也有对兵士的爱情故事的描写，即翠翠的父母之间的爱情故事。翠翠母亲在青春年少时曾爱上了一个没有自由身份的军人，在翠翠母亲怀孕后，翠翠的父亲想要带着她从下游一起逃走。一旦逃跑，翠翠的父亲将会从军人变成逃兵，也意味着翠翠的母亲要离开孤独年老的父亲。但如果不逃跑，两人的声誉必然被毁。于是，翠翠的父亲决绝地服毒自尽，翠翠的母亲因不忍心带着未出生的孩子离世，便全都告诉了老船夫。了解了一切的老船夫并没有责怪女儿，仍像平常一样对待女儿，翠翠的母亲因此带着复杂的心情继续活着，直到生下翠翠后，拖着未恢复的身子到溪水边吃了冷水死了。这种生死相随的爱情将当地人对爱情的忠贞生动地表现出来，表现出翠翠父母对浪漫爱情的执着。

沈从文在其创作的《参军》中，描述了青年王五在军队开拔前急忙与情人相会的场景。老参军突然宣布部队要开拔，年轻的军人王五与情人正处在情浓之时，因不舍匆忙赶到了情人的家中，想要在出发之前最后享受情人片刻的温柔。老参军对王五的身体很关心，来到了王五情人的家中，提醒王五要注意身体，一边又担心时间匆忙，王五的身体会留下隐疾，于是又鼓励王五相会情人。随后，老参军在回到了部队后，又收到了部队暂时不开拔，要再过三五日才开拔的消息，担心王五匆忙之间奔波伤风的老参军再次来到了王五情人的家中，将部队不开拔的消息告诉了王五。这一短篇小说带着喜剧色彩，将兵士与情人之间有时限的脆弱爱情淋漓尽致地描绘了出来。

《连长》描述了一个刚在某地驻扎的连长与驻扎地一个年轻寡妇的爱情故事。寡妇渴望爱情，渴望从连长处收获爱情，渴望连长成为自己终身的依靠。虽然当地没有发生任何事情，但连长仍坚持每天点三次名。每天的傍晚，连长都会离开寡妇家回到部队，与司务长共同对伙食账进行清算。一天傍晚，连长已经喝醉了酒，却仍要在当天赶回部队中，寡妇对此非常不理解，即便回到军营中也没有需要做的事情，为什么偏偏每次都要当天回去呢？而连长无意间漏了口风，寡妇才得知，连长是担心上头会发出部队开拔的命令，怕接不到贻误军情，所以要赶回去。自此，寡妇清楚认识到，连长与她不能拥有长久的爱情，只能是一时的露水姻缘，因此伤心起来。直到腊月二十三，临近新年，连长估计这部队只有很小的可能会开拔，将办公地点设在了寡妇家。寡妇见此稍稍放心，但连长每天坚持三次点名的习惯仍未改变，与司务长每天清算伙食账的习惯也未停止。作者以这种方式暗示部队开拔的隐忧仍存在，可见军人爱情的脆弱，而这种脆弱的爱情会因为部队的开拔随时破灭。

在短篇小说《三个男人和一个女人》中，作者以第一人称对故事展开了叙述。"我"常常和一个瘸腿的老兵一同逗留在城中的一家豆腐作坊中，那儿的对门经常出入一位非常漂亮的年轻姑娘，那是商会会长的女儿。瘸腿老兵和"我"都是部队中的普通士兵，心里清楚无望与这位姑娘结识甚至交好，所以每天在蹲守豆腐店远远地观望着姑娘，与姑娘养的两只白狗玩耍。而后不久，他们才得知，豆腐店的青年与他们都是这个姑娘的爱慕者，都做着与姑娘亲近交好、结为伴侣的美梦。一天，瘸腿老兵给"我"常来了一个令人震惊的消息，那个漂亮年轻的姑娘竟然吞金自杀了，于是他们赶到了豆腐店，一同看着对面门内为那位姑娘操办的祭奠仪式，才意识到那个姑娘真的死了。但出人意料的是，瘸腿老兵在会长女儿下葬的第二天带着一身泥土回来，又带来了一个消息，称那姑娘的尸体丢了。他们后来又发现那家豆腐坊也关门了，那个与他们一样爱慕姑娘的做豆腐的青年也消失了。最后，听闻有人在一个山洞中发现了会长女儿的尸体，尸体的身上与地下到处铺撒着美丽的花。这个爱情故事是围绕着暗恋展开叙述的，描绘了在某地长期驻扎的普通军人望而不得的爱情。在身份的限制下，他们与心爱的人无法长相厮守，只能暗恋着当地的美丽姑娘。

### （四）少数民族青年的爱情

湘西地区混居着多个民族的人，少数民族青年大多有着充满野性与活力、非常浪漫的爱情。

小说《采蕨》中的主人公名叫五明，他在当地是一个唱山歌的高手，常常有女性听了他唱的山歌脸红心跳，但五明喜欢的是一个比他年龄大一些的女人，这女人名叫阿黑。在阿黑上山采蕨做酸菜时，五明也常常趁机去山上帮忙，这也给了两人打情骂俏的机会。这篇小说展示了乡民大胆、有活力、有野性的特质。

《雨后》中讲述的是四狗与阿姐两人相互陪伴上山采蕨时，于山间的岩石旁互相调情，最终结合的故事。同《采蕨》一样，这部小说中也充满了大胆与浪漫元素，将山野乡民热情大胆追求爱情的故事展现了出来。

在沈从文创作的另一篇短篇小说《龙朱》中，主人公龙朱身为白耳族的王子，有着狮子一样强壮的体格，但有着绵羊一般谦逊温和的性格。他有着非常美好的样貌，是人们眼中的人中之龙。神巫虽然对他的美貌非常嫉妒，但也被他的美貌征服。龙朱还有着堪称完美的德行，待人谦逊有礼，从不因为身处高位而虐待他人和动物，有着诚实、率真、勇敢以及善良等各种美好的品质。虽然龙朱十分完美，但没人愿意与他亲近，人们默默地疏远他、崇拜他，视他为神。久而久之，深感寂寞的龙朱非常渴望得到爱情。对歌是白耳族男女常用的寻找爱情与表达爱意的方式。他们通常会在每年过年、中秋节、端午节与民俗祭祀的日子里结群歌舞。龙朱的歌声比其他任何人都嘹亮婉转，他在白耳族男子向他请教时也不会藏私。龙朱指点过的人都可以得到善歌美貌的女人的倾心，但龙朱却因为太过完美，始终没有哪个女人敢与他对歌。就这样，龙朱一直没有找到自己的爱情。因此，在矮仆的带领下，龙朱来到了一个山头上，与对面的少女对歌，但少女却不相信对方就是白耳族大名鼎鼎的王子龙朱。随后矮仆告知龙朱已经将少女的身份打听清楚之后，便要以强制的手段抓来女子，而龙朱制止了他的行为。龙朱为了拥有真挚美好的爱情，在梦中向天神发誓，愿意以自己的一只手臂换取爱情，并在梦中得偿所愿。在现实中，花帕族姑娘也终于认可了龙朱，龙朱的心愿终于实现。

短篇小说《媚金·豹子·与那羊》讲述了一个非常美貌的苗族女子媚金，在山头与豹子互唱情歌，从早上一直唱到了晚上，最终认定对方为自己的爱人后，便约定当晚相会于洞中。按照当地的习俗，豹子想要带一只有纯白色毛的山羊执行晚上与媚金相会于石洞中的约定，但地保家的羊却没有一个能令他满意，于是豹子只好遍村寻找。终于，豹子找到了他认为满意的一只小山羊，但山羊受了伤，豹子只得将山羊抱到了地保家敷药和治伤。地保不断催促着豹子，豹子终于将山羊的伤口处理好，抱着羊来到了山洞，但发现山洞中只有媚金的尸体。原来眼见天将大亮，媚金苦苦等待却仍不见豹子赶来，误以为对方欺骗了她，带着绝望与愤恨自杀了。知晓原因后，豹子难掩悲伤，也自杀殉情了。这篇小说讲述了一对苗族青年男女因误会为爱殉情的悲惨故事，展现了别样的浪漫。

## 二、沈从文小说中浪漫因子的来源

沈从文之所以能用文字在作品中构建出一个具有独特浪漫气质的湘西世界，不仅是因为其作品中讲述的各种爱情故事，还因为他将多重浪漫诗意融入作品的创作。

### （一）沈从文作品中的语言是一种充满诗意的语言

与其他同时代作家相比，沈从文创作时使用的语言具有新鲜活泼、亦俗亦雅以及不落窠臼的特点，其中既有抒情诗独具的阳春白雪的高雅，又有凡俗生活下里巴人的野趣，所以人们常常对其语言的雅致之处感到心驰神往，对凡俗之处有似曾相识的熟悉感。在沈从文创作的作品中，凡俗与雅致这两种全然迥异的风格和谐地交织在一起，形成了一种凡俗而不鄙陋、雅致但接地气的写作风格，打造出一个通俗而又使人倍感典雅的湘西世界，有着别样的诗情画意。沈从文创作时使用的具有诗意的语言可概括出以下特点。

### 1. 文白杂糅

沈从文生长在文言文转向白话文、繁体字过渡到简体字的历史时代。幼年时期，沈从文在私塾受到传统经典的儒家教育，之后步入社会，接触到了新杂志，不断学习和适应在日常表达与写作中使用白话文。进行创作时，他在清晰、流畅的白话文的基础上，偶然混杂文言文语言，所作文章由此显得紧凑曲折，典雅古朴。文白两种形式的语言杂糅通常会显得非常造作、生硬，但沈从文的作品却不会令人感到生硬，而是能表现出一种更加委婉与简洁的美，原因是沈从文善于在创作中使用带有文言色彩的单音词，如《湘西散记》中"一面必有个供养祖宗的神龛""我们弄船人，命里派定了划船，天上纵落刀子也得做事"，"必""纵"等均为单音节词语。沈从文不常用助词"的、地、得"，这使其作品句式简峭，音节简朴，给人以简洁明快的美感，并因此增添了许多古雅气息。例如，《湘西》中"然而时间是个古怪东西，这件事到如今，当地人似乎已渐渐忘掉了"这句话，如果加上"的"字，则为"然而时间是个古怪的东西，这件事到如今，当地的人似乎已渐渐忘掉了"，显得十分啰唆。相比之下，去掉"的、地、得"，语言更加紧凑。沈从文还十分善于运用四字格等文言句式，尤其是在描绘自然景物时。例如《湘西》中的描写："夹河高山，壁立拔峰。竹木青翠，岩石黛黑。水深而清，鱼大如人。"寥寥数语即描绘出当地奇秀的自然风光。

### 2. 多用方言俗语

虽然在沈从文的作品中，寥寥数句就描绘出了一个如世外桃源般的湘西世界，但其笔下的湘西世界并未与外界完全隔绝，其中有着非常浓厚的烟火气息。在沈从文构建的湘西世界中，不仅有如画一般优美的自然风光，还流传着各种动人奇诡的古老传说，更有鲜活的士兵、水手、船总、游侠、妓女、矿工、中小官吏与旅店老板等，作者通过对他们嬉笑怒骂的鲜活刻画，通过描写他们的人生经历将社会上的压迫与反抗及人性的善恶呈现在世人眼前。阅读沈从文的作品时，人们总会下意识将自己带入其中，深入体会故事中人物的喜怒哀乐与悲欢离合。沈从文的作品对人心的强大感染力，与其在创作时使用通俗的语言有直接的关系。沈从文常常使用雅致古朴的语言描述自然景物，但在描述人物，尤其是描述困于社会底层的人物时，所用语言总是带着人物角色特有的粗俗。例如，在《辰河小船上的水手》一文中用"多少钱一月？""十个铜子一天，——他的娘。天气多坏！"等，将一个水手必须在恶劣天气出船时的愤懑不平与无奈抱怨表现出来。在很多作品中，沈从文在写作时为了贴近人物气质，常以"老子"作为第一人称，而湘西军营中兵士们常常挂在嘴边的口头禅正是这样粗俗的语言。使用与人物形象更为贴近的粗俗语言并不会令读者产生反感的情绪，反而会将人物气质更加独立鲜活地展现出来，刻画出更加特色鲜明、活灵活现的人物形象。

### 3. 有较强的节奏美

沈从文创作的作品大多具有较强的节奏美，且散文作品的节奏美最为突出。沈从文常以对仗、四字格、整散结合、排比句等艺术创作手法营造散文的节奏美。例如，沈从文在作品中写出的"水深流速，弄船女子，腰腿劲健，胆大心平，危立船头，视若无事"等四字格语言。这种语言有匀称的音节与整齐的结构，在作品的字里行间散落隐现，向作品中添注了音乐般的节奏美与浓郁的古雅气息。沈从文也非常擅长使用排比句来创作作品，如《湘行书简》中就有着这样的排比句式："地方静得很，河边无一只船，无一个人，无一堆柴。"沈从文借助排比句对散文内容的广度和深度进行了拓展，使行文阅读更加顺畅悦耳，使文章更富艺术性、节奏性与诗性美。此外，沈从文也常以整散结合配合对仗的手法进行句式的创作，以此实现对散文文章节奏感的增强与突出。例如，《湘行散记》中沈从文的构词造句："天气转晴，日头初出，两岸小山作浅绿色，山水秀雅明丽如西湖。"他以"初出"对应"转晴"，从整体上看，这句话行文错落有致，具有整散结合、音韵和谐的特点。

### 4. 色彩美与绘画美突出

沈从文笔下的字里行间，描绘的是以湘西世界为主题的风俗画与风景画，正是因为沈从文对大自然色彩的深刻理解与精准捕捉，加以大量表示色彩的词语的运用，其作品才有了鲜明突出的色彩美与绘画美。例如，在《边城》中沈从文描述翠翠长相的话语："翠翠在风日里长养着，把皮肤变得黑黑的，触目为青山绿水，一对眸子清明如水晶。"沈从文运用了"黑黑""青"与"绿"这三个表示色彩的词语，以短短数语的形容就将一个在自然中生长的有着黝黑皮肤的机灵健康的女子形象生动地刻画了出来。又如，在《湘行书简》中，有这样一句话："这边山头已经染上了浅绿色，透露了点春天的消息，说不出它的秀。"其中以"染上了浅绿色"将初春时节树梢上刚刚露出嫩叶的模样描述了出来。绿色是沈从文最常用和喜爱的色彩之一，他的笔下处处是绿色的树木、山水、竹林等，他用各种层次的绿色勾勒出了一个生命力旺盛、充满生机的湘西世界。在沈从文的作品中，除绿色外最常见的就是红色与黄色，新娘鲜红的嫁衣、河面上倒映着的灯光以及杀鸡宰牛后流淌的鲜红的血液等，都是沈从文笔下常见的红色的事物，沈从文以红色凸显着生命力的旺盛。此外，对于生活中其他各种颜色，沈从文也能全部精准地捕捉到，勾勒出众多五彩缤纷的画面并呈现在人们眼前，彰显了沈从文笔下世界的色彩美与绘画美。例如，"紫色的小鸟""嫩红的嘴巴""灰色的雾""白色泡沫""一汪黑水"等，各种缤纷的色彩共同描绘着一幅幅奇异又美丽的画卷，令人惊叹。

### 5. 运用修辞手法

在创作时，沈从文会使用比拟、对偶、对比、比喻、通感、排比、夸张等修辞手法，其中以比喻的修辞手法最为常见，比喻能将抽象的事物具体化，将具体的事物形象化，一定程度上促进文学作品的感染力、表现力与底蕴显著增强和升华。例如，"鼓声起处，船便如一支没羽箭，在平静无波的长潭中来去如飞"，以没有羽毛的箭比喻船，形容船行之快。在《箱子岩》"倒茶的是一个十五六岁白脸长身头发黑亮亮的女孩子，腰身小，嘴唇小，眼目清明如两粒水晶球儿，见人只是转个不停"这句话中，沈从文也用了比喻的手法，他以两粒水晶球儿比喻女孩的眼睛，将眼睛清澈晶莹、涉世未深、天真无邪、灵动可爱的少女形象生动地刻画了出来。在沈从文的作品中，不仅比喻的手法非常常见，比拟的修辞手法也很常用。沈从文常常在创作时以动物或者植物比拟人，也常常以一种事物比拟另一种事物。

在写作时，沈从文也非常擅长使用通感的修辞手法。例如，沈从文在《从文自传·保靖》中对该地特有的"狼嚎声"进行了详细描写："这地方每到月晦阴雨的夜间，就可听到远远近近的狼嚎，声音好像伏在地面上，水似的各处流，低而长，忧郁而悲伤。"从这句描写可以看出，作者将狼嚎声比作四处流淌的水，将本来需要凭借听觉器官感知的事物，转化成了视觉可以"看到"的元素，将忧郁绵长、此起彼伏的狼嚎声生动形象地形容了出来。此外，沈从文常常在创作时追求陌生化的效果。"陌生化"即打破行文时常规的语言组合，以扭曲与变化处理的语言将听觉与触觉连通起来，呈现出相应的效果。例如，"他那神气真妩媚得很"中，将原本用于形容女性柔美婀娜的专有词"妩媚"用在了对男性神情的形容上，使人在阅读时产生耳目一新的感受。

### （二）沈从文作品具有情景交融的意境之美

沈从文作品中营造出来的独具特色的意境美也是其作品充满诗意与浪漫特点的一种体现，这种融情入境的意境之美主要体现在以下两个方面。

一方面，使用意象为作品赋予更浓重的浪漫与诗意。在意境的构成中，意象是重要的因素，对中华传统文学作品创作具有非常重要的作用。然而，一直以来，人们都认为意象是创作诗歌时专用的手法，因此创作其他类型的文学作品时很少研究与使用意象。沈从文在创作散文时，使用了大量的意象，因此他的作品总是具有浓郁的诗意。他常常在创作散文时用到山、水、集市、动物、黄昏等，他向这些意象中注入了真挚又浓郁的情感，赋予作品极强的艺术感染力，使其笔下的散文增添了无限的浪漫诗意。

首先，沈从文在创作散文时加入了水的意象。湘西世界处处有水，水是湘西世界的灵魂，为湘西世界注入了无穷尽的灵气。虽然沈从文从出生到长大，辗转多地，但水在其成长的过程中总是默默陪伴着，从未离席。从小生长在水边的沈从文，对河街上的店铺与江边的码头都无比熟悉。在沈从文创作的全部散文中几乎都能找出水的意象。在《边城》中，各种故事的情节、发生的地点以及随故事变换的时空以水这一意象为纽带串联在一起，水这一意象成了一种重要因素，推动故事发展，带动人物情感，加强人物之间的联系。翠翠与其心上人傩送于水边相识，傩送随口讲出的"当心大鱼咬你"给翠翠留下了深刻的印象；翠翠与傩送的第二次接触不是真正意义上的见面，而是翠翠听闻傩送的船在青浪滩，翠翠所在的碧溪岨与青浪滩以水为媒介连在一起；在翠翠与傩送二人正面接触时，翠翠与爷爷接受傩送的邀请进城看赛龙舟，在龙舟赛程进入高潮时，傩送不小心落水，十分狼狈，二人的情感就此形成并开始发展。在故事的最后，翠翠怀揣真心与祈盼等待傩送驾船归来也是在水边，二人的感情发展始终围绕着水。在《边城》中，作者还以水这一意象象征人性的纯洁、生命的无辜消逝与结局的渺茫与悲剧。

其次，沈从文在创作散文时还加入了黄昏的意象。自古以来，文人在创作时常用黄昏这一意象，且常以此来表达愁闷、悲苦与寂寥，如马致远的《天净沙·秋思》就以黄昏这一意象表述了其心中的悲凉："枯藤老树昏鸦，小桥流水人家，古道西风瘦马。夕阳西下，断肠人在天涯。"沈从文在创作时也使用黄昏这一意象，但在他的笔下，黄昏别有一番意境，如《湘行书简》的《泸溪黄昏》中，沈从文以黄昏的意境渲染了一种令人感动的、久违的生活气息。在他的描述中，黄昏的意境没有惆怅，也没有伤感，有的是市井人烟具有的独特氛围，这不仅不显得平淡庸俗，还为作品增添了人间烟火的独特诗情画意之美。他的描述是这样的："这黄昏，真是动人的黄昏！我的小船停泊处，是离城还有一里三分之一地方，这城恰当日落处，故这时城墙同城楼明明朗朗的轮廓，为夕阳落处的黄天衬出。满城是橹歌浮着！沿岸全是人说话的声音，黄昏里人皆只剩下一个影子，船只也只剩个影子，长堤岸上只见一堆一堆人影子移动，炒菜落锅的声音与小孩哭声杂然并陈，城中忽然当的一声小锣，唉，好一个圣境！"[①]

　　另一方面，在作品中营造出一种独特的人文意境与自然意境。在中国古典诗学中，意境与意象一样是极其重要的概念。从中国古代发展历史上看，意境一词自产生至今，已有了漫长的演变和发展历史。沈从文在创作时营造了多种优美的意境。例如，沈从文将自然界的景与其主观的情感结合起来，促成了自然的意境，同时沈从文还在创作时将湘西人民日常生活的景与其主观情感融为一体，构成了纷繁的生活意境。融合这两种意境，就可达到自然美景、生活图景与作者的情感充分交融的效果。

　　沈从文在创作时，常常以寥寥数语描绘出一幅情景交融的和谐画面。例如，他在《湘行书简》中写道："河水已平，水流渐缓，两岸小山皆接连如佛珠，触目苍翠如江南的五月……我感到生存或生命了。……我好像智慧了许多，温柔了许多。"在进行这段文字创作时，沈从文已经成年，并有了一定的文学成绩，也收获了理想的爱情，因此沈从文在观察周围的景物时心境也与之前有了很大的不同，他不仅看到了自然景物的美，而且感受到了生命的美好，人性中更增添了许多的温柔与智慧。寥寥数语，就将一个情景交融的和谐意境生动地刻画了出来。

　　又如，在《辰河小船上的水手》中沈从文写道："沿河两岸连山皆深碧一色，山头常戴了点白雪，河水则清明如玉。在这样一条河水里旅行，望着水光山色，体会水手们在工作与饮食上的勇敢处，使我在寂寞里不得不常作微笑！"在这段描述中，前一句描绘的对象是自然景物，后一句描绘的对象是生活环境。作者在面对常年在沅江上生活的水手时总有一种特殊的情感，这一点与作者的成长经历有一定的关系。年少时的沈从文曾辗转于多地随部队驻扎，也常常在河街上、码头上观察水手，聆听水手们的经历与故事，格外关注水手们的生活。因此，当看到江水的自然风光时，他自然地就联想到了水手们辛苦工作谋生的情境，笔下构建出了生活之境与自然之境互融的和

---

① 　沈从文，卓雅．湘行书简 [M]．长沙：岳麓书社，2013：175.

谐意境。

各种意境的构建与运用都使沈从文的作品更具诗性之美,更具浪漫的特性。

### (三)沈从文作品中有大量民歌因素

湘西地区混居着多个民族,其中苗族较擅长歌舞,常常以歌为媒介相互交流。湘西地区流传的民歌大多富于幻想、奔放热情,有着十分浓厚的巫风遗韵,有着别具一格的审美。其中,有的民歌具有温婉细腻的含蓄美,有的民歌具有直接粗犷的真挚美。这些民歌都有着十分精巧的构思,匠心独具,是我国民歌宝库中非常珍贵的宝藏。

湘西地区到处都有歌声环绕飘荡,是歌的海洋。湘西民歌在沈从文笔下的湘西世界中也是有迹可循的。沈从文作品中运用的民歌在整体层面上主要有以下几种表现方式。

首先,民歌对推动故事情节具有重要作用。

沈从文在很多作品中都对苗族人民生活状况进行了描述,民歌是苗族人民生活中不可分割的一部分,尤其是情歌。每逢节日时,苗族青年男女都会以唱歌的方式进行求爱,这是当地青年男女特有的求爱方式,非常浪漫。情歌也是沈从文许多作品中推进情节发展的重要工具。例如,在《边城》中,天保与傩送兄弟为了决定谁与翠翠结亲,便来到翠翠家附近唱情歌,天保自知求爱无望后,就放弃了竞争,坐船离开,造成了后来的种种悲剧。在沈从文的另一部作品《龙朱》中,主人公龙朱也使用了唱情歌的方法来寻找爱人。起初,龙朱因自身过于完美,没有人敢接近他,更没有女子敢与其对唱情歌,龙朱在与日俱增的孤寂中对爱情的渴望日益强烈。之后,他终于在一次情歌对唱中找到了属于他的爱情,找到了他喜欢的女子。在短篇小说《媚金·豹子·与那羊》中,媚金与豹子通过情歌对唱确定了彼此的心意,而后因爱与误会造成了一系列的悲剧事件。这篇小说同样将民歌当作一项重要工具,推动故事情节的发展。

其次,民歌营造了独特的氛围,成了故事发展的重要背景。

对于文学作品创作而言,营造氛围是重要内容之一。只有在文学作品中营造出与人物性格相协调的氛围,创造意境、烘托人物、增强作品感染力与渲染环境的目的才能实现。沈从文创作的文学作品,尤其是他对湘西世界的描写,总能通过语言、自然环境、音乐等元素将或忧伤或欢乐的独特氛围营造出来。

在《边城》中，沈从文通过描写当地独特的人文环境与自然地理环境，构建出如世外桃源一般的湘西世界美好的山水画卷。画卷中的人们充满了世俗的喜怒哀乐，并不是遥不可及的。沈从文在《边城》中常常以湘西地区特有的民歌衬托人物富有变化的心情，营造对应的氛围环境。其中多次以唱歌表现人物不断变化的心理，别致且隐晦。翠翠与祖父在日常生活中常使用各种小竹做成竖笛，在嬉闹时吹奏迎亲送女的曲子，翠翠在岸上吹得欢快，祖父则在行于溪上的船中以暗哑的声音唱得欢乐，祖孙俩和谐热闹的情境反衬出了周围环境的寂静，营造了一幅美好安宁的自然山水画卷，也表露出了翠翠对于爱情的朦胧的情感。迎亲送女既是祖父甜美的负担，也是其隐秘的心事。在翠翠陶醉地欣赏着傩送美妙的歌声，飞到对岸山崖上采摘虎耳草的情节中，以"浮起来"表现了翠翠听到心上人对着自己唱情歌时美妙快乐如梦境般的愉悦心情，营造出了十分浪漫的氛围。

在《三三》中，沈从文用咿咿呀呀不停转动的水车，形容这里生活的人们，每天不停歇地唱歌不知疲倦，将人们闲适洒脱的生活填充到了民歌的背景中，营造出了美好的生活氛围。

最后，民歌是对沈从文浪漫情怀的一种体现。

情歌在湘西民歌中占大部分，这里生活的人们用唱歌来传情示爱、为媒为聘。每逢佳节，这里的青年男女都会穿着盛装，相聚在约定的地方对歌、听歌，伴着美好动听的歌声欢快地狂欢与舞蹈。对歌的形式可以为二人单独对唱，也可以为集体对唱，唱歌者借歌唱向对方传达自己的爱意，表达其对未来婚姻生活的期待。在沈从文的笔下，有很多人通过唱歌找到了心爱的人，获得了爱情。

在《边城》中，翠翠的母亲与父亲就是通过对唱情歌相互表明爱意才恋爱的，翠翠与傩送之间的情感也因唱歌而愈加深厚。《阿黑小史》中，阿黑也是因对歌与五明走到了一起。《萧萧》中，在听到花狗的歌声后，质朴单纯的萧萧也产生了对爱情的憧憬，与花狗有了肌肤之亲。正是这种不受地位与金钱干扰的对歌求爱的方式，为青年男女保留住了婚恋中的自主权，将世俗的牵绊拒绝在外，将湘西的婚恋自由表现了出来。

《边城》中，傩送因其俊美的外貌在小城中闻名，他的出名不是因为其身份是船总的儿子，也不是因为其父顺顺在小城中颇有地位，仅是绰号"岳云"，就可以想象到其貌美非凡。恋爱时，傩送在面对碾坊与渡船的选择时，放弃了代表着富贵的碾坊，选择了代表贫穷与爱情的渡船。

《龙朱》中，龙朱受人尊敬的原因并不是其白耳族王子的身份，而是其为人和善，且是一个完美的人，有很好的歌喉。在追寻爱情时，龙朱的地位与身份并没有为其带来任何帮助，反而因为其自身的完美，没有女子敢于与其对歌。沈从文在其创作的作品中，对情歌对唱进行了大量的描绘，侧面表现出湘西人民对地位与金钱的忽视，他们具有重视歌声、品质与外貌的浪漫特质。

## 第三节　沈从文小说中浪漫的人性拯救

### 一、沈从文小说中人性拯救的主题

沈从文的作品大体可以分为两大类，即"乐园小说"和"失乐园小说"。两类小说均将人性拯救当作主题。人性之美在沈从文的笔下得到了极致的发挥，他借助"乡下人"的爱，构建了一座为作品与理想社会而存在的"神庙"，借助那些微妙且内涵丰富的细节描写，让一个充满浓郁乡土气息的理想中的"湘西世界"跃然纸上；他用审美对现代人那异化的生命形式施以援手。

沈从文的作品有着拯救现代人扭曲而异化的生命形式的意旨，因而我们可以从其小说中发现一种审美拯救的文化品格。其作品里的审美拯救文化品格营造出了一个真实的"湘西世界"，创造出了满怀诗意的审美臆想，让人们得到了幻想上的审美满足感。同时，他站在"乡下人"的文化立场上，对现代文明导致的人性异化进行了审美抵抗，将"供奉人性"当作其精神指向，意在以审美拯救现实里的世俗社会，沈从文的许多作品中都反映出这一特征。例如，《萧萧》中就有着审美拯救的文化品格。

《萧萧》是一部抒情短篇小说，描述了一个乡下童养媳的悲惨故事。这部小说中的乡土气息极为浓郁，在颂扬湘西世界人性美这个主题下，沈从文设计了微妙的小说情节。小说的主要内容为：一名叫作萧萧的湘西女子因家中贫困，在12岁那年便以童养媳的身份出嫁了，但是她的丈夫在娶她那一年只是个刚断奶的孩子。所以，尽管萧萧已经出嫁，但却依旧如同在家中一般，日日做家务，陪伴自己的小丈夫成长。萧萧到了15岁时，青春期的到来让她开始朦胧地追求爱情，因而在迷糊中受到长工花狗的引诱，最终失身怀孕。当人们发现萧萧怀孕之后，本来应该根据族规直接"发卖"萧萧，但是由于当时没有相当的人家要她，所以不得不搁置下来。直到萧萧生下了一个男孩，这个男孩让萧萧的婆家做出了决定，他们让萧萧留下来继续陪着丈夫过平静的生活。萧萧的儿子在 12 岁时又娶了一位大自己 6 岁的媳妇，这让年纪轻轻的萧萧成了婆婆。作品中围绕着"不悖乎人性"的主题，将湘西淳朴的民风生动地展现了出来，并严厉谴责了旧社会野蛮而愚昧的制度，深入剖析了历史文化与民族性。

《萧萧》是沈从文 1929 年创作的小说，此时他刚从湘西来到上海，看到了人性在都市文明之中发生的变异，因而决定在自己的作品当中创建一个能够将天人合一社会理想体现出来的"湘西世界"，且在其中供奉"人性"，从而让人们抵御现代物质文明的侵染。因而其作品中的"乡下人"有着更具人性和人情的品质，作者借助萧萧以童养媳身份出嫁、萧萧被花狗诱奸和萧萧的结局这三个阶段来考量主题。

当面对制度和人性的斗争时，沈从文总会倾向于人性的胜利。萧萧以自己天然的人性对抗婚姻；家人以农人自然淳朴的天性对抗礼法。虽然这些对抗看起来并非是自觉的，甚至充满自我抑制，显得十分弱小，且充满偶然性，但却一直蕴含在"种田的庄子"当中，由此一来，沈从文悄然搭建起了自己所期待的人性"小庙"。

沈从文选择了乡下和自然，放弃了城市与文明，但其实他的内心充满矛盾：虽然他借助笔墨构建了一个臆想中供奉着人性的"小庙"，但却无法摆脱那时刻追随的湘西之影，因而其笔尖也染上了难以言喻的忧愁；他一边颂扬着自然和人性，一边又清楚地知道时代的"变"是人性之"常"无法轻易适应的，他渴望变中求生，又畏惧人性因"变"堕落。《萧萧》便是体现沈从文矛盾的文化心态的一个典型文本。[①]

在《萧萧》中也有着现实主义的清醒，萧萧的命运其实具有很大的幸运成分和偶然性，她从未能掌控自己的命运，而是一直受外部力量的摆布。她的快乐当中隐藏着麻木与无知。

在"湘西世界"与"现实世界"的强烈对比之下，沈从文开始质疑现实社会与现代人当前的生活方式，因而其文学作品反映出理想世界和现实社会的对照，他在这些对比与对照里找到了人的诗性，希望借此对现代社会里人那扭曲异化的生命施以援手。沈从文希望社会能够得到重造，因此他创作新的经典来彻底批判现代文明，并进行积极建构。生命在沈从文的眼中是一种

---

① 　王学振.从《萧萧》看沈从文文化心态的矛盾[J].西南民族大学学报(人文社科版)，2006（8）：111-113.

神性体现，是最为美好与崇高的存在。而神性便是由个体展现出来，得到群体接受，最后成为所有人都接受和认可的常态的崇高精神，它可以推动人类文明进程。

《萧萧》并非单纯注重塑造独特的人物性格，它更关注湘西人民那传承了数代的生命形式，旨在将湘西底层原生态的生存情况与当地的风土人情展现出来。作品的主要目的是表现人性，表现出有着旺盛生命力的自然人性，表现出在极为恶劣的情况当中人的自然本性也可以展露出生命光彩。在作品中，沈从文对萧萧这个主人公自然的生命意识进行了肯定，对人绽放光芒的灵魂和自然本性进行了肯定，主要表现为萧萧在环境适应中表现出的健康生长状态、萧萧顺从于自己的童养媳身份、萧萧渴望美好简单生活以及萧萧对婚外情的随意和茫然，而故事的结局则反映了原生态生活的继续。

沈从文通过将人性"神性"化的方式来体现与弘扬湘西世界的人性之美。"神性"这个概念经过了美化，难以被把握和触碰。尽管人们生活非常艰苦，在沈从文笔下的"湘西世界"当中，处处都是艰难的生活，但人们依旧被美好的人性驱使着，对光明美好的生活抱有希望。

萧萧这种自然自在的无意识生存状态与生命形式的相关描写体现在作品的每一处，沈从文一直温和而平静地看待这个主人公，没有恨铁不成钢的急迫，也没有否定之意，就是直白地将真实的人物生活与地方风俗展现出来。因此，我们可以在《萧萧》里找到一种善良、简单、淳朴的人性美。

所有人都可以从沈从文的作品里找到自己追求过的梦想，并重新振作起来抗争生活中的磨难。沈从文就如同传播人性中"美"与"爱"的布道者，借助自己的作品来拯救人们扭曲异化的生命形式。

在沈从文的作品中，精神世界与现实世界相互矛盾，如同一个无法统一的梦境。不过依然有许多人相信着这个梦。人们总会对沈从文的作品报以轻叹，即便是一个悲剧故事，人们也愿意用遗憾来代替悲剧这个称呼。因为人们总有机会弥补遗憾，所以可以抱着希望进行等待。沈从文的作品里有许多优秀、美好的女性角色，不管是萧萧，还是翠翠，她们身上都有着人性里与"神"最为接近的品质。

综上所述，沈从文的作品当中存在着一种审美拯救文化品格。沈从文通过营造湘西"边城世界"，创造出了一个充满诗意的审美意象，让现代人有一种幻想性的审美满足。他从"乡下人"这个文化视角来抵抗"现代文明"对人性的异化，将"供奉人性"当作其精神指向，意在对现实里的世俗社会进行审美拯救。

## 二、沈从文小说中人性拯救的表现

沈从文的"失乐园小说"展现出来的是"懵懂者""挣扎者""腐败者""落伍者""反抗者""坚守者"的人生形态。

在"乐园小说"中，湘西呈现出来的是单纯性，是沈从文对牧歌情致的美好向往；而在"失乐园小说"中，湘西呈现出来的则是复杂性，是沈从文对田园牧歌式生活逐渐消失的忧虑，他对此感到了一种极强的幻灭感，一种宿命的叹息。沈从文创作的《长河》有着"湘西全息图"的气势，是"乐园小说"与"失乐园小说"的综合体，更是沈从文小说艺术追求的集大成之作。

沈从文在都市系列小说当中主要描述的是城市知识阶级，着重表现上层社会在现代文明的激烈冲击之下出现的人性缺失和道德堕落，他通过描写人物病态的生理和心理，展现出了人性的庸俗和丑陋。

沈从文主要在描写都市中的"绅士淑女"和"上等人"时展现"丑陋"的都市人性。《王谢子弟》《绅士的太太》《八骏图》《某夫妇》等作品都淋漓尽致地展现出了都市"上流社会"当中绅士淑女丑陋的人性。

其中，《绅士的太太》讲的是作为国会议员的绅士、绅士的太太、另一绅士家里留学归来的少爷以及三姨太之间的情感纠葛和冲突。从表面来看，这两个家庭充满温情，人人都风度翩翩，然而剥开外皮，露出的却是无情欺骗和放纵堕落。沈从文将绅士淑女的虚伪面具彻底撕开，让都市中虚伪的道德凸显出来，并通过"类型化"的方式将其扩展至都市人生界面。在都市小说中，沈从文不再如写乡土小说一般，细节化描写人物，他经常会使用符号或代码代指人物，用这些符号化和类型化的方式将都市人的个性抹除，暴露出都市人在作者理解中的本质。

沈从文在小说里以人性为表现重心。他创作的乡村世界是在跟都市世界相互参照的格局当中展现出来的，而湘西人性也是在跟都市人性相互对照中着重体现出来的。沈从文既无情揭露了病苦，又给予了充满情义的疗救。其作品坚持遵循历史和美学原则，不触及政治，不存于时空，有着永恒不变的审美价值。

沈从文的作品让人们思考，更让人们回味无穷。他建构了一个有着"人性美"的小说世界，而最能体现出"人性美"的便是其创作的"湘西系列"。他站在审美现代性角度，为了拯救和修复现代性而构筑了一个自然、诗意的感性审美世界，为我国现代性进程做出了一定的贡献。

　　沈从文是个敏锐的人，可以察觉到生活里的点滴温情和美好。在他的笔下，老人的淳朴、幼子的单纯与河流的清澈都如同一句诗词、一幅画作。好的背后有坏，而好则是对坏的平衡，是对坏的拯救，可以拯救一个成长在坏环境里的人的心灵。

　　人们在沈从文的散文里看到了一个美好的"湘西世界"，从而较容易生出对美好生活的追求之心。沈从文散文里存在的生命意识可指导人们塑造良好的精神品格。在沈从文的散文当中，也有着对于生命的拯救，如《月下》《时间》《流光》等。

# 第二章　中国小说的诗化叙述

## 第一节　诗化小说的特征及生成

### 一、诗化小说的定义与艺术特征分析

诗化是我国古代小说发展历程中出现的一种较为独特的现象。最初，诗化的形态是指在小说里插入诗词曲赋韵语，使其成为小说的一部分，而更进一步的表现是作为叙事艺术的小说具有了诗意，作品中充满了诗情画意。现代意义上，诗化小说的文学概念自传入我国以来借新文学运动发扬光大。我国作家既传承了中国文学的诗性，又吸收了来自西方的现代艺术手法以及现代文学观念，因而让小说和诗歌的融合更加完美，由此也促使中国产生了新的小说文体——现代诗化小说。[①]

①　廖高会.文体的边缘之花：略论诗化小说的特征与概念[J].长春理工大学学报（社会科学版），2011，24（7）：82-84.

### （一）诗化小说的定义

作为一个诗歌国度，中国的诗歌一直都是传统文学中发展最为璀璨的艺术之一。自唐代传奇小说兴起以来，唐传奇、宋话本、元杂剧及明清小说中均带有较强的诗意。20世纪初期，新文化运动期间，我国作家继承了中国传统文学中的诗性，并学习了西方的艺术手法和文学观念，最终开创了中国现代诗化小说。

诗化小说这个文学概念的边界十分宽泛，我国学术界对与诗化小说这一概念相似或相近的文学概念的命名包括"诗意小说""诗体小说""诗小说""抒情诗小说""抒情小说""抒情乡土小说""意境小说""写意小说"等。我国学者在诗化小说的发展历程当中，曾站在各种角度对诗化小说进行各种各样的概括。

周作人是我国较早提出"抒情诗小说"这一概念的作家。1920年，周作人在谈到自己翻译《晚间的来客》这部小说的意图时，从小说文体的角度将这种新型小说称为"抒情诗的小说"。1921年，在郑振铎与作家汉胄（刘大白）的一场争论当中，出现了"抒情小说"这个概念。

20世纪70—80年代，国内众多学者纷纷投向诗化小说研究热潮。学者杨义在研究现代浪漫抒情派小说时提出了一个观点，即散文化的小说可以被称为随意小说，诗化小说则可以被称为"立意小说"①。我国学者钱理群在《中国现代文学三十年》中对沈从文的《边城》进行分析时指出，沈从文的小说体式可以被称为文化小说、诗小说或抒情小说。钱理群所提出的诗小说即诗化小说。正式提出"诗化小说"这一概念的则是石道成和王君，他们在两人共同编著的《新潮文艺知识手册》中将小说与诗融合而成的文体定义为"诗化小说"。我国学者吴晓东对"诗化小说"的定义进行了明确的概括，称诗化小说具有"语言的诗化与结构的散文化，小说艺术思维的意念化与抽象化，以及意象性抒情、象征性意境营造等诸种形式特征"②。周伟在《诗化小说阅读教学初探》里提出，作者在继承了我国古代诗性传统的基础之上，使小说中融入了一些诗歌特性，所形成的全新的小说形式便是诗化小说。这种小说采取诗性的思维方式进行文章的构思，其中的小说情节被淡化，而语言则进一步诗化，从而营造出一种充满诗意的境界，展现出诗化之人性，抒

---

① 杨义.中国现代小说史（第1卷）[M].北京：人民文学出版社，1986：543.
② 吴晓东.现代"诗化小说"探索[J].文学评论，1997（1）：118-127.

发作者的诗化情怀。[①]

### （二）诗化小说的艺术特征

与传统意义上的小说相比，诗化小说在艺术上表现出以下几个特点。

首先，诗化的小说具有诗性的思维方式。

此处的诗性思维方式不同于传统小说中采取的具有较强逻辑性的线性思维方式，而是一种发散性思维方式，一种非线性思维方式。传统小说是以线性逻辑的叙事作为支架，用故事情节构建小说的骨架，并辅以环境描写和人物形象刻画，以保证在完整故事情节的基础之上，让人物形象更加突出生动，并反映出整部小说的主题。

但是诗性小说采用的并不是线性叙事的方式，小说情节被进一步淡化，叙事与诗性相互结合。我国学者廖高会在论述诗化小说中蕴藏的艺术特点时，从结构主义语言学理论角度出发，从横向组合和纵向聚合两个维度对文本的结构进行了分析。结构主义的代表学者索绪尔指出，文本的横向组合可称为句段关系，而纵向的聚合关系则称为联想关系。诗化小说在构思时弱化了句段关系，而强化了联想关系。联想思维具有放射性、非固定性与自由性特点，这些特点同时更是诗化小说中思维模式的特点。

在诗化小说中，诗性思维借助联想关系生成各种具有极强抒情色彩的语句，并将其纳入横向结构的叙事话语里，从而使小说的纵横向结构交叉和融合，形成独特的思维结构。这种思维结构中容纳了大量具有抒情性质的词句，所以小说叙事情节逻辑有一定弱化，而其中抒情性得到很大加强。

比如，沈从文的作品《边城》中有许多关于人文与自然景观的描写，以及感情的抒发，其中包括对山水自然的诗意的描写、对浓郁的民俗风情的表现等，而这些对自然景物与民俗风情的描写又与对小说人物情感的表现息息相关，既可以对小说情节发展起到一定的推动作用，也可以让小说的诗性特点得到强化。

其次，诗化小说具有情节淡化的显著特点。

我国一些学者曾将诗化小说命名为抒情诗小说。传统小说是围绕着情节展开的，通常借助推进故事情节来呈现出故事人物的性格，表达相应主题，而以情节为中心的小说创作方法也决定了小说的叙事性远大于小说的抒

---

① 周伟.诗化小说阅读教学初探——以《荷花淀》为例[D].徐州：江苏师范大学，2016.

情性，小说的抒情是随着小说叙事情节的展开而进行的。在诗化小说中，感情的抒发具有极为重要的作用，诗化小说打破了传统小说以情节为中心的特点，抒情与叙事在小说里的占比也发生了巨大改变。诗化小说不以推动情节叙事为主体，而是将抒情当作主体，借助表达作者的情感思想来推进小说情节。

传统小说主张以曲折而紧凑的情节引人入胜，让读者欲罢不能。但诗性小说恰恰相反，主张将大量的抒情性内容融入叙事情节当中，所以从整体上来看，这种小说的情节被故意拉长和延缓，也明显被淡化，从而为充满诗意的抒情留下了广阔的空间。仍以沈从文的小说《边城》为例，翠翠和傩送的爱情是该小说的主要线索，然而基于这一主题进行叙事的过程中，作者描写了许多本地的自然景色以及端午节的风俗民情，这让读者在阅读中仿佛看到了一幅山水风景画。同时，缓慢的故事情节会让人产生小说的抒情描述里似乎隐藏着故事情节的感觉。

再次，诗化小说的语言具有较强的诗化色彩。

传统小说以叙述性的语言为主，注重再现性与讲述性效果，而诗化小说的语言则表现出了较强的描述性和表现性。诗化小说中语言的诗化色彩通常表现在以下几个方面。

第一，诗化小说的语言通常较多地反映了作者的主观情感。

从《边城》里"这些诚实勇敢的人，也爱利，也仗义，同一般当地人相似""一个对于诗歌图画稍有兴味的旅客，在这小河中，蜷伏于一只小船上，作三十天的旅行，必不至于感到厌烦，正因为处处有奇迹，自然的大胆处与精巧处，无一处不使人神往倾心""这些人既重义轻利，又能守信自约，即便是娼妓，也常常较之讲道德知羞耻的城市中人还更可信任"等语句中，我们可以明显看到，作者将自身的主观情感和判断融入了这些语言。

第二，诗化小说的语言有助于呈现较强的画面美。

诗化小说拥有生活的美感与实际感，又有引人深思的思想内涵。当拥有了诗意美之后，小说便不再局限于一定的画面，而是会上升到无限的思想、理念的升腾力与张力上，从具体的情节和人物上升到诗意、意蕴的概括力与归整力，既展现出生活的美感与具体感，也拥有独特的文学思想特质，引发读者的深思。① 阅读诗化小说就像在看一幅徐徐展开的风俗画卷，作者常常

① 廖高会.文体的边缘之花：略论诗化小说的特征与概念[J].长春理工大学学报（社会科学版），2011，24（7）：82-84.

用寥寥数语就勾勒出一幅美丽的画卷。例如，在《边城》中，沈从文写道："小溪流下去，绕山岨流，约三里便汇入茶峒的大河。人若过溪越小山走去，则只一里路就到了茶峒城边。溪流如弓背，山路如弓弦，故远近有了小小差异。小溪宽约二十丈，河床为大片石头作成。静静的水即或深到一篙不能落底，却依然清澈透明，河中游鱼来去皆可以计数。"文章起始处的短短几句，便向读者呈现出了一幅美好的自然画卷，让读者感觉看到了大河横流、山水相依、小溪绕山流的美好环境，体现出了小说画面之美。

第三，诗化小说的语言具有较强的音乐性特点。

诗化小说中的语言以作者表达自身内在情感为主，因而语言经常会因情感的变化呈现出如同音乐一样的韵律与节奏变化。例如，《边城》中写道："风日清和的天气，无人过渡，镇日长闲，祖父同翠翠便坐在门前大岩石上晒太阳；或把一段木头从高处向水中抛去，嗾使身边黄狗自岩石高处跃下，把木头衔回来。或翠翠与黄狗皆张着耳朵，听祖父说些城中多年以前的战争故事；或祖父同翠翠两人，各把小竹做成的竖笛，逗在嘴边吹着迎亲送女的曲子。"借着"无人过渡""镇日长闲"等四字短语，文字变得如同音乐一般，朗朗上口，充满节奏感。

最后，诗化小说中的环境具有意境化特点。

在艺术表现方面，中国古典诗歌一直追求的最高境界就是意境，主张诗人将外部景物与内心情感有机结合起来，从而形成一幅充满深情意蕴的画面，实现对诗性审美的追求。诗化小说有着诗歌的审美目标，其或表现为整体构思上的诗情寄托，或表现为充满诗意的局部描写，且充满浓郁的抒情气息，蕴含着丰富的哲理。此类小说不注重叙事功能，不靠情节冲突塑造人物性格，而专注于创造意境，在表达思想时会营造出一种意境，实现物我同一的效果。具体来看，诗化小说会通过意境化一个环境来抒发感情，让感情和意境交融，让读者感受到环境之美，并体会到其中的人性之美。例如《龙朱》中："白耳族男女结合，在唱歌庆大年时，端午时，八月中秋时，以及跳年刺牛大祭时，男女成群唱，成群舞。女人们，各自穿了峒锦衣裙，各戴花擦粉，供男子享受。平常时，在好天气下，或早或晚，在山中深洞，在水滨，唱着歌，把男女吸到一块来，即在太阳下或月亮下，成了熟人，做着只有顶熟的人可做的事。"这段话通过对白耳族风俗的描写营造出一种极具浪漫色彩的盛大而热烈的氛围。另外，诗化小说也会借助诗歌的象征、隐喻、主情性让心理与时间交融，淡化情节，并在其中创造出充满哲理性的诗意之美。

## 二、诗化小说的生成特点

在新时期的文学创作里，小说诗化这一现象十分普遍。站在文化视角来看，诗化小说这种文体统一了作者的生命理想、审美意识、哲学观念三个相互关联、不断转换的内涵层次，反映了弃绝现实嘈杂、求得和平的生命理想，超越了现实丑恶的唯美化趣味，摆脱了理性、认同神秘思维的哲学观念。诗化小说作为比较特殊的小说文体，在生成机制上主要有三个特点。

### （一）诗化小说的表现方式由其先在意向结构决定。

中国现代诗化小说独有的诗性存在形态导致其不会沉没在历史潮流当中，而一直都以独特的形式存在于现代文学当中。诗化小说与现实小说以及浪漫主义小说的最大不同在于诗化小说并非以一种外放形式表达情感，而是借助暗示或者象征等较含蓄、内敛的方式来表达情感，而这同时也是中国现代诗化小说的本质特点。

在系统性地研究和分析诗化小说之后，我国学者发现，在诗化小说生成时，作者自身的先在意向结构会对作者的表达方式、倾向与感受产生决定性影响。现实世界中充满了俗世的悲欢和喜乐，社会中存在着拥有各种价值观的人，现实世界有时会让人失望，人们在现实社会中感受到温暖的爱的同时，也会感受到种种不美好。所以，诗化小说作者必然已经具有一个意向结构，之后再感受这个现实世界，意向结构直接决定了作者感受的敏感度、方向和方式。[①]具体来说，决定诗化小说创作的先在意向结构主要表现在以下两个方面。

第一，作者在创作诗化小说之前，需要抱着对美和诗性的期待来观察与感受这个世界。人生当中难免会经历各种各样的不如意，现实生活往往并不美好。诗化小说作者尽管已经明确现实世界当中存在着各种不如意和不美好，甚至还有丑恶的人性，然而其依旧不会在创作时以一种现实的功利态度来审视生活，而会对现实社会中蕴藏在生命中的诗意的内涵十分敏感，注重从细微的事物中感受现实生命的诗性价值和美感。诗化小说作者的这种感受与其对生活的诗性期待是分不开的。只有对生活抱有诗性期待的作者才能从一件细小的事或物中发现美好的诗性，才能创作出诗化小说。所以我们可以看出，作者在创作诗化小说时的原动力是诗性期待。

---

[①] 童庆炳.维纳斯的腰带：创作美学[M].北京：北京师范大学出版社，2016：277.

比如，我国知名现代诗化小说作家沈从文创作的有自传性质的《从文自传》中，有一段内容便反映了其观察外部世界的角度和创作心境："我永远不厌倦的是'看'一切在动作中，在静止中，在我印象里，我都能抓定它的最美丽与最调和的风度，但我的爱好显然却不能同一般目的相合。我不明白一切同人类生活相联结时的美恶，另外一句话说来，就是我不大能领会伦理的美。接近人生时，我永远是个艺术家的感情，却绝不是所谓道德君子的感情。"[①]从这段话中可以看出，沈从文是从美的角度来观察世界的，对现实人生保持一种艺术欣赏者的态度，而非一个社会道德伦理家的态度。由此可知，虽然世界中充满苦难，但社会在诗化小说家眼中依然存在着诗意。以此为前提，作者即便是描述底层人民的悲苦生活，字里行间也会透露出人们坚韧的生活态度和诗意浪漫。

又如，《边城》里老船夫的生活充满不幸，女儿与军人相恋，怀孕生子之后竟然自杀殉情。此时的老人，既要承受失去女儿的悲痛，又要担负起养育初生婴儿的责任。翠翠在跟老船夫和一只黄狗相依为命的环境中逐渐长大，过着非常辛苦的生活，然而作者在描写的时候却用了这样的语言："老船夫不论晴雨，必守在船头。有人过渡时，便略弯着腰，两手缘引了竹缆，把船横渡过小溪。有时疲倦了，躺在临溪大石上睡着了，人在隔岸招手喊过渡，翠翠不让祖父起身，就跳下船去，很敏捷地替祖父把路人渡过溪，一切皆溜刷在行，从不误事。有时又和祖父、黄狗一同在船上，过渡时和祖父一同动手，船将近岸边，祖父正向客人招呼'慢点，慢点'时，那只黄狗便口衔绳子，最先一跃而上，且俨然懂得如何方为尽职似的，把船绳紧衔着拖船拢岸。"[②]从这段话里，我们可以看到老船夫恪尽职守的良好品格，也能感受到其工作的艰辛，以及老船夫也会有"疲倦"的时候。但是从总体来看，这一段依旧独具诗意。

第二，诗化小说的作者自觉的生命体验意识是构成意向结构的另一个重要因素。在进行创作时，作者必须对生活和生命有所体验，可以将生活中各种事物及其关系与经验结合起来，方能完成创作。此处的体验生活并非单纯体验现实生活，它还指对作者内心世界的一种观照与反思。诗化小说是一种内倾式的小说。诗化小说作者在创作时一般不向外寻找叙事题材，而是向里寻找生命最本真的意义，以一种内省的方式强化对生命的理解。[③]诗化小

①　沈从文.从文自传[M].长沙：岳麓书社，2010：323.
②　沈从文.边城[M].北京：中国友谊出版公司，2019：5.
③　卢临节.中国现代诗化小说研究[D].武汉：武汉大学，2012.

说作者的创作多与其个人的生活经验或生命体验有着直接关系，如诗化小说作家中，沈从文曾经生活在湘西，于是他在作品里构建起了一个和其过去生活有密切联系的"湘西世界"，而孙犁一直生活在白洋淀流域，因此其作品往往围绕白洋淀发生的各种事情而展开，他也因此创建了白洋淀派。除此之外，许多诗化作家都会将自己曾经生长的环境或者经历融入小说。

比如，著名的诗化小说作家鲁迅就根据自己的生命体验创作了许多诗化小说，如《故乡》《孤独者》《在酒楼上》。其中，《故乡》是作者以第一人称所写的一次返乡经历，其篇幅虽然不长，但作者通过第一人称视角观察故乡，发现故乡与记忆中的模样相比发生了较大变化，已并非作者记忆里的故乡，其中展现出的怅然若失的情感和失落之意非常令人动容。

因此，我们可以看到，跟其他小说相比，诗化小说并非单纯在文体上存在不同，两者之间的差异更多地体现在作者对待世界以及生命的意向结构方面。这种先在的意向结构使小说作者在创作时选择了诗化小说这种能够表达自己的生命体验和与自己对社会观察角度相契合的小说文体。

**（二）诗化小说是过滤和美化后的现实。**

诗化小说和其他小说文体不同，它并不会真实地对照和反映出现实世界，而是会保持着跟现实世界的距离，呈现出一个经过美化或者过滤之后的现实社会。诗化小说大多给人一种田园牧歌式的美好。然而，这种田园牧歌式的生活并非真实的现实。我国现代诗化小说的代表人物废名曾说，创作的时候应该进行反刍，因为只有这样其创作的作品才能成为一个梦，而梦不是真实的现实，而是模糊了的现实。对此，沈从文也认为要贴合现实与人生来进行创作，但他却决定脱离世界来创作作品，并相信只有这样才可以创作出自己理想中充满诗意的作品。诗化小说里反映的现实世界是经过过滤与美化之后的世界，这一点可以从以下几方面看出。

第一，诗化小说作者对待现实的态度与其他小说作者尤其是现实主义小说作者不同。现实主义小说作者主张逼真地反映出外部现实世界来进行创作，力求读者在作品里看到一个真实世界，并直面各种现实社会里的不堪。但是，诗化小说作者并不追求现实摹写，而更在乎抒发自己的内心真实感受。艺术源于现实，又高于现实，诗化小说作家在对现实进行反映时，普遍采取了遮蔽和过滤的态度来对这个不完美的世界进行改造。他们并非不了解真实的世界，相反，许多诗化小说作家是在对现实世界失望之后，才着意通过对现实世界的诗意改造来构建一个充满诗意的文学理想国。例如，沈从文创作诗化小说的一个重要因素即是对都市生活的失望。也正因如此，诗化小说作者在创作时不能如实地反映现实世界，而是一直跟现实世界之间隔着一道墙壁，如此一来才能让这个有缺陷的世界得到诗意改造。沈从文经常会在作品中描写位于社会底层的小人物，这些人的生活当中充满了现实的无奈。

例如，《边城》里的翠翠家境贫寒，所以只能以被动态度面对爱情，无法争取爱情。再如，《柏子》中的主人公柏子作为处于社会最底层的水手，无论冬天还是夏天，无论河面平静还是险滩遍布，当货船需要时，都必须毫不犹豫地跳进水中，当货船脱险后，才会一步步踩着河中的湿泥走上岸。但是他能得到的收入却无法让他娶个媳妇，只能每月去妓院妇人处寻一次温暖。

又如，《一个多情水手与一个多情妇人》中，妓女与水手都过着非常艰辛的生活，为了谋生而从事着迫不得已的工作。虽然两人相爱，但却无法突破现实枷锁，水手必须和船同行，晚了一刻都会遭到同行的无情痛骂，而妓女只能留在岸边，甚至无法得知水手回来的时间。然而，在沈从文的笔下，这些现实社会中的苦难却被淡化了，作者并没忽视苦难，而是着重表现他们生活中富有诗意的地方。翠翠长到 15 岁时，同时赢得了天保和傩送的爱慕，而她自己也恰恰爱上了他们二人中的一个；虽然柏子的生活辛苦，但是他拖着泥底的鞋子走进岸边小楼时，俨然像是一个久出远门的丈夫，归来时被妻子温柔地对待；多情水手和多情妇人之间的缠绵也为人们所瞩目，多情妇人送给水手自己攒下的核桃，让他在路上慢慢吃，就如同妻子为丈夫准备远行的零食一般，多情水手获得了极为难得的苹果之后，也会顶着同伴的谩骂，将苹果送给多情妇人。从这些对环境和人物的描写当中，我们可以轻松找到其中的诗性美。

第二，诗化小说作家在创作中追求"佯谬"的方式，以实现对现实社会的美化。"佯谬"为中国古代学者的一种创作精神。在中国传统文学创作当中，"佯谬"也被称为超然。"佯谬"最早被德国浪漫主义哲学家施莱格尔以文学创作概念提出。这既是修辞方法，也是表现方式，本质是坚持以一种诗意的生活态度和诗意化的精神取向看待现实社会，而拒绝接受现实生活中的黑暗或不理想的方面。从中国传统文学创作中的"佯谬"态度来看，超然即意味着与现实保持一定的距离，因此在现实生活中，有的作家虽然身处糟糕的环境，但仍以一种诗意的笔触来描绘自己的生活，将日常生活诗意化。而在现代诗化小说创作中，"佯谬"主要表现为作者并不会借助现实的双眼观察现实世界以获取诗性感悟，他们观察时用的是心灵的眼睛。其中，沈从文的诗化叙事就是跟湘西人民的生活融合成一个和谐自然的整体，让他能够在超然的境界当中观察现实生活，让自己的作品迈入人生诗意境界的深处。

例如，沈从文的作品《会明》中，会明是一个跟随打仗部队的伙夫，随时面临生命危险，就算他侥幸活下来，也会跟着队伍奔赴下一场残酷战斗。然而，面对现实生活的残酷，会明却表现得十分超然，他的心中怀着一个美好的愿望，即在一片阔大的树林里，一边垦荒，一边驻守，在这里养一群小鸡，并细心地喂养它们。这一看似简单的理想在乱世中却几乎是一种奢望，然而会明却并没有伤心失望，始终保持着一颗澄明安稳的心，做着成为鸡公的美梦。这种对战争的描写与现实主义小说不同，其并未直白地描写出战场的黑暗残酷以及行军路的艰辛疲惫，而是借助"佯谬"向读者描述了一个独特视角下的战争生活，在残酷战争环境中展现出了人生的诗意与人性的美好。

### （三）诗化小说是立足传统对现代的反思。

诗化小说里经常会描述各种世外桃源一般美丽而宁静的田园风光，给现代社会的人们带来了久违的天真的自然人性。在这些作品当中，现代社会中的尔虞我诈、功利思想都消失不见，取而代之的则是自然、和谐的人与人的相处。总体上来看，诗化小说中人们的生活方式与现代社会先进的生活方式相比有些落伍，更有些保守。我国学者在对诗化小说进行研究和分析时常使用传统、保守、牧歌情怀、挽歌等词汇。从绝大多数诗化小说来看，小说中常常反映出对过去传统生活的留恋以及对现实社会生活的厌恶。诗化小说作家坚信传统社会中存在着一些美好的品格，但现代文明社会却在一点点吞噬这些美好的品格。站在审美现代性角度来看，现代人应该反思他们所失去的美好品德，由此可以看出，诗化小说是审美现代意识推动下对社会现代性的一种背离和反思。①

现代社会让人们的生活更加方便，但也让人们越来越喜欢站在功利的角度上看待各种问题，人性中的各种弱点，如失信、贪婪、狡诈等都被凸显出来。诗化小说作者中很多人都在这个现代化的进程里经历过农村向着城市迁移的变化，因而对人性在现实社会里的丑陋有着非常深刻的感受。他们多以批判的眼光对现代化都市生活进行观察，并在心理上排斥这种现代化的变

---

① 叶诚生．诗化叙事与人生救赎——中国现代小说中的审美现代性 [J]．文史哲，2008（6）：73-80.

化，因此诗化小说作者多表现出对传统田园生活的回顾与难忘之情，而对现代文明对乡村侵蚀的现状深感忧虑。他们想要留住以往具有美好品质的传统乡村社会，并通过这种写作方式对现代社会进行反思。但是，不同作家在写作诗化小说时对现实有着不同的态度。

比如，著名诗化小说作家废名经常会借助诗化小说抒发自己因美好田园生活被现代文明入侵所产生的失落和不满，而沈从文、汪曾祺、孙犁等诗化小说作家则多表现对传统社会中的美好品格的弘扬。

又如，沈从文塑造了翠翠、萧萧、三三等一系列具有灵性的、美丽的、善良的女孩形象，对湘西世界的淳朴民俗和民风进行了赞美，并着重表现了苗族青年男女对待爱情的直爽态度，不矫揉造作，充满原始野性的美。

不过有一点值得注意，那就是尽管诗化小说和现实社会之间有着一定距离，但双方并非完全隔绝。诗化小说里总会涉及现代文明入侵乡村文明的内容，然而不同作家在处理这一点时的态度不同，则诗化小说表现出来的思想也有所差异。以沈从文为例，沈从文的代表作品《边城》中虽然到处充满了世外桃源般的诗意，但仍然出现了现代文明的新事物——碾坊。现代化碾坊几乎不需要人力即可收获利益。与碾坊相对应的则是小溪中的渡船，需要祖孙两个一点点攀着绳子来渡人渡物。这个情节让整部小说都充满了浪漫气息，也让现代社会文明的冲击被消解殆尽。

除沈从文外，还有一些诗化小说作家，如鲁迅、老舍、萧红、萧乾、师陀、骆宾基等对传统和现代社会的认识更加复杂和矛盾。诗化小说作家在作品中表现出来的多样化的、复杂的情感与其面对的社会环境有关。

诗化小说作家所处的社会正在经历一场过渡转型，从传统社会转为现代化社会。我国诗化小说的发展也历经了多个阶段，其中20世纪30—40年代、20世纪50年代、20世纪80—90年代为我国诗化小说的发展高峰期。这三个时期均是我国社会发生重大变革和转型的时期。中国最初向现代社会的转型并不是自发产生的，而是在落后的情况下，伴随着西方列强的军事入侵和经济掠夺而发生的，因此这一过程不仅带有较大的强迫性，还对中国传统的农耕社会造成了相当大的破坏。在这种社会转型中，传统的、旧有的社会秩序被破坏，新的社会秩序却还没有建立起来，一切都处于杂糅状态。诗化小说作家基本上都是亲身经历和见证了社会变革与转型的人，现代文明对乡村文化的冲击对他们产生了一定的影响，改变了他们的精神状态以及生活。而诗化小说作家的不同立场也决定了其作品里的思想有着不同的状态。

# 第二节 中国诗化小说的源流

## 一、中国诗化小说起源

在研究中国现代诗化小说时，我国学者就诗化小说的源头进行了一定的争论。在绝大部分学者看来，我国诗化小说的开拓者为鲁迅，其作品《社戏》《伤逝》《故乡》等开创了我国现代诗化小说的先河。鲁迅的《故乡》以第一人称的视角描写了"我"回到故乡后的所见所闻。在这篇文章中，鲁迅使用现实与回忆相交叉的手法回忆了小时候"我"与少年闰土的情谊。文中充满了对旧时故乡的眷恋，充满了诗意，带有强烈的抒情色彩，因此被一些学者归入诗化小说的行列。然而还有一些学者，如席建彬等人认为鲁迅在《故乡》中更注重对故乡萧索、荒凉和沉闷现状的描绘，并没有着意表现诗意的人生，因此这篇小说并不属于诗化小说。但支持这一观点的人较少，属于一家之言。本书以大部分学者所认可的说法为准，将鲁迅于1921年发表的小说《故乡》看作我国诗化小说开源之作。

在20世纪20年代，还有许多现实主义作者尝试创作了许多具有抒情味道的诗化小说。例如，作家许钦文创作的《父亲的花园》《我看海棠花》等小说大多以今昔对比的方式表达强烈的情感，充溢着诗性的味道。再如，作家王统照创作于20世纪20年代的《春雨之夜》讲述了一个春雨淅沥的夜晚发生在列车上的一段浪漫的邂逅。作者在这篇小说里用华丽的文字为读者描述了梦幻般的诗意朦胧的景色。除此之外，王统照还创作了《一叶》《黄昏》等作品，都属于此类风格。

在鲁迅之后，新一代的诗化小说创作先驱为废名，废名创作的《桃园》《竹林的故事》《桥》等作品都属于诗化小说。他的作品让我国现代诗化小说有了更加丰富的艺术表现技巧，推动中国诗化小说艺术向着更成熟的方向发展。废名的小说在中国现代文学史上属于别具特点的一类作品。从《浣衣母》开始，废名的小说开始朝着诗化的风格靠拢。在废名所有的作品中，《竹林的故事》和《桃园》两部短篇小说的诗化风格最为明显。

《竹林的故事》讲述了一个名叫三姑娘的女子的故事，三姑娘生长在一个普通的农家，小时候父亲常带着她看戏或捉鱼，三姑娘的日子过得十分快乐，三姑娘的父亲去世后，她就和母亲一起种菜、卖菜，从不像其他同龄人一样爱看热闹，她的生活十分单纯。这样的三姑娘仿佛远离了世俗社会的一切，然而又是真切地生活在乡村的人。她有着恬淡的性情，不会因人世间沧桑发生改变，一直都保持着超脱性情。废名也是首个在诗化小说里使用隐喻来营造氛围和烘托气氛的人。

废名的《桃园》讲的是王老大和女儿阿毛在孤零零的桃园中互相陪伴的故事，阿毛的身体越来越差，王老大为了让女儿开心，买了她喜欢的玻璃桃子，却在半路意外把桃子碰碎了。虽然这篇小说情节极为简单，但是以阿毛这个孩子的视角进行了大段的意识流描写，如"阿毛用了她的小手摸过这许多的树，不，这一棵一棵的树是阿毛一手抱大的！——是爸爸拿水浇得这么大吗？她记起城外山上满山的坟，她的妈妈也有一个，——妈妈的坟就在这园里不好吗？爸爸为什么同妈妈打架呢？有一回一笸桃子都踢翻了，阿毛一个一个的朝笸里拣"。作者以隐喻性的文字营造出了独特的意境，表达出了人物内心的丰富情感。

在废名之后，中国现代诗化小说的接力棒来到了沈从文手中。沈从文的《三三》《边城》《萧萧》等作品借助故事抒情，展现出独特的诗化意境，并为小说的散文化和诗化进行了良好的探索和实践。

在中国 20 世纪文学史上，沈从文的声誉或许是起伏最大的一个。20 世纪 30 年代，他是北方文坛的领袖；20 世纪 40 年代，因郭沫若"桃红色作家"的指斥，沈从文退出文坛，长期被尘封土埋。沈从文在 20 世纪 80 年代迎来了人生转机，自此声誉鹊起，人人皆称其为"大师"。正如汪曾祺评价沈从文："除了鲁迅，还有谁的文学成就比他高呢？"

1995 年，吴晓东和钱理群推出了一个排在最前列的七位现代作家的名单。他们在《"分离"与"回归"——绘图本〈中国文学史〉（20 世纪）的写作构想》一文中写道："在鲁迅之下，我们给下列六位作家以更高的评价与更为重要的文学史地位，即老舍、沈从文、曹禺、张爱玲、冯至、穆旦。"① 沈从文名列第三位。

沈从文在中国诗化小说历史中有着极为特殊的重要地位，上承废名，下启汪曾祺，可谓我国诗化小说界的中坚人物。然而，沈从文却有一条充满坎坷艰辛的创作之路，他曾有许多年一直在不断摸索发展的方向。这一点从沈从文在北京的经历可以看出来。沈从文在北京学习创作时，曾经身无分文，

① 钱理群，吴晓东."分离"与"回归"——绘图本《中国文学史》（20 世纪）的写作构想 [J].文艺理论研究，1995（1）：37-44.

迫不得已向社会上有名望的大师求助，也因此得到了当时在社会上已颇有名望的著名作家郁达夫的帮助。之后，沈从文经历了较长时间的摸索，终于找到了适合自己的小说创作方式，即创建一个湘西理想国。沈从文湘西系列作品通常属于诗化小说系列，如 20 世纪 20 年代沈从文创作的《柏子》《雨后》《菜园》《萧萧》《会明》《夫妇》等语言简练、意境优美的诗化小说。我们可以从沈从文创作的诗化小说里发现，他非常擅长将平凡人家的普通生活中蕴含的独特诗意挖掘出来，借助自身的敏锐观察力来加工各种细节，最终构建出一个充满诗意的湘西世界。

中国的时代主旋律在 20 世纪 30 年代发生了颠覆性的变化，文学领域也受到了波及，一时之间，革命文学成了当时中国文学中的主流。在这个时期里，绝大多数作家选择的写作方式为现实主义，因此我国在这个时期出现了许多现实主义经典作品。但是部分作家依旧在探索着现实主义之外的文学创作方式，这类文学得到了梁实秋与朱光潜等学者在理论上的支持。这一时期仍然坚持诗化小说创作的作家主要有沈从文、废名、萧乾、何其芳等人。这一时期，沈从文继续构建他的湘西理想国，创作出了《边城》《静》《夜》《三三》等代表作。

作为早期现代派诗人代表，何其芳在 20 世纪 30 年代创作了许多现代诗化小说，如《浮世绘》《王子猷》等。与此同时，鲁迅的学生萧红也主张文学创作不应受到文体上的限制，并创造出了介于诗歌、小说和散文之间的一种全新文体。萧红创作的《生死场》和《呼兰河传》，语言即具有诗化特点，属于中国现代优秀的诗化小说范畴。继萧红之后，师陀以自己的故乡豫东平原为背景创作的《果园城记》也带有较强的诗化艺术特点，属于诗化小说范畴。萧乾的《梦之谷》、郁达夫的《迟桂花》等作品里营造出的意境以及使用的语言也具有一定的诗化艺术风格，所以都属于诗化小说范畴。

1937 年，随着抗日战争全面爆发，中国来到了一个民族存亡的重要时刻，此时的中国作家也在国家局势的影响下将存亡和抗战当作文学创作的主要主题。20 世纪 40 年代，抗战仍在持续，许多作家也有了更加丰富的创作内容与形式。作为沈从文嫡传弟子的汪曾祺曾在此时期试图打破小说、散文以及诗的界限，尝试创作了《复仇》《小学校的钟声》等短篇小说。此外，冯至的《伍子胥》以历史故事为支架，营造了一种别具一格的诗意风格。这一时期，现实主义文学作家孙犁创作的《荷花淀》《吴召儿》《山地回忆》等作品则立足于时代现实，关注到了战争以及战争所波及的人民的生活，并促使中国诗化小说发展到了一个全新阶段。

## 二、中国诗化小说的发展

中华人民共和国成立后，我国作家响应国家的号召力求突出文学的政治功能，有许多经典的诗化小说作品涌现出来。例如，在以孙犁为代表的"荷花淀派"中，刘绍棠所创作的《田野落霞》《西苑草》等作品。此外，茹志鹃的《百合花》、路翎的《初雪》、刘真的《长长的流水》等也都带有较强的诗化色彩。

在解放区作家里，孙犁是首个在现实主义文学基础上进行诗化小说创作尝试且取得了可观成绩的文学作家。跟过去作家创作的诗化小说相比，孙犁的诗化小说并没有以感伤和忧郁为基调，而是充满了乐观积极的精神。这样的精神既符合革命文学的基调，也开创了诗化小说的新境界。孙犁等"荷花淀派"作家在对战争进行描写时，刻意避开了战火纷飞的正面战场，也没有表现战争中人民满目疮痍的现状，避免表现战争的残酷与惨烈，而关注战争阴影下仍然保留着"善"与"美"的人民。孙犁的小说往往不以情节取胜，甚至他的一些小说并没有十分完整的情节，而是用某一种观念，将一连串的生活画面或生活细节串联起来，将大段自然景物描写与人性的善和美结合起来抒发情感。该时期的诗化小说有着华北水乡独特的清新风格。在20世纪60年代之后，社会环境的影响导致诗化小说创作走入低谷。

## 三、中国诗化小说的高潮

中国的政治、社会和经济环境在改革开放开始后迎来改变。该时期的文学创作环境也变得更为自由，文学创作中多元化的美学格局出现。在这种文学创作背景下，受到年轻作家喜爱的诗化小说这种文学创作形式再次登上中国文坛，并为中国文坛带来了一股清新的风气。

到了20世纪80年代，我国诗化小说创作来到了高潮阶段，在该时期出现许多代表作品，如铁凝的《哦，香雪》、汪曾祺的《受戒》《大淖记事》、贾平凹的《商州初录》《商州又录》、何立伟的《小城无故事》《白色鸟》、史铁生的《我的遥远的清平湾》《奶奶的星星》、张承志的《黑骏马》《北方的河》《绿夜》、张炜的《声音》《一潭清水》《盼雪》、王蒙的《春之声》《海的梦》《蝴蝶》《焰火》等。中后期以现代实验性诗化小说为主，代表作品有苏童的《飞越我的枫杨树故乡》《祭奠红马》《桂花树之歌》、孙甘露的《我是少年酒坛子》《访问梦境》、张承志的《黑山羊谣》《海骚》《错开的花》和李晓桦的《蓝色高地》等。

在该时期，诗化小说作家代表人物为汪曾祺，汪曾祺在 1980 年创作了《受戒》，该作品也被看作新时期的文学。和大量在中华人民共和国成立之后比较常见的树立典型人物、体现时代性以及描写重大题材的创作手法相比，该小说另辟蹊径，塑造出了非典型人物，选取的题材与主题也是非重大类型，并没有非常强烈的时代性。从小说情节上来看，这部小说甚至不存在贯穿全文的情节，小说中的叙述十分随意，无拘无束。此外，这部小说的笔调十分轻松，语言如同行云流水一般，对民俗风情的描写颇具看点，整体风格特色十分明显，一经发表就引发了人们的广泛关注。继《受戒》之后，汪曾祺又创作了《异秉》《大淖记事》《岁寒三友》《徙》《鉴赏家》《职业》《故里三陈》《桥边小说三篇》等一系列小说，新时期的诗化小说创作在这些小说的影响下来到了高潮阶段。贾平凹、钟阿城、王阿成、何立伟等作家受到汪曾祺创作风格的影响和启发，相继创作了许多经典的诗化小说。

汪曾祺在诗化小说里表达出了对于人性欲望和人性张扬的尊重，这一点与其师父沈从文如出一辙。比如，在《大淖记事》中，汪曾祺描述了大淖地区特有的婚嫁习俗，并在其中输出了自己的观点："这里人家的婚嫁极少明媒正娶，花轿吹鼓手是挣不着他们的钱的。媳妇，多是自己跑来的；姑娘，一般是自己找人。她们在男女关系上是比较随便的。姑娘在家生私孩子；一个媳妇，在丈夫之外，再'靠'一个，不是稀奇事。这里的女人和男人好，还是恼，只有一个标准：情愿。有的姑娘、媳妇相与了一个男人，自然也跟他要钱买花戴，但是有的不但不要他们的钱，反而把钱给他花，叫作'倒贴'。因此，街里的人说这里'风气不好'。到底是哪里的风气更好一些呢？难说。"[①] 由此可见，对于大淖地区独特的婚俗习惯汪曾祺表达了较为隐晦的支持态度，并对大淖地区女性隐性但正当合理的欲望给予了肯定。

除了汪曾祺，还有许多作者也在其小说作品里赞美了爱情的美妙。比如，张洁的《爱，是不能忘记的》这一诗化小说中描述了一段柏拉图式的凄美爱情，揭示了"只有以爱情为基础的婚姻才是道德的"的主题。这部小说的主题并不新颖，然而作者却依靠充满诗意的语言营造了一种诗意氛围，突出了作品的诗意情调。此外，王安忆的《雨，沙沙沙》、茹志鹃的《百合花》等也都属于描写爱情的诗化小说的代表作品。

除了爱情主题，小说中还出现了"知青"岁月主题，如韩少功的《远方的树》和史铁生的《我的遥远的清平湾》，这些作品通过散文笔法和抒情

---

① 汪曾祺.汪曾祺经典 [M].南京：江苏凤凰文艺出版社，2018：195.

的语调，将小说的诗化色彩淋漓尽致地展现了出来。这一时期，受孙犁的影响，铁凝创作的《哦，香雪》《没有纽扣的红衬衫》和贾平凹创作的《商州初录》《商州又录》及《商州再录》等作品均具有较强的诗化小说色彩，因此被归入我国 20 世纪 80 年代的诗化小说系列。张炜的小说《声音》《一潭清水》《怀念黑潭中的黑鱼》等以清新优美的笔触突出描绘了醇厚古朴的风俗人情和清新旖旎的自然风光，作品里有着浓郁的田园风格，作者借助作品歌颂了善与美，批判了人性的贪婪劣根性。阿城的《遍地风流》《彼时正年轻》《杂色》《专业》《色相》等小说大多篇幅不长，作者用从容而平淡的语调叙述了农村里的悲剧故事，这种表达方式凸显了作品中的辛酸悲凉之意，而这种强烈的情感表达也成了阿城诗化小说的主要特色。张承志创作的《骑手为什么歌唱母亲》《黑骏马》《北方的河》、何立伟的《白色鸟》《雨晴》《雪霁》、王阿成的《年关六赋》《良娼》《空坟》等均属于诗化小说。

和 20 世纪 20—30 年代以及 20 世纪 50 年代的诗化小说相比，20 世纪 80 年代的诗化小说在不同的美学风格与社会思潮的影响下，有了不同的叙事模式以及诗意内涵，突出表现为叙事空间由前期的完整统一裂变为后期的多维杂存。叙事空间的裂变适应了当时的社会文化心理。诗化空间的裂变蕴含着丰富的意识形态内涵，它既是一种抵制僵化的现实秩序的方法，也是诗化小说应对现实和摆脱边缘化文体地位的叙事策略。在改革开放之后，我国社会发生了巨大的变化，而在此背景之下，以及对中国"十七年文学"的反思的基础之上，此时期的诗化小说最终形成。这一时期，我国的诗化小说在创作中整体上体现出从宏大叙事转向日常生活叙事，从人的异化到对人性、人道主义的肯定与强调，从不涉及风俗、风景描写到重点强调风俗与风景描写等变化。我国诗化小说的这些变化让作品审美价值变得更加明显，其中蕴含的诗意也变得更为浓郁。

20 世纪 90 年代，随着改革开放进程的深入，我国逐渐从社会主义计划经济向社会主义市场经济转变，同时随着商品经济观念逐渐渗透到社会的各个层面，我国的文化和价值观也开始迈入转型时期。

在该时期，我国进行了期刊改制，出版社和文学期刊迈入市场化发展道路，许多文学期刊因此转型、停刊或改版，纯文学类的期刊越来越少，我国文学创作开始将大众的喜好和审美作为方向，以满足大众阅读需求为主要目标。

我国文学创作在此时期有着多元化发展趋势，许多作家为了生活不得不转型发展通俗文学，自此文学创作迈入了文化工业产品生产轨道。另外，进入 20 世纪 90 年代后，商品经济逐渐进入农村并对农村的传统秩序造成了较大破坏，中国农村传统的小农经济思想逐渐被打破、被改变。与此同时，随着城乡二元经济的差距越来越大，中国农村发生了天翻地覆的变化，农村的新一代年轻人开始进入城市成为打工者，而农村的留守老人和留守儿童越来越多。这些社会现实问题以及文学创作发生的变化导致中国诗化小说在文学创作中的地位愈加边缘化，然而依然有许多作家在这种文学发展趋势当中将创作主旨定为了作品的文学性，并创作了许多诗化小说风格明显的作品。例如，红柯创作的《雪鸟》《奔马》《吹牛》《美丽奴羊》、阿成创作的《正正经经说几句》《胡天胡地风骚》《天堂雅话》、迟子建创作的《雾月牛栏》等作品均可划归诗化小说行列。

迟子建创作的《北极村童话》是一部典型的诗化小说，小说并没有将重点放在故事情节上，而是着重描绘美好的自然，有着抒发对大自然深切热爱的诗意气息。刘庆邦的农村题材小说用纯净的语言表现理想美化的农村，其中充溢着打动人心的温情，属于优美的诗化小说。而红柯的作品婉约柔美，以新疆壮丽的自然景观以及独特的生活方式为重点，表现出一种雄强、奇崛的野性之美。除了以上几位作家外，鲍十的《春秋引》《黑发》《生死庄稼》《咸水歌》、衣向东的《吹满风的山谷》《鸟音》、魏微的《薛家巷》《乡村、穷亲戚和爱情》《一个人的微湖闸》、鲁敏的《离歌》《纸醉》《思无邪》等作品也都有着非常优美的语言，表现出了人性之美，是比较经典的诗化小说。

到了 21 世纪，网络文学让诗化小说的地位进一步边缘化，该时期，我国的诗化小说作品包括石舒清的《清水里的刀子》、陈继明的《寂静与芬芳》、漠月的《锁阳》《放羊的女人》《湖道》、张学东的《送一个人上路》《跪乳时期的羊》、郭文斌的《吉祥如意》《农历》《大年》、阿舍的《苦秋》《核桃里的歌声》等。

# 第三节　中国诗化小说的主题与形式

## 一、中国诗化小说的主题特征

现代诗化小说当中蕴含着诗歌的审美元素，这种发展使学者展开了针对小说文体边界的一系列争论。一方面，小说与诗歌的本质不同，不宜和诗歌混同；另一方面，必须正确看待文学体裁的规范性和确定性，诗歌和小说的文体形态特征不是固定划一的。文学体裁同时具有开放性和规范性，不过其开放性存在一定的边界，其规范性、开放性都存在于具体的历史建构过程中。所以，中国现代诗化小说应属于一种非常特殊的文体。

在主题方面，中国现代诗化小说中经常出现童年、回忆、梦境、故乡等诗学主题。这些主题早已超越它们本身所具有的现实意义，成为一种更宽泛的概念，是作者所追求的精神向度，是他们体悟人生价值的途径。中国现代诗化小说主题主要包括以下四个方面。

### （一）中国诗化小说的诗学主题之一：回忆

中国现代诗化小说的文本构建经常会采用回忆这一方式。许多作者都会通过描述现实社会里的道德、人性实现人性拯救或者审美拯救。纵观中国诗化小说近百年来的发展历史可以发现，回忆并非某个诗化小说的写作特点，而是中国诗化小说中普遍存在的一个主题。例如，20世纪20—30年代，在《故乡》中鲁迅通过将现实中的故乡与记忆中的故乡进行对比的叙述方法表现了作者因现实中故乡的衰败、萧索而产生的失落情绪。又如，20世纪80—90年代，贾平凹、铁凝、阿城、茹志鹃、张承志等人的作品中均充满了对过去的回忆。诗化小说中的回忆不同于其他小说文体中的回忆，也并非对过去的简单再现，而是融入了作者的思想，是借助重新排列组合的方式把生命当中曾存在的各种美好或不美好的瞬间呈现出来，进而将不美好的事物过滤掉，将美好事物突出展现出来，让叙述呈现出理想中的诗意美感。

中国现代诗化小说在以回忆为主题时，并非单纯地将过去的印象记叙下来，也不会特意选择其中美好的内容。根据回忆主题划分，中国现代诗化小说可分为两种类型。

第一种类型为在曾经的美好回忆中略加一些感伤的诗性美，表达一种淡淡的悲哀。

回忆是现代诗化小说作家经常使用的叙述方式，小说叙事能在回忆的帮助下不断进行，而且回忆让小说叙事充满了抒情气息。之所以会出现抒情气息，是因为诗化小说里有作者加入的感伤的诗性美。例如，鲁迅在《故乡》中通过对少年闰土与"我"的交往的回忆构建了一个活泼、自由的乡下孩童的形象，令读者十分神往。然而，在现实世界中，当"我"终于见到心心念念的儿时伙伴闰土时，却发现已至中年的闰土早已失去了当年的机警和聪明，在生活的磋磨下变成了一个麻木的、毫无灵魂的、唯唯诺诺的中年人。回忆跟现实之间的对比和反差让回忆充满了无法言喻的感伤诗性。又如，许钦文的《父亲的花园》中有大量关于记忆里的父亲花园的描写，且重点回忆了母亲与众多孩子一同在父亲的花园里游玩、摘花的场景。当视角拉回到当下时，父亲的花园却已经变得凋零破败，那些曾在一起玩耍的孩子也都各奔东西，各自在命运的驱使下忙碌地过活，甚至再聚也遥遥无期。这种回忆与现实的对比令人顿生"好花不常开，好景不常在"的感伤与悲哀之情。除了这两篇作品外，废名的《柚子》《初恋》《阿妹》、萧红的《小城三月》和萧乾的《篱下》《矮檐》等也都表现出了类似的感伤的诗意美。

第二种类型为通过回忆反衬作者对当下生活境遇或生命状态的反思。

虽然作者在此类诗化小说中运用了回忆，但目的并不在于单纯呈现出回忆的美好，而是借助回忆跟现实相互观照，从而达到表达自身情感、警醒世人的目的。通常情况下，中国诗化小说的独特诗意美感往往存于回忆里，而这种回忆其实是经过过滤之后所形成的，当对现实进行观照时，现实中存在的诸多不如意和不完美的一面往往会对整部作品的诗意的美感造成破坏。因此，这类中国诗化小说中诗意的美感通常呈现出一种断裂特点。例如，老舍的《月牙儿》以第一人称"我"进行叙述，描绘了一个少女因为艰辛生活的逼迫失去了过去的美好，一步步沦为暗娼的故事。"月牙儿"作为小说中贯穿全文的重要实物，是主人公"我"在回忆里最珍贵的东西，象征着"我"那美好的童年。"我"与父母住在一起，父亲不幸去世时，"我"看见了那弯月牙儿，之后母亲带着"我"艰难生活，在生活的逼迫下一步步沦为暗娼。"我"上过学，想脱离母亲，好好学习，过好自己的生活，却被一个风流的男人欺骗。之后，"我"见到了男人的妻子，选择了离开男人。"我"也曾想找到一份正当的职业生活，但现实最终还是让"我"迈上了母亲曾经的道路。故事在诗意的语言表述中充满了现实的残酷。这种残酷使回忆中诗意的存在与现实生活相互交织，并具有一种矛盾的美感。除了这篇作品外，《梦之谷》《果园城记》《无望村的馆主》《北望园的春天》《后花园》等均属于此类诗化小说。

### （二）中国诗化小说的诗学主题之二：故乡

在人类的生命里，故乡的地位极为重要，它作为一个载体，保存着生命的原初意味。故乡是我国现代诗化小说里非常重要的一个主题。作为人们的最初成长之地，故乡是一个人的生命体验里最为独特的存在。中国自古至今都具有较强的乡土情结。在我国古代文学中，故乡与还乡即是重要主题之一。中国诗化小说家对故乡也有较为浓重的情结，许多诗化小说作者都将故乡当作其书写的对象。中国诗化小说中的故乡跟现实主义文学中的故乡有所不同，它并不是实际存在的，而是一种精神上的故乡，拥有比现实中的故乡更加丰富和深邃的空间意识与诗性内涵。现实主义作家在涉及故乡主题时常表现出对故乡的批判，而在中国现代诗化小说中，故乡则成了作家创作的理想国的源泉。例如，鲁迅以故乡为题进行创作；沈从文将故乡湘西视作依托，构建了一个理想中的湘西世界；萧红以故乡为地点，创作了小说《生死场》；贾平凹以自己的故乡为依托，创作出了"商州三部曲"；等等。

在中国现代诗化小说中，故乡具有以下几个层面的含义。

首先，故乡是现实中地理意义上的故乡。

中国地域宽广，每个地方都有着独特的自然景观与人文景观，所以故乡自然也是千变万化的，这让来自不同地区的诗化小说家的创作有了多种多样的风格。例如，沈从文的故乡湘西位于贵州、重庆和湖南三地交界处，位于沅河流域，是汉族、苗族等多民族的居住区，拥有独特的自然地理环境和与众不同的人文景观，而这一切均成了沈从文创作的基础以及创作素材的主要来源。又如，出生于中国东北的萧红受到北方独特的自然地理环境以及哈尔滨的人文环境影响，创作出了许多带有故乡影子的经典作品。

其次，故乡不仅是地理意义上的故乡，而且是诗化小说家的精神寄托之地，隐藏着诗化小说家理想中的世界。

比如，沈从文在 22 岁那年离开了故乡，但在离开之前，他对湘西的人文习俗与自然地理已经有了非常深入的了解。童年时的沈从文主要的活动场地是其出生地凤凰城，这里的私塾老师管理并不严格，故沈从文童年时经常借故逃学。逃学后的沈从文开始"阅读"凤凰城这本"大书"，他仔细观察街上的店铺，并探寻其中的趣味。

另外，他也燃起了对凤凰城附近山河的兴趣，经常会跟朋友一同爬山、寻洞或者下河游泳。沈从文在参军之后离开了凤凰城，这也让他得以从更多角度观察湘西。他曾多次搭船出游或赶路，每到一地必然探访当地的名胜古迹，并到码头和河街上闲逛，观察周围人的言行，听各种传闻与故事，这些经历给沈从文留下了极为深刻的印象。所以，当沈从文不得不远离家乡寻求发展的时候，湘西在其心中留下了非常完美的印象。

沈从文在踏入北京后，发现现代都市里的人的思想与自己千差万别，他被嘲讽为"乡下人"，但沈从文对这个称呼感到十分自豪。他对现代都市中遍地存在的功利思想极为厌恶，而与现代都市相比，记忆中未受到现代文明沾染的故乡的一切都显得无比美好。故乡不仅成了沈从文写作的素材来源地，而且成了沈从文的精神寄托之地，沈从文在作品中所构建的世外桃源般的湘西世界即是其理想和精神的皈依之所。除了沈从文之外，萧乾、师陀、废名、萧红、骆宾基等诗化小说家也对自己的故乡有着深厚的感情，故乡在他们的思想里是精神与灵魂的皈依之所。

最后，故乡暗含着诗化小说家对自我身份的定位和认同。

因为诗化小说家会在故乡中寄托自己的理想，所以他们笔下描绘出来的故乡是经过一次次美化与过滤之后富有诗意的故乡，但在现实社会里，这种故乡往往并不存在。在现实中，许多诗化小说家从乡村迁移到城市之后始终无法适应现代都市的生活，在都市生活越久，对记忆中美丽的故乡越珍视。然而，当回到故乡时，他们看到故乡在现实世界呈现出萧索与破败之景往往会感到极为失落。这种现实故乡与理想故乡之间存在的极大差异让很多中国诗化小说家对自己身份的定位和认同发生了变化。

比如，在鲁迅所创作的《故乡》中，"我"在外漂泊二十多年之后终于回归故乡，但是眼前的故乡不再是记忆当中的故乡，这让作者不禁发出疑问与感叹："阿！这不是我二十年来时时记得的故乡？"这篇小说中，"我"记忆中的故乡是鲜活的，这份记忆不仅体现在自然和人文景观上，而且体现在现实存在的人身上，存在于少年闰土身上。然而，少年闰土的消失就如同故乡自然、人文景观的消失一样，故乡在现实面前分崩离析。"我"看到这样的故乡之后，便跟故乡之间完成了诀别，永远失去了这个被称为"故乡"的地方。许多从农村迁移到城市的诗化小说作者都有过鲁迅在《故乡》里描述的体验。他们在城市和故乡之间不断摇摆，对自身的身份认同和定位也一直处于矛盾状态。

### （三）中国诗化小说的诗学主题之三：童年

个体生命成长过程里留下最深刻最特殊印象的时刻便是童年，童年同样是中国现代诗化小说的重要主题。童年既是诗化小说作者的重点关注对象，也是其他各种文本小说作者在进行创作时经常会引入的主题。从概念来看，童年含义十分广泛，包括童年经验、童年记忆以及童年时期所形成的对这个世界的理解和感受等。在中国现代诗化小说中，作家借助童年这一主题构建了一个与现实世界相通，却也保持着一定距离的时空隧道，从而使小说具有了一种超越现实的诗化的美感。而童年之所以成为我国诗化小说中的重要诗学主题，正是因为其在一个人的人生经历里有着极为独特的重要地位。

首先，童年是人生的一部分，影响着个体性格的形成，童年可以说影响着人的一生，永远处于被吸收的过程中。

很多作家都是因为自己的童年的影响而选择走上了写作道路。在《梦想的诗学》里，巴什拉曾指出："一个人童年时代所形成的对这个世界的诗意感觉和诗化印象，往往会成为他终生难以抹去的记忆。但是这种记忆需要被唤醒，只有在某种特定情境或者时间环境下，这种诗意记忆才会被激活，然后被写作者所捕获。一种潜在的童年存在于我们身心中。当我们更多的是在梦想中而不是在现实中重寻童年时，我们再次体验到它的可能性。"[①] 由此可见，童年经历对中国现代诗化小说作家具有十分重要的影响。我国许多诗化小说作家在写作中都十分注重童年经验，如鲁迅、萧红、废名、萧乾、骆宾基等。这些作家都站在童年的角度上，借助回忆的手法，将故乡童年某一刻的诗意美感再现于作品中。而诗化小说作家之所以如此青睐童年经历，和童年叙事拥有的极大优势有直接关系。

一方面，在诗化小说里，童年经验可以很好地将诗意与美感体现出来。童年经验作为作家记忆深处的经验，跟现实生活之间有着非常遥远的心理与时间距离。作家在成年后，隔着十几年、数十年的光阴回望童年时，可以用一种超脱的眼光重新审视童年的生活，不再拘泥于童年时的不幸，而会将童年时带有诗性的美好的东西体现出来，甚至会对童年的不幸进行一定程度上的美化。另一方面，在童年时期，人们的童心往往还未受到外部世界的污染，所以能够从一个独特的角度观察世界，发现世界当中的美，而这种对世

---

① 加斯东·巴什拉. 梦想的诗学 [M]. 刘自强，译. 北京：生活·读书·新知三联书店，2017：126.

界的观察视角正是诗化小说中所着意表现的充满自我诗性体验的主体世界。这一点也是众多诗化小说作者选择童年这一主题的原因所在。因为每个人都有不同的童年经历，所以经过童年最终形成的生命体验也各有不同，这使得每个作家在小说中使用的童年叙事与诗化色彩有着不同的作用。例如，萧红的《小城三月》《家族以外的人》《呼兰河传》等诗化小说中多以孩童的视角进行叙述，使文学作品呈现出一种孩童世界特有的单纯和诗意的状态。

其次，童年视角叙事为中国现代诗化小说作家回避现实世界苦难的避难所。很多中国现代诗化小说作家因为不满现实世界，但却没有逃避的地方，所以躲进了由童年经历编织成的避难所当中，创建了一个跟现实相脱离的诗意世界。孩童世界是单纯的、简单的、不谙世事的，在孩子们的眼中，世界简单而又美好。例如，我国现代诗化小说作家废名是一个擅长从童年经历入手进行创作的作家。废名创作的小说《竹林的故事》中，三姑娘的童年是幸福的，也是不幸的。三姑娘曾经十分幸福，父亲和母亲都精心呵护她长大，父亲经常会带她钓鱼、玩耍，三姑娘对这种充满温馨的童年生活有着十分深刻的印象。在父亲去世之后，三姑娘和母亲相依为命，但她依旧是快乐的，她每天与母亲一起以经营菜地为生，与母亲一起挑着担子到集市上卖菜。如果从三姑娘母亲的角度来观察，生活一定是十分艰难的，丈夫死后，她独自一人靠种菜和卖菜养活女儿，其中的艰难可想而知。然而，三姑娘却自始至终保持着快乐和平和的心态，甚至想不起自己的父亲已被埋进了黄土中。这种赤子一般单纯的情怀是只能在儿童时期获得的体验和心境。借助自己的童年经验，废名构建起了一个充满诗意的理想之国。

除了废名，许多作家的诗化小说里都涉及童年经历的写作，如鲁迅、萧乾、许钦文等。在这些作家笔下，童年变成了一个魅力满满的独特世界。例如，鲁迅的《社戏》《故乡》、许钦文的《父亲的花园》《我看海棠花》等作品中，童年均呈现出多彩的魅力。鲁迅的《社戏》中，作者以第一人称"我"的视角，回忆了美好的童年时光。作者在这篇文章里，非常详细地描绘了和小朋友一同挖蚯蚓、做游戏的场景："我们每天的事情大概是掘蚯蚓，掘来穿在铜丝做的小钩上，伏在河沿上去钓虾。虾是水世界里的呆子，决不惮用了自己的两个钳捧着钩尖送到嘴里去的，所以不半天便可以钓到一大碗。这虾照例是归我吃的。其次便是一同去放牛，但或者因为高等动物了的缘故罢，黄牛、水牛都欺生，敢于欺侮我，因此我也总不敢走近身，只好远远地跟着，站着。这时候，小朋友们便不再原谅我会读'秩秩斯干'，却全都嘲笑起来了。"在这篇作品中，尽显童年时光的悠闲与纯真。鲁迅还在文章里回忆自己童年时跟小伙伴们前往赵庄看社戏的事情，虽然已经记不清社戏所唱的内容，然而他却对与小伙伴吃煮罗汉豆的开心经历记忆犹新，而在那之后，吃到的罗汉豆再也不如那夜的豆子美味，看到的戏再也没有比那一夜更好的，让人不禁感慨唏嘘其中的苍凉之感。

由此可见，在诗化小说中，童年这一主题十分重要，其能够展现出独特的诗学价值。它既复苏了诗化小说作家内心深处的童年印象，又唤醒了读者对远去的童年时光的留恋。同时，在诗化小说中，作者通过现实世界和童年经验之间的对照，凸显出儿童世界的纯真美好与现实世界的残酷复杂。诗化小说作者一方面通过对童年的回望找回对过往生命的诗性体验，另一方面在美化了的童年世界中建立了一个诗性的世界，并将自身的精神和灵魂寄托于这个世界，促进小说作者对自身生命的解放与拯救。

### （四）中国诗化小说的诗学主题之四：梦幻

在中国传统抒情文学中，梦幻主题的审美价值极高，精神内涵十分深刻。而在中国现代诗化小说中，梦幻也是主题之一。

中国现代诗化小说作品里的梦幻主题跟中国传统抒情文学中的梦幻主题相比，具有一种独特的诗学特征，具体体现在以下两方面。一是与中国传统抒情文学相比，中国现代诗化小说作品中的梦幻主题的内涵更加深刻。在中国传统抒情文学中，作家通过"人生如梦"之类的感慨，表现出巨大的惆怅等情感。梦在我国现代诗化小说里并非虚幻的存在，而是处于诗意氛围里的不同的人生境界，超越了传统文学意义上的虚境，进入了一种艺术化的人生意境。二是与中国传统抒情文学相比，中国现代诗化小说作品的梦幻主题结合了西方现代哲学的超现实主义与唯美主义等思想，因而产生了一种不同于传统文学梦幻的新质，被诗化小说作者赋予了新的内涵和哲学色彩。

从中国现代诗化小说作品来看，梦幻的表达方式主要体现在以下几个方面。

首先，中国现代诗化小说作家将梦幻视作一种少女式的天真梦想，反映了人物内心深处隐秘的愿望。

实际在沈从文的作品当中经常会出现梦幻主题，以展现人物心中隐秘的愿望。比如，在其作品《边城》里，二老隔着岸向翠翠唱情歌时，文章使用了一实一虚的写作手法，借助梦幻主题展现诗画色彩。其中，写实之处为大老听到二老开口唱歌后的反应，大老认为二老像竹雀般的嗓子一定能赢得翠翠的心，而他自己则对赢得爱情失去了信心。同时，老船夫坐在对岸的屋子里听到二老的歌声后，又欣喜又惆怅。写虚之处则为翠翠的梦境。二老在唱歌时，翠翠已经渐渐进入梦乡，歌声让她梦见自己飘浮着来到了过去仰望过的山坡上，亲手采摘了一把虎耳草。沈从文借助梦幻的方式诗意地呈现出翠翠因为爱情而发生的心态变化，以隐晦的方式暗示翠翠这个天真懵懂的少女开始产生对爱情的渴望。又如，在《萧萧》中，萧萧听到人们谈论女学生，也亲眼见过女学生，且看到与她同龄的女学生自由的模样后，对城里的女学生产生了深切的渴望与发自肺腑的羡慕。于是，当祖父开玩笑地称她为女学生时，萧萧自然而然地答应了，而且答应得很好。当萧萧在懵懂无知中被花狗欺负并怀有身孕后，萧萧虽然害怕，但极有主见地提出了要花狗带她到城里享受女学生般的自由。可见，萧萧有着与城里女学生同样自由的梦幻般的理想，但花狗的无情抛弃和被抓却让这个隐秘的破灭了。又如，在小说《会明》中，虽然老兵会明身处枪林弹雨的战场，但内心依旧有着一个美好的隐秘的梦，会明在梦里养着许多鸡，当上了有一群小鸡雏的鸡公。

其次，中国现代诗化小说作家将某些人生的现实情境梦幻化，从而使小说呈现出一种别样的美感。

比如，在沈从文的作品《一个女人》里，尽管生活万分不幸，但三翠依旧勇敢而坚强地活着，在辛勤劳作的闲暇时光，总会思念起当兵的丈夫，期望有一天丈夫带着金银珠宝衣锦还乡，并做了一个儿子终于长大、娶了媳妇并生下了孙子的美梦。梦醒后，三翠已从十八岁的妙龄少妇变成了一个三十岁就已做了奶奶的人。在这篇作品中，作者并没有正面表现三翠为了抚养儿子而遭受的辛苦，而通过梦幻这样一种极其浪漫的方式，将三翠作为一个坚强母亲的努力表现了出来。可以看出，沈从文借助梦幻主题来展现人物的理想，让梦幻世界跟现实世界相互交织，形成一种诗性交融的独特美感。

又如，萧乾在作品《梦之谷》中，用第一人称讲述了"我"和一位女孩的凄美爱情故事。萧乾在这篇小说里营造出了一种极为梦幻的意境。文章开头即以"我"充满无限惆怅的回忆展开叙述，使"我"与女孩之间的爱情在梦幻中展开，并通过具有诗意的语言和对自然景物的描绘，营造出一种极富诗意的氛围。又如，老舍在作品《微神》中，借着梦幻跟现实的相互交错，构建出充满虚幻感的叙事氛围。

最后，中国现代诗化小说作家以梦境或梦幻烘托主人公命运。在此类诗化小说里，梦幻或者梦境并不是小说的绝对主题，而是一种极为重要的氛围或情绪，并影响小说的诗性建构。师陀的《无望村的馆主》、何其芳的《王子猷》《浮世绘》等作品均属于此类诗化小说。

综上所述，梦幻主题作为中国现代诗化小说的四大主题之一，有着极其独特的诗学意味。梦幻所带有的独特的虚幻感与朦胧的美感既可以让诗化小说展现出一种幽远深沉的人生意境，也能让小说里的环境或者人物添上一丝诗性气息，使诗化小说作家借助梦幻表达出更加丰富的意蕴和内涵。

## 二、中国诗化小说的表现形式

在现代抒情小说中，诗化小说位居主体地位，并跟写实小说相互补充、抗衡，共同推动着我国现代小说文体的发展。诗化小说拓展了小说反映生活的广度和深度，强化了小说的审美品格，推动了现代小说观念的转变。

中国诗化小说介于"像"跟"不像"之间，是一种十分特殊的文体形式，它不断创新，尝试着突破中国传统小说创作体式里的"型"或"套"。这一相当独特的小说谱系在一定程度上继承了中国古典小说与生俱来的开放性与杂糅性，较为自觉地传承了中国传统美学精华：意境的感受、营造和表现。在对人生的审美追求上，中国现代散文化、诗化小说的构成及内蕴与中国哲学和民间文化密不可分。其尽可能让小说建构充满个性化，而中国诗化小说中比较明显的一个文体创新处就在于，其在视野选取上将中西方传统小说里的重要因素"空间"与"时间"凝固化和静观化了。

### （一）中国现代诗化小说的时间存在形态

在诗化小说中，时间并非现实世界中常规意义上的，而是文学作品里设定的时间。文学作品里的时间并非现实中的时间，它指的不是客观化的物理意义上的时间，而是作者在作品中可以展现出来的让读者感受到的时间变化。与现实主义小说中具体的历史时间点和连贯的线性时间不同，中国现代诗化小说中的时间存在形式往往不以历史事件为准，而体现为个人生命时间，即以小说主人公的生命体验为标志，将生命个体对历史的独特经历和独特感悟体现出来，让诗化小说的时间呈现出历史事件跟个体生命时间相互交织的情景。具体来看，我国现代诗化小说作品里的时间通常以三种形式呈现。

首先，中国现代诗化小说的时间存在形态——回溯。回溯即以现实为基础来关注过往，借助追忆过去来找到个体生命中已经经历过的时间。比如，在鲁迅的作品《社戏》中，鲁迅就是以第一人称来叙述童年生活所经历的某件事情，重新获得了过去那段时间里极为特殊的生命体验。又如，在《故乡》中，作者先交代了回乡的原因，再讲到回到故乡后见到的苍凉与萧索，并立足于现实时间，对童年生活和童年生活中出现的人进行追忆，通过这种现实时间与过去时间的交织，凸显过去时间的宝贵与现实时间的沧桑。除此之外，还有许多诗化小说作家在作品里使用回溯的方式来重返那些承载着个体经验的生命现场。萧红的《呼兰河传》、骆宾基的《幼年》、萧乾的《篱下》《梦之谷》等作品均属于此类诗化小说。值得注意的是，诗化小说中回溯的时间存在形态并非单纯对过去发生的某一件事情的回忆，而是在当下的世界中重新体验过去那一时刻的生命，其表现的并非已经过去的过去，而是正在经历的过去，强调再现出曾经某个时刻的生命现场。在诗化小说作家看来，作者可以借助回溯这一方式来慰藉自己的心灵和精神。

其次，中国现代诗化小说的时间存在形态——静止。诗化小说里的时间静止不是一种绝对化的静止，而是指时间的形态相对静止。很多作者在其诗化小说里借助艺术手段营造了一个个脱离了世俗时间的虚幻的封闭空间，而时间在这个空间里处于相对静止状态。例如，在废名的《菱荡》《桥》、沈从文的《静》等诗化小说作品中，作者营造了极为特殊的静止时间。《桥》这部小说讲述了小林、琴子和细竹之间的故事，在这部小说中，作者打破了传统小说起因—发展—结局的时间叙述方式，无论是小说章节的名称，还是小说的故事情节均没有交代有序的时间线索。反之，作者对所有跟时间相关因素都作了模糊处理。如此一来，这部小说就如同一幅幅在生活中拍摄的不连贯的画面，所有画面都能独立存在，小说中对大段时间的过往也处理得颇具艺术性：通过一页的空白表示十年光阴的流逝，同时又通过对比十年前后当地的人和景物，隐晦地表达出十年的光阴在这个世外桃源般的地方并没有任何变化，暗示时间在这一环境中处于相对静止的状态。在现实生活中，时间是不可能静止的。但在诗化小说里，作者借助相对静止的时间来呈现一种理想化的生命状态。诗化小说作者也可以自由地在相对静止的环境里展现生活中的美好与诗意。

最后，中国现代诗化小说的时间存在形态——永恒。传统小说，特别是许多现实主义小说最常使用的写作手法就是线性叙事，所以小说里的时间往往是线性的状态，不停地向前发展着。但是在中国现代诗化小说里，却存在着一种恒常化的时间。所谓恒常化的时间是指时间呈现为"回环节奏"的生命时间体验，表现了诗化小说作者在时间的长河中获得长久的生命的想法。沈从文、萧红、师陀、冯至、何其芳等作家的诗化小说中即体现了这种时间状态。以沈从文为例，沈从文诗化小说中的时间即呈现出一种恒常化的、永恒的状态。例如，在小说《边城》中，沈从文使用倒叙手法讲述了翠翠在临近她十五岁那年端午节的那几天，对前两个端午节情境进行回忆的故事，而在翠翠十五岁那年端午节前后，老船夫围绕翠翠的婚事，与船总顺顺一家人进行了周旋。故事的最后，大老和老船夫相继死去，二老离家出走，翠翠则在溪边日复一日地等下去。根据这部小说的叙事我们可以看到，端午节是时间的中心点，且在开放式的结尾里，作者营造出了时间永恒存在的状态，打造了一种恒常化的时间叙事效果，将诗意的生命体现融入了该时间叙事当中。

### （二）中国现代诗化小说的空间存在形态

跟传统现实主义小说相比，诗化小说里有着独特的空间存在形态。因为诗化小说跟传统小说相比，在情节的表现上不是那么明显，所以诗化小说中的空间形态大多由作者内心的情绪、情感，或因此而产生的情味儿体现出来。中国现代诗化小说中空间存在形态主要有两种形式。

首先，通过创造意境空间展现诗化小说的独特空间形态。许多中国现代诗化小说作家都会在自己的作品中大量借鉴我国传统诗歌的意境营造方式。例如，废名"以写诗的方式写小说"，在他的诗化小说《桃园》《竹林的故事》《河上柳》《菱荡》《莫须有先生传》《桥》中均出现了大量从传统诗歌借鉴而来的意境空间。小说《菱荡》里出现的小河、城墙、瓦屋、竹林等意象经常会出现在我国的传统诗歌当中，作者借这些意象塑造了一个仿若世外桃源的陶家村："一条线排着，十来重瓦屋，泥墙，石灰画得砖块分明，太阳底下更有一种光泽，表示陶家村总是兴旺的。屋后竹林，绿叶堆成了台阶的样子，倾斜至河岸，河水沿竹子打一个弯，潺潺流过。这里离城才是真近，中间就只有河，城墙的一段正对了竹子临水而立。竹林里一条小路，城上也窥得见，不当心河边忽然站了一个人——陶家村人出来挑水。落山的太阳射不过陶家村的时候（这时游城的很多），少不了有人攀了城垛子探首望水，但结果城上人望城下人，仿佛不会说水清竹叶绿，——城下人亦望城上。"[①]作者营造出的意境空间仿佛一幅泼墨山水画，超凡脱俗，优雅大气。又比如，沈从文的湘西系列作品中都使用了这一意境营造方式，从而构建出一个个诗意的、充满湘西气息的意境空间。在小说《边城》里，沈从文首先用大量文字对边城的地理位置以及当地的民俗风情进行了细致描述，之后才从自然空间意境逐渐转移到人物身上，营造了一种非常独特的田园牧歌氛围。

其次，通过意象并置营造诗化的空间氛围。中国现代诗化小说里的空间并置就是不再遵循常规的叙事时间模式，而并列放置各种或大或小的意义单

---

① 废名.竹林的故事[M].北京：海豚出版社，2014：76.

位，从而让文本的统一性存在于空间里，而非时间里。[①] 例如，废名的《竹林的故事》《桃园》《桥》、沈从文的《边城》《长河》、何其芳的《王子猷》《浮世绘》、冯至的《伍子胥》、师陀的《果园城记》《无望村的馆主》。汪曾祺、萧红、师陀以及穆时英等诗化小说作家常使用这种意象并置的方法表现独特的空间。例如，废名的作品《菱荡》："一日，太阳已下西山，青天罩着菱荡圩照样的绿，不同的颜色，坝上庙的白墙，坝下聋子人一个。他刚刚从家里上园来，挑了水桶，挟了锄头。他要挑水浇一浇园里的青椒。他一听——菱荡洗衣的有好几个。风吹得很凉快。水桶歇下畦径，荷锄沿畦走，眼睛看一个一个的茄子。青椒已经有了红的，不到跟前看不见。"[②] 作者的这一段文字通过一种松散、自由的形式将各种诗歌意象并列呈现在一起，让意象不再按照时间顺序来进行逻辑叙事，而是让其在一个具体的共性空间里交融，从而让这些意象展现出一种相对静止的空间画面。

综上所述，空间在诗化小说里有着极为独特的承载功能，其扮演的角色已经远远超出了在常规的叙事小说里担任的"环境"角色，它的存在为诗化小说作者完成其诗性建构提供了特殊的桥梁和纽带。[③]

① 叶世祥.征服时间的纪念碑——鲁迅小说的空间化效果 [J].绍兴文理学院学报（哲学社会科学版），1996（3）：90-95.

② 废名.竹林的故事 [M].北京：海豚出版社，2014：80.

③ 卢临节.中国现代诗化小说研究 [D].武汉：武汉大学，2012.

# 第三章　沈从文小说诗性根源研究

## 第一节　独具特色的童年经验

### 一、童年经验对沈从文智力品质的影响

　　童年是每个人生命的起点，每个人都有着恒久不变的深刻印象，所以作家的创作里往往会印刻上童年经验里无法被磨灭的记忆。童年经验接近人的本性，真实而天然，具有普遍的人生意义和审美价值。可以说，童年经验就是作家最有个性、最有价值的"不动产"，是作家创作的不竭源泉，当作家进行创作时，它便会自然而然地流淌出来。沈从文有着充满传奇色彩的早期人生经历，丰富多彩的童年对沈从文的审美追求、精神气质与作品创作产生了极为深刻的影响。

　　对每个人来说，童年的生活都非常重要，原因是童年经历往往会决定一个人的性格、精神和气质。而沈从文无论是在创作的意象与风格选择上，还是在类型和题材的选取上，都受到了童年经历的重要影响，主要表现为对小说题材创作的影响、对作品审美追求的影响、对作品中父母意象的影响。在沈从文的作品中，出现更多的是母亲这一意象。沈从文曾说，母亲告诉他

"决断——做男子极不可少的决断"，他的气度得于母亲的较多。小说《腊八粥》《炉边》等均写到母亲，《腊八粥》表达了母亲对儿子深沉的爱意，《炉边》展现了母亲、作者、九妹、六弟一同围绕着火炉取暖的美好场景。

沈从文的童年也并非全都是欢乐的。他生活在一个动荡的年代，许多人在当时甚至无法实现安居乐业的愿望，而作为芸芸众生之一的沈从文，也亲眼看到了这个世界的残酷面孔。他幼时恰逢辛亥革命，就连其所在的这个边远小城也被革命的浪潮席卷。小小的沈从文眼睁睁看着大人们杀来杀去，用各种冷酷和残忍的方式对待彼此，打碎了很多美好的事物，撕毁了原本温情与平静的生活，这导致他一直都非常厌恶那些滥用权力的人。

沈从文具有极高的艺术天赋，是一位独具一格的乡土文学作家，以多部作品享誉文坛，而如此辉煌的文学艺术成就跟他童年时期的独特生活经历有着紧密的联系。可以说，沈从文童年的生活对他艺术才能的形成和创作风格的走向有决定性的影响。童年时期的生活经历培养了沈从文良好的智力品质，为他艺术才能的形成打下了基础。童年时期的沈从文不喜欢读书，有一股浪荡不羁、崇尚自由的天性。家中在他六岁那年送他前去读私塾，然而读到第二年，"在这私塾中我跟从了几个较大的学生学会了顽劣孩子抵抗顽固塾师的方法，逃避那些书本枯燥文句去同一切自然相亲近。这一年的生活，形成了我一生性格与感情的基础"。沈从文童年时期的逃学生涯就此开始，他得以更加深入地欣赏大自然的美妙，"我的心总得为一种新鲜声音、新鲜颜色、新鲜气味而跳"。虽然经常逃学，但是他的智力发展并没有就此荒废，逃学经历反而让他形成了一个作家必备的智力结构与智力品质，这也是禁锢了人的天性的旧社会传统读书制度远远无法培养出来的优良品质。具体而言，童年经验主要在以下方面促进了沈从文文学智力的发展。

## （一）观察力

几乎所有的艺术创作，包括文学创作，都以生活为源泉，而该源泉的基础就是敏锐的观察力。在逃学生涯中，沈从文的观察从过去的无意识转变了有意识："有时天气坏一点……逃了学没有什么去处，我就一个人走到城外庙里去……有人下棋，我看下棋；有人打拳，我看打拳；甚至于相骂，我也看着，看他们如何骂来骂去，如何结果。"看城外对河的景致，看木工手艺人新雕的佛像贴了多少金，看那些铸钢犁的人一共出了多少新货……这一系列的户外活动使沈从文逐渐熟悉了湘西的民俗风情，以及生活于此片土地上的老幼贵贱、生死哀乐的种种状况。一次次的细致观察增强了沈从文的感知能力，让他积累了众多表象，从而也有了创造表象的基础。如果没有对事物进行精细敏锐的观察，他自然就难以深刻认识事物，之后的文学创作也就失去了源泉。

### （二）想象力

"能逃学时我逃学，不能逃学时我只好做梦。"在童年时期，每个夜间沈从文都在对白日里的山河美景、气味颜色心驰神往："夜间我便做出无数稀奇古怪的梦，经常是梦向天上飞去，一直到金光闪烁中，终于大叫而醒。这些梦直到将近二十年后的如今还常常使我在半夜里无法安眠，既把我带回到那个'过去'的空虚里去，也把我带往空幻的宇宙里去。"沈从文曾经想象的梦境对二十年之后的他还有影响，可见作家受童年生活的影响十分深刻。

亲近大自然带来的欣喜之情让想象仿佛插上了翅膀。沈从文经常会逃学，也经常会被抓住。虽然被抓之后会被罚跪，但这依旧没有扼杀他已经插上了翅膀的想象力，反而"给我一个练习想象的机会"，使"我记着各种事情，想象恰如生了一对翅膀，凭经验飞到各样动人事物上去。按照天气寒暖……想到天上飞满各种风筝的情形，想到空山中歌唱的黄鹂，想到树木上累累的果实。我应感谢那种处罚，使我无法同自然接近时，给我一个练习想象的机会"。毋庸置疑，这样的罚跪促进了他想象力的发展，使他的想象更为鲜明清晰。作家在进行创作时，要想实现情景交融、物我一体，最关键的一个因素就是想象。在童年时期，沈从文的想象力在山水之间得到了很好的培养，这对他之后的创作有着直接且极为重要的影响。

### （三）思维能力

思维能力是智力核心，更是作家，尤其是小说家必须具备的智力因素。小说创作注重提炼意旨，而这必须有对社会人生洞若观火、穿透一切的洞察力，同时离不开分析与综合、推理与演绎等思维品质。

在童年时期，沈从文对世界的每一处细节都充满了探究欲望和好奇心："为什么骡子推磨时得把眼睛遮上？为什么刀得烧红时在水里一淬方能坚硬？为什么雕佛像的会把木头雕成人形，所贴的金那么薄又用什么方法做成？为什么小铜匠会在一块铜板上钻那么一个圆眼，刻花时刻得整整齐齐？"各种各样奇怪的念头在他的脑海中出现，于是他认为"我生活中充满了疑问，都得我自己去找寻解答"，同时"我得用这方面得到的知识证明那方面的疑问"。在童年时期，沈从文就有着寻根究底的思维能力，这也让沈从文得以早慧，很早就对人生与社会有了深入的分析和思考，为其之后探索人性奠定了基础。

观察、想象、思维是沈从文幼年时期受生活影响最深的方面。除此之外，沈从文在童年时期还有着非常强大的记忆能力，这让他可以将自然界带给他的表象知识储存下来："我从不用心念书，但我从不在应当背诵时节无法对付。许多书总是临时来读十遍八遍，背诵时节却居然朗朗上口，一字不遗。"如果失去了这种记忆天赋，沈从文自然也难以锻炼出文学创作中关键的形象记忆能力。

## 二、童年经验对沈从文非智力品质的影响

沈从文在其青少年时期的生活中，逐渐养成了许多作家必须具备的非智力品质。一个人要想从事文学艺术，需要具有一定的"特质"，如敏锐的观察力、独特而强烈的审美直觉、丰富的情感、非凡的记忆力等。那么，哪些方面对沈从文的非智力品质有影响呢？

### （一）感受力

沈从文一直热爱着大自然，这让他逐渐拥有了极为敏锐的感受力以及一颗活跃的"灵心"。一颗对自然、社会、人生冷淡的心，是谈不上独特发现和创造的，会直接影响感受的丰富性和多样性。

"各处去看，各处去听，还各处去嗅闻……蝙蝠的声音，一只黄牛当屠户把刀刺进它喉中时叹息的声音，藏在田塍土穴中大黄喉蛇的鸣声，黑暗中鱼在水面泼刺的微声，全因到耳边时分量不同，我也记得那么清清楚楚。"沈从文正是在青少年时期耳濡目染大自然中的气味、颜色与声音，浸淫日久，从而形成了敏锐的感受力，进而发展成了这种能够辨别精微的识别力。

湘西地区的自然环境十分优越，山清水秀，风景独美，这也使得沈从文在耳濡目染之下拥有了丰富的审美知觉："薄暮的空气极其温柔，微风摇荡。""月光淡淡地洒满了各处，如一首富于光色和谐雅丽的诗歌。"如此的艺术知觉，如飘浮空中又实际存在，如朦胧模糊又清晰可见，读起来仿佛水云托月一般具有异样的美感，这种美感来源于沈从文青少年时期的印象。

### （二）"灵气"

沈从文童年和青少年时期的生活经历丰富了其艺术"灵气"。

"我等兄弟姐妹的初步教育，便全是这个瘦小、机警、富于胆气与常识

的母亲担负的。我的教育得于母亲的不少，她告我认字，告我认识药名，告我思考和决断——做男子极不可少的思考以后的决断。我的气度得于父亲影响的较少，得于妈妈的似较多。"沈从文感受着母亲的温柔和深切的爱意，感受着母亲的情意与胆气，最终形成了一颗深爱着家乡土地与家乡人民的多情善良之心。

在六岁那年，沈从文"因此一病"，成了一个"小猴儿精"，这也使得他拥有了活泼好动的个性，他十分怜爱大自然里的花花草草，性格也变得多愁善感，变得更为敏锐。

### （三）"灵性"

沈从文童年和青少年时期的生活让他形成了崇尚自由的"灵性"。在少年时期，沈从文是个实实在在的顽劣儿童，说谎、逃学都是家常便饭。他一头扑进大自然的怀抱，"到日光下去认识这大千世界微妙的光，稀奇的色，万百的动静"。对大自然的热爱成了沈从文后来满腔热情地讴歌家乡民情风俗、人性人情美的动力源，而那颗放荡不羁的心也为沈从文之后前往北京闯荡埋下了伏笔。

沈从文在童年和青少年时期极具叛逆性："不安于当前事务，却倾心于现世光色，对于一切成例与观念皆十分怀疑，却常常为人生远景而凝眸。"这种叛逆也让沈从文形成了一种独断的彻底的创作观。

二十岁那年，沈从文离开了故乡湘西，"跑到百万市民居住的北京城"（《沈从文小说选集·题记》），"开始进到一个使我永远无从毕业的学校，来学那课永远也学不尽的人生了"。刚到北京的沈从文面临着饥饿、贫穷的挑战，而就是在这样艰苦的生活里，沈从文迈向了自己的文学苦旅，用一根笔杆创造出了一个属于他自己的文学世界。这种韧性与顽强、认真与执着、不屈不挠的追求精神，正源于其童年和青少年时期养成的"野性"和"不服输"性格。

### （四）"水"性

在沈从文的散文与小说里，往往都会有水元素。可以说，对水的生命体验培养了沈从文特殊的审美心理，并转化成了他小说优美的诗意。

在自传中，沈从文有很多次提到了水："我感情流动而不凝固，一派清波给予我的影响实在不小。我幼小时较美丽的生活，大部分都同水不能分离。我的学校可以说是在水边的。我认识美，学会思索，水对我有极大的关系。"水的灵动飘逸、水的温柔多情、水的无所不包，让沈从文创作的作品具有水一般的韵味。水对沈从文的世界观、人生观、气质和性格都有所影响，而这与其青少年时期与水有关的一切活动息息相关。

"水"有形态万千，水的坚韧可以穿石，水的汹涌如惊涛拍岸，水的温润如山间涓涓细流，水随物赋形，这也是沈从文对其钟情的原因所在。沈从文土生土长于湘西的深山大泽之中，本就爱水恋水的沈从文更是在借"水"抒怀的古典文人身上找到了灵魂的契合，并在潜移默化之中挖掘与利用这种诗学传统，在自身的作品里留下了鲜明的投影。

瑞士心理学家荣格认为，在所有的原始意象当中都存在着人类命运和精神的碎片，都有着在我们祖先的历史中重复了无数次的欢乐和悲哀的一点儿残余，并且总的来说始终遵循同样的路线。它仿佛是人们内心一道开凿过的深深的河床，河床中流淌的生命之水突然奔涌成浩荡的江流，而非像过去一般在清浅宽阔的溪流里流淌。

"水"作为一个具有原型意味的意象而存在，人们对它的认识也经历了一个由感性观照走向理性哲思的过程。是水的存在，让天地万物得以长久地生存、延续，所以原始先民也都自然而然选择了"缘水而居，不耕不稼"的居住方式。

在我国古代诗学当中，"意境"这个词语是一个非常重要的美学范畴，是作者将自身的主观情绪跟客观对象融合成一体所形成的审美境界。沈从文作为一位具有诗人气质的作家，强调不要一味地追求文字表面的热情，而主张将"道理包含在现象中"，在现象的描绘中抒发内在独有的情感体验。从小生长在"水"边的沈从文从诗意的视角，在自己的湘西系列作品里围绕着"水"这一主体建构了一个自然世界，并将其独特的抒情和浪漫元素融入其中，为读者呈现了一派清丽脱俗、天人合一的"水"上意境，展现了诗性人生的理想图景，给读者带来了隽永悠长的情感体验。

"若溯流而上，则三丈五丈的深潭皆清澈见底。深潭为白日所映照，河底小小白石子，有花纹的玛瑙石子，全看得明明白白。水中游鱼来去，全如浮在空气里。两岸多高山，山中多可以造纸的细竹，常年作深翠颜色，逼人眼目。"他的文字只用了白描手法，不添加任何华丽辞藻修饰，但却在读者眼前呈现出灵秀亮丽的小城的优美景色，让读者在文字中浮想联翩。白河流域的码头——王村，同样美丽清奇。"白日无事，平潭静寂，但见小渔船船舷船顶站满了沉默黑色鱼鹰，缓缓向上游划去。傍山作屋，重重叠叠，如堆蒸糕，入目景象清而壮。"沈从文在作品《边城》中通过诗性的语言带领读者来到了一个淳朴而清新的审美意境当中，让读者流连忘返。

散文《湘行书简》《湘行散记》虽然并没有将景色描写当作主体，但这些散文作品当中几乎都有对湘西水景的描写，以此来渲染抒情气氛。沈从文沿辰河上行，途径箱子岩时，看到河水两岸"一列青黛崭削的石壁，夹江高矗，被夕阳烘炙成为一个五彩的屏障"，不禁为这巧夺天工的石壁惊叹。即便是毫无波澜的长潭，在雨后初霁之时也显得格外美丽："两岸的小山作浅绿色，山水秀雅明丽如西湖。"只是几句单纯运用白描手法的语句，却让读者在阅读时感到一幅幅美如山水画般的"水"景扑面而来。正如沈从文自己所说："随意割切一段勾勒纸上，就可成一绝好宋人画本。"而与这种自然"水"境交相辉映的便是湘西水边的"生活之境"。生活在边域"水"城的沈从文提出了"美在生命"的审美观点。沈从文大力宣扬跟自然相契合的生命的强力和野性，希望日渐衰弱的国民能得到这原始生命强力和野性的力量，从而回到原本的澄明之境。沈从文曾说道："我崇拜朝气，欢喜自由，赞美胆量大的，精力强的。"沈从文在故乡湘西这片没有遭受现代文明侵染的土地上找到了有着原始生命力的生命形态，并在自己创造的理想湘西"水"世界里幻化出了生命自然存在的合理愿望。

20世纪30年代，沈从文独特的写作方式与文体形式已经基本上形成，且成长为文坛中享誉非凡的作家，他的《边城》《湘行书简》《湘行散记》等一系列作品更是受到评论家的好评。正如夏志清对沈从文的评价："他是中国现代文学中最伟大的印象主义者。他能不着痕迹，轻轻的几笔就把一个景色的神髓，或者是人类微妙的感情脉络勾画出来。他在这一方面的功夫，直追中国的大诗人和大画家。现代文学作家中，没有一个人及得上他。"[1] 李健吾也认为沈从文创作的《边城》如同"一颗千古不磨的珠玉"[2]，从这些称赞可以看出，沈从文的文学创作有着异于寻常的独特艺术魅力。

---

① 夏志清.文本与阐释 [M].南京：译林出版社，2019：265.

② 刘斯奋.今文选 [M].北京：中国言实出版社，2015：25.

# 第二节　矛盾而和谐的生命价值观

## 一、乡村与都市对立的生命价值观

在中国现代文坛里，人们将沈从文誉为"自然之子"，因为他将人和自然之间相互契合的生存状态当作其理想中的人生形式，而这方面的典型代表作品就是《边城》，该作品取得了非常高的艺术成就。沈从文通过对地方风俗文化浸染下的茶峒山城社会人物性格、人际关系以及各种人事纠葛的叙述，一方面充分展示了地方独特的风俗，另一方面建构了一幅诗性的乡土乐园画面，展示了诗性的人格、诗性的自然、诗性的人际关系。具体来看，小说《边城》的诗化体现在使用诗意语言来描述湘西的瑰丽风光，通过清新的文笔给作者呈现出小城中淳朴美好的人性，用自己的赤子之心坚守人类文明最初的净土。

沈从文的生命价值观主要表现在三个方面。一是对"人和自然相互契合"生命境界的追求，主要指的是健康强壮的生命气魄与率真自然的生命品格，代表沈从文"皈依自然"的生命理想。二是坚守"生命庄严"的精神向度，主要指向"生命神性"的超然层面，代表沈从文"向人生远景凝眸"的生命理想。三是反对背离生命本质的"阴性人格"，主要指向生命的阴暗层面，代表沈从文想要根除国民劣根性的生命理想。三者有机结合形成一个整体，成了沈从文特有的生命价值观，展现出其主体独特性，并对其创作的各个方面产生了深刻的影响。

在 20 世纪 30 年代前期，沈从文的作品注重写实跟诗意的融合统一，让矛盾双方保持和谐。随着对象跟主观这对矛盾的发展，在客观意境与主观情感发生冲突时，后者压倒前者而直接表露，走到了与前期不同的境地，从而表现出了与前期不同的审美理想。浪漫的传奇被现实生活的写实所代替，沈从文从心灵空间中走出来，并迈进了现实的真实存在。

沈从文 20 世纪 30 年代后期的作品有《湘西》《长河》《小砦》等。很多时候，沈从文在进行审美选择时遵循的标准是民族性的审美价值，如他在《长河》中写道："你们明天都做了保安队，可是都想倚势压人？"他将温情与理想的面纱彻底撕开，笔尖直指扭曲的人性与黑暗的现实。他的内心因激烈的社会矛盾而产生了极其强烈的民族忧患心理，他开始更注重观察与思考湘西人民的生命形式，对湘西风情、人性的赞美无形中就换成了对湘西社会即将灭亡的悲愤，愉悦的审美心态逐渐走向了沉郁，在对民族独特的文化个性和理想追求中，他将一切融于其审美情感的思绪。对战争与现代文明的批判里，蕴藏着沈从文对民族性格重建与人性复归的渴望，彰显出其跟前期创作明显有所差异的价值观念与审美取向。

站在生命美学视角上，我们可以更为深入地对沈从文的创作进行研究，把握其创作内涵以及精神世界。20 世纪 20 年代初，沈从文踏上文坛，20 世纪 40 年代末转入文物研究，沈从文始终把生命、人生、命运这类古老而又常新的主题作为创作的主旋律，沈从文认为："一个人过于爱有生的一切时，必因为在一切有生中发现了'美'，亦即发现了'神'。"美处处皆是，而生命中最具有意义的便是对"神在生命中"的认识，沈从文基于此观点提出了"美在生命"这一美学命题。

沈从文致力构建的理想生命是在"生活—生命"这一构图中呈现的。对这一理想生命的探索则主要体现在对"美与爱"、生命与自然等抽象观念的建构上。20 世纪 40 年代，沈从文的生命观已经逐渐具有了超越意识。其通过非常独特的视角，看到了人类如今的生存发展面临着重重困难，并为让人类突破困境而努力思考，做出自己独特的贡献。

沈从文的生命价值观内涵丰富且复杂，其中不无矛盾之处，尽管这些见解散见于其各个时期的文论与杂论中，或在其创作中以艺术的形式表现出来，体现出他在某个时期中的思想，但依旧能够从中掌握它的精神内涵，总体来看主要就是追求"人与自然契合"的生命境界，坚守"生命庄严"的精神向度，反对背离生命本质的"阴性人格"三点，这是形成其创作独特性的重要因素。所以，如果对沈从文创作的独特性进行深入研究，就需要审视其生命价值。其实，沈从文建构的都市世界与湘西世界就呈现出两种有着鲜明对抗形态的生命价值取向，这明显跟他的生命价值观有着十分紧密的联系。

## 二、沈从文生命价值观在作品中的表现

在小说《边城》中，沈从文为读者们演奏了一曲充满湘西魅力的生命赞歌，将湘西秀美的风景、清新的自然生态环境、善良的人们和淳朴的民俗相互结合，交织出一幅充满人情美、自然美、人性美的优雅画卷。

沈从文早期的审美选择与人生态度受到了湘楚文化浪漫多情、灵动跳跃的特性的极大影响；沈从文自身精神触角的变动更促使着他将自己创作主体的思想情感全部用于浇灌他的"湘西世界"。所以沈从文在 20 世纪 30 年代

初所创作的作品，会借助湘西文化形态来进行自我审美理想的建构，迷恋于自然的生活，并在自然里寻觅着因都市文化侵袭而丢失的灵魂。随着他理性思考的成熟和外界环境的影响，沈从文的内心情感和精神世界发生了较大的变动，世界观的变化使他创作时的审美心态也不断发生着变化。因此，在20世纪30年代后期的作品中，沈从文在对湘西人民生命形式的观察和思考中，怀着不易形诸笔墨的沉痛和隐忧从昂扬走向低沉，从愉悦走向沉郁。从理想到现实，从抽象到具体，从表现"小我"到反映"大我"，沈从文也迈入了一种新的生命形式，不管是其所著文学形式，还是其内在的精神内涵，沈从文直至此时才终于完成了生命意义上的审美超越。而这种审美心态对沈从文之后的创作审美走向一直有很大影响。在《黑魇》《白魇》里，作者批判了战争给人们平静的生活所带来的分离和痛苦。在《昆明冬景》《水云》《烛虚》《潜渊》等作品中，作者开始对生命的意义与形式进行深入思考，自此，作家的审美趣味与审美心态回归永恒与平静。

## 第三节　光怪陆离的都市生活体验

### 一、"乡下人"的都市定位

北京代表的是皇城文化。自明清以来，北京一直都是皇城，是中国文化的中心，到了近代，北京开始逐渐艰难地过渡成一个现代城市，其传统的本土文化虽然在不断衰落，但依旧顽强地存活着，这导致北京保留了一种独特的乡土性。即便是这样一座乡土感很强的大城市，还是给来自湘西的沈从文一种自己是"乡下人"的感觉。他在作品《忆翔鹤》中曾说："生长于大都市的翔鹤，出于性情上的熏染，受陶渊明、嵇康作品中反映的洒脱离俗影响实已较深；我来自乡下，虽不喜欢城市却并不厌恶城市，入城虽再久又永远还像乡巴佬的情形，心情上似同实异的差别。"可以看出，自诩为乡下人的原因主要有两点：一是沈从文对北京城的办事规矩不了解，不太适应北京的生活；二是沈从文性格比较内向，并不愿意主动融入进去。但此时的"乡下人"三个字没有太多情感态度，只是表明自己的来历而已。

其实，城市对沈从文的影响除了其对自身的定位，还包括小说题材的选择。当时的文学思潮与各种社会事件都对他的创作产生了一定程度的影响。早期沈从文创作的题材总结起来主要分为两大类：都市题材与湘西题材。都市题材类小说主要以问题小说和"自叙传"小说为代表。在他刚来到北京的时候，虽然"五四运动"已过去四五年，但是"五四"精神仍然存在。1921年，文学研究会和创造社成立，它们随之成为推动新文学发展的重要力量。文学研究会主张以文学为人生，创造者却主张创造艺术，两者分别代表了两个新闻学发展的文艺思潮。于是，20 世纪 20 年代初文坛上流行两种小说：问题小说和"自叙传"小说。而此时刚到北京的沈从文一面坚持自学——读书和习作，一面去北京大学自由听课，同时结交了不少爱好文学的青年。在充满包容性的自由多元的文化空间当中，加之文坛潮流产生的影响，沈从文创作了许多以城市为背景的小说，其中许多都是问题小说。

在沈从文看来，自己和都市文明之间始终存在一层隔膜，而这层隔膜被他称作"城里人"与"乡下人"之间的隔膜。然而，他对这两个世界的塑造却是独特而成功的，因为他没有把眼光仅仅局限在湘西。其笔下的乡村世界是在与都市社会对立互渗的总体格局中获得表现的，而都市题材下的上流社会的"人性的扭曲"是在"人与自然契合"的人生理想的映照下得以显现的。正是他这种哲学思辨，构成了笔下都市人生与乡村世界的桥梁。随着创作视角从美好的"湘西世界"来到都市社会，他开始丝毫不加掩饰地在作品里抒发自己对都市的厌恶以及对人性道德的强烈批判之情。

沈从文描写都市生活的小说具有很强的讽刺性，如《第二个狒狒》《八骏图》等。沈从文在这些问题小说里采用了讽刺的笔调，通过描写各种生活琐事，无情揭露那些城市知识分子的黑暗面。在《岚生同岚生太太》里，沈从文一开篇就这样介绍岚生这一人物："许是因为职位的缘故，常常对上司行礼吧，又并不生病，腰也常是弯的。"字句之间充满讽刺之意。毕竟沈从文是一位"呆头呆脑"的"乡下人"，他对都市的第一印象可谓极差。刚踏入北京，便因为精明的城市人吃了亏。沈从文在自传里回忆道："出了北京前门的车站，呆头呆脑在车站前面广坪中站了一会儿。走来一个拉排车的，高个子，一看情形知道我是乡巴佬，就告给我可以坐他的排车到我所要到的地方去。我相信了他的建议，把自己那点简单行李，同一个瘦小的身体，搁到那排车上去，很可笑地让这运货排车把我拖进了北京西河沿一家小客店，在旅客簿上写下——沈从文年二十岁学生湖南凤凰县人。"

## 二、都市小说中的自我体验

在现代作家当中，在斥责都市人性，批判、怀疑都市"文明"方面，写作姿态最为鲜明和激切的就是沈从文。沈从文构建了都市世界与乡村世界，两个世界相互对照，展现了完全相反的生命形式，且在相关作品里，我们可以清楚地看到其创作的思想内涵和艺术表现形式。沈从文从其"乡下人"的独特视角出发，凭借独特文化品格和对人性问题的独特思考，为我们构筑了一个独特的都市世界，且其在伦理道德和乡土文化的层面上审视都市的生存状态，体现出对人性异化的忧虑和对人性复归的探索，这在一定程度上契合了西方近代从异化角度对文明进行批判和反思的哲学思潮，在一定程度上也表现为"一种现代观念，一种现代人所具有的批判意识、怀疑精神和超前眼光"。他所提供的审视都市的另一种立场和方法以及这种面对现代文明审视人性异化的文学行为本身，都让他跟其他的都市小说家有着极大的区别，展现出他独特的艺术追求与创作思想。

沈从文受到郁达夫"自叙传"的影响，创作了许多"自叙传"小说。沈从文的"自叙传"小说描写最多的是他初来北京时生活的艰难与苦闷。在刚到北京时，沈从文过着极为艰苦的生活，他刚开始生活在前门外杨梅竹斜街的酉西会馆里。对于那个阶段的学习，他曾在文中进行过概括："先是在一个小公寓湿霉霉的房间，零下十二度的寒气中，学习不用火炉过冬的耐寒力。其次是三两天不吃东西，学习腹中空空洞洞的耐饥力。再其次是从饥寒交迫无望无助状况中，学习进图书馆自行摸索的阅读力。再其次是起始用一支笔，无日无夜写下去，把所有作品寄给各报章杂志，在毫无结果的等待中，学习对于工作失败的抵抗力与适应力。"①

北京跟湘西地域的极大差异使沈从文难以适应周围的环境，加之青春的美好年龄，却过着饥寒交迫的生活，沈从文陷于经济困境，只能将手中的笔当作纾解自身苦闷的武器，即通过创作一篇篇的"自叙传"小说尽情宣泄自身苦闷，同时表达自己的无奈与痛苦。

沈从文在 1925 年创作了一篇名为《棉鞋》的文章，文章主人公"我"其实完全就是作者自况，其中的内容便是沈从文对自己初来北京时所过的艰难生活的记录。穷困潦倒的"我"，住在一间"我"称为"窄而霉斋"的破烂小屋。冷风吹打"我"的脸，吹打"我"的胸，吹打"我"的一切。无可奈何，"我"只能逃进破被中蜷卧着，任凭其摩挲"我"为风欺侮而红肿的双脚。伙计终年对"我"做出不耐烦的样子。农大的村弟看"我"可怜，送"我"一双棉鞋，虽然皮底已经被磨得快没了，毛线都脱离了组织，整个棉鞋看起来破破烂烂的，但是"我"却时时刻刻穿着它。"我"到图书馆时，

---

① 沈从文.从文自传[M].长沙：岳麓书社，2010：168.

因棉鞋看起来不体面，管事先生便飞快帮"我"拣出书籍，并驱逐"我"速速离开；游山时，遇到一老一少两人，正谈得投机，因看到"我"脚上的棉鞋，立即离开；晚上外出散步，一对热恋男女正欲拥抱接吻，却被棉鞋发出的声音打断了，"我"慌忙地离开，"落到我眼里的东西，如像沙子、蒺藜，痒在眼里，痛在心里"。"我"和教育股股长先生相遇，他见"我"这双棉鞋，还未待"我"说完话，便转身离去，"上司但从鞋的彳亍彳亍怪声音上断定我的罪过，不但不原谅我的苦衷，临行给我的那个微笑，竟以为我有意不雅观"。这一切的一切不禁使"我"发出感慨："呵呵，我的可怜的鞋子啊！你的命运也太差了！……受许多不应受的辛苦，吃几多不应吃的泥浆，尽女人们无端侮辱，还要被别人屡次来敲打？呵呵，可怜的鞋子啊！我的同命运的鞋子啊！"这双鞋子其实就是在影射沈从文自己刚来北京时的遭遇。沈从文借助一种象征，将自身的坎坷和凄凉尽数表达出来。其之后所创作的《一天是这样过的》同样也反映了他在北京艰辛的生活。

沈从文在都市讽刺小说里塑造的父亲形象往往是被丑化和讽刺的对象，尤其有精神弑父的倾向，如《八骏图》中，教授桌子上放着全家福的照片，枕边有着两部香艳的诗集；在《绅士的太太》中，从表面来看父亲有着绅士形象，但其内心却十分龌龊肮脏。

### 三、都市中温馨的乡土回忆

乡土小说在20世纪20年代中期兴起，带动着把北京当作中心的众多年轻作家将目光放到了乡村，他们或者通过批判的语调叙述乡间的落后贫穷与罪恶民俗，或者用温情的笔调描绘闲适的乡土风情，一股全新的潮流就此形成。此时的沈从文独自一人，客寓在这偌大的皇城，忍受着无言的孤独与浓浓的苦闷。可越是得不到爱与理解，沈从文就越思念自己从小生长的故乡，就越觉得故乡的山山水水、世俗人事流淌着诗意与温情。恰逢潮流的变化，很自然地，沈从文选择乡土题材进行文学创作。然而当时的沈从文刚刚迈入文学道路，文笔稚嫩，编写故事能力也较弱，所以主要以回忆往事为创作方向，回忆自己温馨的童年生活，短暂但印象深刻的部队生涯，还有那故乡的人、故乡的事。

《夜渔》中的守碾坊、《猎野猪的故事》中的打野猪、《我的小学教育》中的木傀儡戏、《在私塾》中的逃课经历，还有《炉边》中的吃宵夜，这些都是沈从文美好的童年回忆，每一个情节都蕴含着他对家乡的思念之情，缓解着他漂泊在外的无助感和不安感。那时的人，那时的事，仿佛是在昨天。

这些回忆就像寒冬深夜的火把，照亮他，温暖他，让他在城市的艰辛生活有了一丝慰藉。

沈从文之后的军旅生活对他来说也是一段十分美好的回忆。《船上》《占领》《入伍后》等小说都是有关他在部队的回忆。尽管文中涉及当时军队的黑暗腐败，有着讽刺的气息，我们依旧可以从里面找到一丝无法言喻的温情。这首先是因为沈从文的家庭和社会关系使他在军中的职务虽低，但实际处境却非同一般，所以将军队和平融洽的一面看得多了些；其次则是出于对家乡美好人事的偏爱，无意间即以此爱恋冲淡缓解客居异乡的寂寞与苦闷。

在他的回忆里最常出现的是那仍存有人性的故乡，具体包括故乡美好的风景和淳朴的人民，还有各种琐碎平凡却人情味满满的小事。说到底，沈从文终究是个乡下人，一个有着天真无邪的童心、崇尚自然人性的人。沈从文在《水云》中说："我是一个乡下人，走到任何一处照例都带一把尺一把秤，和普通社会总是不合，一切来到我命运中的事事物物，我有我自己的尺寸和分量，来证实生命的价值和意义。"夏志清认为沈从文自称"乡下人"其实存在一番深意。一方面，这是在讽刺那些贪恋思想上的时髦，被各种新兴主义冲昏了头脑，完全忘记了自己传统的作家。另一方面，他想让读者们发现他的内心当中存在着一个绝不会枯竭的永恒源泉。由此可见，沈从文对故乡有着极为深厚的感情。

小说《瑞龙》里那个顽皮可爱的瑞龙，见了熟人，"口上便做出那怪和气亲热的声气：'吃甘蔗吧，哥！'或是'伯伯，这甘蔗又甜又脆，您哪吃得动——拿吧，拿吧！怎么要伯伯的钱呢。'"瑞龙的热情与淳朴不正是湘西人民的折射吗？

虽然当时的沈从文已经意识到，许多人性的弱点，如虚伪、欺软怕硬等正在从城市蔓延到农村，且正在成为民族的不良习性，然而他依旧因内心深处的思乡之情而努力挖掘着尚存的美好。小说《在别一个国度里》中在八蛮山落草的大王，在大妹妹眼中却是这样："他什么事都能体贴，用极温柔驯善的颜色侍奉我，听我所说，为我去办一切的事。（他对外是一只虎，谁都怕他；又聪明有学识，谁都爱敬他。）他在我面前却只是一匹羊，知媚它的主人是它的职务。他对我的忠实，超越了我理想中情人的忠实。"虽然大王外表残暴凶狠，然而他也是一个情意满满、柔情似水的男人。在小说《喽啰》里，"山上大王气派似乎并不比如今的军官大人使人怕；喽啰也同北京洋车夫差不多，和气得要你一见了他就想同他拜把弟兄认亲家"。我们可以从作者的描绘中发掘到他们的淳朴与可爱，甚至难以想到他们其实是山中的土匪。与此同时，作者借助城中的官与山上土匪之间的强烈对比，表达自己对北京现实的讽刺。"当真是做官比做山上大王容易找钱点么？这是一定的。因为山寨里，大王同喽啰，得来的财产纵不是平均瓜分，也得算清数目按功劳分派，大王独吞可是办不到的事。至于官，则从中国有官起，到如今，钱是手下人去找，享用归一人。"的确，山上大王的行为不符合所谓的道德，可看上去遵从道德的那些城里官们，又有多少见得了光呢？小说《连长》则是想点明一个道理："一个皇帝同一个兵士，地位的不同，是相差到几乎可以用手摸得出，但一到恋着一个人，在与女人为缘的应有心灵上的磨难，兵士所有的苦闷的量与皇帝可并不两样。一个状元同一个村塾师也不会不同。一个得文学博士的人同一个杂货店徒弟也总只会有一种头痛。"就算是钢铁之躯的军人也手握着选择爱情的权利，以展示其内心的体贴与温柔。沈从文的观点在文中展现得十分明显，那就是所有人在爱上都是平等的，爱不会因为一个人的地位而发生改变。所有人都能自由选择爱或者被爱，都可以爱得轰轰烈烈，也可以爱得悄然无声。

## 四、分裂的都市与乡村女性形象

都市生活对沈从文的影响非常广泛，他的创作思想、对小说题材的选择，乃至笔下塑造的人物形象都受到了都市生活的影响。他曾经在笔下塑造过水手、学生、军官等男性形象，但是相较而言，他笔下的女性形象光彩更甚。在北京生活经历的影响下，沈从文确定了两种题材，而与之相对应的，也就有两类不同的女性形象，一种为都市女性形象，一种为湘西女性形象。在这一时期，都市女性形象的主要特点为符号化。女性形象出现时往往并非主角，而只附庸于男性角色，是一种满足男性幻想，和主体相互配合所呈现出的符号式形象，没有名字，更没有女性的特征和魅力。在小说《松子君》中，只出现了三个男主人公，故事里并没有女主人公的存在。女性更多在三人的讲述中出现，并且被冠以性的标签。无论是与周君调情的那个姨奶奶，还是松子君心中爱恋的女孩，她们的出现都是为了满足男性的欲求，是作为附属品而存在的。在小说《遥夜》中，当"我"听到那银筝般的歌声时，在心底这样想象她的容貌："她是又标致，又温柔，又美丽的一个女人，人间的美，女性的美，她都一人占有了。她必是穿着淡紫色的旗袍，她的头发必是漆黑有光……"故事中，歌声让"我"联想到了那个女性，但歌声的出现其实是源于那个花钱买她歌唱以满足自身欲求的男人。而之所以如此，就是因为他在北京过着极为艰难的生活，他渴望追求异性之爱，也希望实现温饱的愿望，然而内向的性格和卑微的地位让沈从文愈发自卑，因而选择在作品中描绘出其幻想里的女人，以此来抚慰自己的空虚内心。

另一类湘西女性整体来看就是影子式的女性形象。虽然回忆中温情浓厚，然而作者当时笔力有限，因而其往往是将湘西的女性直接投影到小说当中。在这些女性人物中，出场最多的是九妹和母亲。由于沈从文是带着对往昔的怀念来写的，因此小说更侧重生活场景与小故事的叙述，缺少对人物细致的刻画。这类作品有《往事》《炉边》《玫瑰与九妹》等。因此，当回顾沈从文这个阶段的作品时，我们会发现，很少有能叫得出口的女性让人有深刻的印象。

## 五、都市生活体验对创作的影响

沈从文之所以能在文学道路上越走越远，一方面是因为他一直在努力，另一方面则是因为都市生活对他产生了无形或有形的影响。因为都市生活的体验，他的思想观、价值观不断地成熟；因为都市生活的体验，他的文学题材变得丰富；因为都市生活的体验，他塑造了更多更为丰满的人物；也正是因为都市生活的体验，他获得了成长。

虽然在中国现代作家当中，沈从文一生创作总量可谓首屈一指，不过他的创作历程其实比较短，如果从他在1924年年底发表于《晨报副刊》的首篇作品《一封未曾付邮的信》开始计算，到1947年他发表小说《传奇不奇》与杂论《学鲁迅》后基本不再创作，前后时间一共只有23年。尽管沈从文在中华人民共和国成立后也零星地发表过几篇作品，但多为应景之作，基本失去其惯有的风格。因此，沈从文实际上在中华人民共和国成立前已结束其创作生涯，中华人民共和国成立后完全转向文物研究，作为文学家的沈从文被作为物质文化史家的沈从文代替。沈从文的创作历程有着明显的阶段性分野，总体来看，自他1924年年底首次发表作品开始，到1928年8月发表《柏子》这一短篇小说之间的时间段，为沈从文的早期创作阶段；1928—1930年属于创作过渡阶段；从1930年开始，沈从文的创作进入成熟期，20世纪30年代末，其创作进入黄金时期；从20世纪40年代初的"创作向内转"至20世纪40年代末终止创作为其后期创作阶段。在某种意义上，沈从文所有作品的主题都可以看作生命抒写，是对生命的探索与讴歌，传达出其审美理想的独特性，其中存在着他对生命形式与人生内容的独特思考。这对他的文学观念与创作实践有着深刻影响，从而促成了一种独特的生命主题。

一般认为，沈从文之所以开始创作小说是为了谋生，不过在对沈从文的早期创作进行深入分析之后就可以看到，创作谋生其实只是沈从文创作的表层动机，真正驱使他迈入创作道路的原因是他渴望倾诉和表达对生命的焦虑。沈从文说过，"一个人写作的动力，应当自内而发"。在沈从文的整个创作历程中，这种发自生命深处的内驱力对他的创作状态具有决定性意义，他在 20 世纪 40 年代前后的"创作向内转"和后来的终止写作都可以从其创作内驱力的转化中找到根源。纵观沈从文创作情况可以看出，他早期的创作十分具有爆发性，作品多而繁杂，并且流于平面化的生活叙事，让人感觉文章有一点慌不择言，这一方面是由于当时的他尚未有充足的艺术积累，对文字掌握程度较差，他在晚年回顾自己的早期创作时说："我从事这工作是远不如人所想的那么便利的。首先的五年，文字还掌握不住。"而深层原因却在于其对人生苦闷与生命焦虑的宣泄式表达，创作成了他的一种生命寄托方式，他通过创作可以缓解生存压力并提高生活品质。因此，他的早期作品虽在艺术上存在着致命的弱点，但都毫无例外是从生命深处流出来的音符，与作者的生命体验圆融一致，自然率真，具有本色之美，自有其动人的地方，在当时的文坛上独具一格，表现出沈从文创作上的独特性。对于沈从文来说，其创作开端具有方向性的意义，让其将追寻生命当作自己所有创作的基调，所以沈从文的早期作品依旧具有一定的价值，不可一概抹杀。

进入创作成熟期的沈从文的作品则有一种抒情性的平和与内敛式的平静，显然在艺术上更进了一层，在作品中可以看到沈从文鲜明的主体独特性，这既是沈从文拥有了更加成熟的艺术风格的体现，也意味着沈从文转化了其表达生命体验的方式。倘若将其早期创作看作情感和生命力的自然迸发，那其成熟期的创作则转变成有一定节制的艺术化抒写，是对生命状态的虚静式观照。这是一种艺术化的人生态度，表明沈从文的生命状态已进入相对稳定的时期，正如沈从文自己所说："人要抽象观念稳定生命，恐得三十岁以后，已由人事方面证实一部分生命意义后。"这个时期的沈从文经过在文坛的多年拼打，已经功成名就，生活稳定，在事实上已经由湘西的"乡下人"变成了都市里的"绅士爷"，尽管表现在他身上的绅士气不那么地道，还混合着根深蒂固的湘西土地气息，但毕竟与原来的湘西"乡下人"判然有别，这种变化不仅表现在生活方式上，而且表现在思想观念与文学观念上。在此时期，沈从文已经不再如刚到北京时一样有着十分强烈深切的乡恋情结，以往对都市生活的敌视也得到一定缓解，同时创作上的成功让他不再如以往一般自卑，怨天尤人的想法也逐渐消散，而且他多年来执着追求的爱情也得到了一个好结果，这让沈从文平静的生活中充满了温馨的诗意气息，他的心境不再骚动不安，而是逐渐变得平静淡然。这种变化对沈从文创作的影响是非常深刻的，沈从文天性就不是一个"愤怒的诗人"，这种宁静的生活状态使他倾心于创造纯粹的艺术，这种生活状态有利于沈从文摆脱早期创作在一定程度上为稻粱谋的现实功利目的，使其创作上升到了精神性的审美超越层面。一般来说，生活境遇与生活方式的重大变化必然会影响一个人的生命体验方式与表达方式，使之发生相应的变化。对于一个作家来说，则会进一步影响其创作的各个方面，使其审美趣味、文学观念、思维方式、艺术风格等发生深刻的变化，乃至导致其创作发生根本性转向。具体到沈从文，如果说他早期创作所表达出来的生命体验呈现出外发性特征，在形式上表现为自内向外的生命力喷发，那么他在创作成熟期的生命体验则呈现出内敛性特征，是一种深度生命体验，在创作观念上表现为和谐与节制的美学原则。这时期沈从文的创作尽管数量上明显减少，但在艺术上却达到了一个新的高度，其独特的风格臻于成熟，其代表性作品多产生在这一时期。有一点需要注意，那就是虽然沈从文的成熟期创作跟早期创作相比有着非常明显的变化与差异，但是这些作品的内在是一致的，作者创作的核心依旧是围绕着对生命的抒写与关注而进行的，生命焦虑依旧是沈从文的创作内驱力，只是在不同时期生命焦虑的性质发生了一定的改变。倘若说沈从文在创作早期的生命焦虑为对个体的生命焦虑，那么在创作成熟期，这份生命焦虑便转变成了文化焦虑，也就是社会群体化的生命焦虑，体现出的是一种极为深沉的民族文化心态。

沈从文的后期创作变化更为明显，其中有很多复杂的原因。1940年左右，沈从文的创作开始"向内转"，呈现出抽象抒情的性质，他越来越追求探索生命的更深层，渴望对生命进行神性抒写，具有浓厚的弗洛伊德色彩与尼采式的超人意识。这样尽管表现出极其可贵的探索意识和艺术创新精神，但从总体上看得失参半，并没有在艺术上取得多少新的突破，倒是从中可以看出沈从文的创作后继乏力，已经陷入难以为继的困境，这是沈从文创作的尾声。在该时期，沈从文的创作一直都被一种主导性的文化焦虑所支配着，其创作格局也与以往大有不同，小说创作量急速减少，反而是杂论、散文、文论明显增多。我们可以根据创作上出现的变化发现此时的沈从文拥有了更强的社会政治参与意识，但显然他并没有深入了解中国现代政治运动的背景，尤其是对将要发生的重大政治变动缺乏最起码的预见。这使他对社会政治的参与主要以一种"书生议政"的方式，对社会政治运动本身则持疏离的态度，并不以实际上的行动参与进去，从中可以看出沈从文是以一个自由主义知识分子的立场来涉入社会政治的，同时不难发现他面对中国现实政治的复杂心态。这时期沈从文所关注的中心问题是生命重造与文化重造，以及与之相关的国家重造、民族重造和文学运动的重造，在他看来，中国现代政治之所以如此，都是因为文化精神沦丧，民族生命力萎缩，他认为只有进行文化重造和生命重造才能实现民族重造和国家重造。这跟其政治态度如出一辙，跟其生命观和文学观也完全一致，并在其作品中有所体现，甚至变成了其后期创作中的"生命重造"主题。

从沈从文的整个创作历程来看，他一直都紧抓生命不放，他以自身生命体验为起始点，对生命之理深入思考，在笔下抒写生命之真，生命是他所有创作的底色与基调。从这一意义上说，沈从文的全部作品是有其内在统一性的，生命是其全部创作的统摄性因素或核心所在。然而正是他的独特创作追求，让他的创作道路充满悲剧意味。也就是说，他其实如同一位文学殉道者，正如他对自己的评价一般，他是"用一支笔来好好保留最后一个浪漫派在20世纪生命取予的形式""在充满古典庄严与雅致的诗歌失去光辉和意义时，来谨谨慎慎写最后一首抒情诗"。就其创作的全部独特性和一种特定的文学形态而言，在某种程度上，他的创作在20世纪中国文学史上确实是"最后一首抒情诗"，其独特的创作风格显示出卓异的品格与美学追求，称之为"沈从文范式"并不为过，对20世纪中国文学具有重要的启示意义。沈从文在自己的所有创作中向读者呈现了一个整体的生命诗学架构，而这同时也是沈从文作品最鲜明的标志，是其创作独特性的根基。

沈从文作为乡村世界主要的表现者与反思者，一直都相信"美在生命"。因此，尽管他生活在冷漠而虚伪的都市当中，却依旧对人性之美抱有追求。他说："这世界或有在沙基或水面上建造崇楼杰阁的人，那可不是我，我只想造希腊小庙。选小地作基础，用坚硬石头堆砌它。精致，结实，对称，形体虽小而不纤巧，是我理想的建筑——这庙供奉的是'人性'。"

从作品到理论，沈从文后来完成了他的湘西系列，同时促成了乡村生命形式与城市生命形式的合成，提出人与自然是"和谐共存"的，本于自然、回归自然的哲学。"湘西"文学作品中呈现的人性是完善的、健康的，是一种自然、优美、健康且与人性相互契合的人生形式。

# 第四章　沈从文小说的诗性主题研究

## 第一节　沈从文小说的时空叙事审美

### 一、沈从文小说的时间叙事审美

在文学作品的叙事过程中，时间概念是其中较为关键的一个元素。文学作品时间概念包括两个方面：客观素材的时间和叙述故事的时间。前者指的是作者在叙述故事时展现出来的文本时间，即故事的发生、发展与结束；后者则是指作者对故事进行提炼与加工后形成的叙事文本秩序，也就是将故事中特定的时间点凸显出来，然后将另一部分的时间点隐去或者省略，从而使故事在叙事上的节奏性更强，并且简明扼要、详略得当。读者从作者对叙事时间的处理上也能看出其对世间万物的认知特点。

#### （一）沈从文作品中的叙事时间类型

在沈从文的作品，特别是小说中，叙事时间可分为三种，即生活化时间叙事、季节性时间叙事以及民俗化时间叙事。

第一，沈从文作品中的生活化时间叙事。在沈从文的小说中，叙事时间常遵从物理时间，即遵循一天从清晨到日暮，一年从春季到冬季的自然世界中的时间顺序。这样的生活化时间叙事通常会被沈从文当成显性的时间叙事，目的是将主人公日常的生活状态交代清楚。比如，在《边城》这部小说中，作者将翠翠和老船夫一家日常的生活情景这样呈现了出来：老船夫在船上渡人，累极后即卧在溪边的大石上休息；祖父工作时翠翠即在溪边玩耍、做饭，或吹着竹笛，听祖父在船上一边工作，一边用哑哑的嗓子唱歌，遇上祖孙两人吃饭时有人喊过渡，翠翠争着跑到祖父前面渡人；夜晚吃过饭后，翠翠与祖父两人就着星光讲故事、休息。又如，在《萧萧》中，文章的开头以一种生活化时间叙事的方式讲述了萧萧嫁到丈夫家之后，白天带着丈夫出去玩，并且还要帮婆婆洗衣物、搓尿片、割猪草，夏夜乘凉的时候，边抱哄着丈夫，边听家中的老人和长工等人在一起讲述过去的事，晚上睡觉的时候则做着各种离奇古怪的梦，半夜丈夫醒来不停哭闹时又爬起来抱哄丈夫的日常生活景象。再如，在《三三》中，作者在文章开头通过生活化时间叙事的方式描述了三三一家的生活场景，三三的父亲过世以后，母亲接过了丈夫在碾坊的工作，母亲在碾坊干活，三三在碾坊的周围玩耍，当有人来到潭中钓鱼的时候，三三就在一旁好奇地看着，到了晚上，母女二人就各自讲着对未来的规划。这样日常化的时间叙事体现了三三生活的地方是很封闭的，同时为城里养病的少年到来后引发的三三的思想变化奠定了基础。

在《一个女人》这部小说中，这样生活化的时间叙事表现得更为明显，小说分别从白天、中午、晚上这三个时间段描写了三翠嫁人后的日常生活："白天，她做些什么事？凡是一个媳妇应做的事她全做了……鸡叫了，天亮了，光明的日头渐渐由山后爬起，把它的光明分给了地面，到烟囱上也镀了金黄的颜色时，她起床了。起了床就到路旁井边去提水，身后跟的是一只小狗……到了午时把饭预备好，男子回家了。到时不回，就得站到门外高坎上去，锐声地喊爹喊苗哥……夜间，仍然打发人，打发狗，打发猫，春天同夏天生活不同，但在事务繁杂琐碎方面却完全一样。除了做饭，烧水，她还会绩麻，纺棉纱，纳鞋，缝袜子……每天早上，有时还不到烧水那时，她就放鸡放鸭，鸡一出笼各处飞，鸭子则从屋前的高坎上把它们赶下溪边。"[①] 在这段文字里我们可以看出，作者通过描写主人公三翠做童养媳后一天的生活场景，向读者展现了湘西童养媳的生活状态，而三翠的日常活动，在公爹去世和丈夫离家以后，由以前中午给公爹与丈夫做饭变成了给瘫痪的养母与儿子

---

① 沈从文.沈从文别集：龙朱集 [M].北京：中信出版集团，2017：143.

做饭，除此之外几乎没有什么改变，从中我们也能看出，湘西的农村生活基本上是固定的模式。

第二，沈从文作品中的季节性时间叙事。在沈从文的小说里，我们不仅可以看到日常化的时间叙事，还可以看到将四季轮转、万物交替当作推进故事情节发展的重要因素以及故事展开的时间背景。此外，季节性时间叙事还经常和小说的故事主题结合在一起，从而体现一种世事变化的苍凉感和沧桑感，凸显小说的悲凉气氛。比如，《阿黑小史》讲述了从油坊工人的女儿阿黑和油坊主的儿子五明恋爱、订婚到阿黑死亡而五明疯癫的故事，整个故事包括"油坊""秋""雨""病""婚前"等章节，在时间上经历了四季。春天，油坊从二月就开始打油，而此时的油坊工人也就是阿黑的父亲正在担心阿黑的身体状况，阿黑十七八岁的年纪，身体却不是很好，在她生病的时候，五明一心一意地照顾她，慢慢地，阿黑的身体逐渐好转，心情也变得明朗了。两人在采蕨时相亲相近，互相表达心意。五月的一次小雨过后，二人在山洞里立下爱的誓言。到了七月，油坊已经停止了打油，但他们恨不得每天都在一起，全寨的人也为他们的爱情送上了祝福。进入了八月，在山神生日那天，阿黑的父亲正式提出二人的亲事，二人便很快定了亲。定亲以后，由于阿黑干娘的到来，阿黑和五明独处的机会变少了，对此，五明非常惆怅且生气。后来天气慢慢变冷，冬天悄然到来，阿黑和五明也结了婚，并度过了一个甜蜜的冬天。然而，来到了第二年的春天，之前生意红火的油坊因为弃置而变得破败，而那个躺在山洞和五明约会的青春少女阿黑也过世了，深爱阿黑的五明因此而发疯变成了一个癫子。沈从文通过对四季轮回的描绘，向人们展示了人生的世事无常，并以此抒发对世人的悲悯之情。

如果说《阿黑小史》是在四季轮回中展现命运无常，《菜园》就是在四季轮回中展现世事沧桑。《菜园》通过一年四季的玉家菜园展现出了一个母亲独立抚养儿子的不易和宁静的生活场景。夏季日落时分，母子两人一起在溪边纳凉吟诗，听蝉鸣，看溪水；或者走到菜园中，看着工人们搭起瓜架子，督促工人们舀水浇菜，有时也会到园中看看菜秧的生长，亲自挖泥浇水。冬天时，母亲边出售白菜，边将白菜制成干菜，儿子则在房中认真读书写字。儿子二十二岁生日那天正好天降大雪，母子两人在家中喝酒谈天。之后，儿子赴京读书，一去三年。三年后的春天，儿子来信说学期结束后会回家住一个月，夏天的时候儿子果然带着美丽的媳妇回来，晚上他们三人同在门外溪边乘凉，在瓜棚豆畦间谈话，看天上的晚霞。八月，母亲与儿子和儿媳一起整理菊圃，想象着秋天时菊花盛开的美丽场景。然而没过多久，儿子与儿媳被抓走并枪毙，最后被埋到了土里。母亲就把对儿子、儿媳的思念之情寄托在菊花上，玉家菜园也就变成了玉家花园。三年以后，当地有钱有势的乡绅占领了玉家花园，他在花园里吟诗赏菊，做着以前菜园主人梦想做的事。最后，在儿子生日那天，母亲在一场大雪后选择自缢身亡。虽然在这部小说里，四季变换的时间线拉得比较长，但是依然遵循从春天到冬天的轮换，且在这样的四季更迭中，菜园变花园的悲凉结局让人哀叹与感慨。小说营造出了一种极具诗意的落寞和荒凉之感，同时人世变幻的悲凉底色也是显而易见的。

第三，沈从文作品中的民俗化时间叙事。民俗化时间叙事指的就是在叙事中把某个节日或者民间习俗当作时间符号，用来推动故事情节发展的叙事方式。在沈从文的小说《边城》中，就很明显地表现出了民俗化的时间叙事手法。《边城》通过对三个端午节的详细记叙推动了故事情节的发展，同时通过中秋节和春节两个节日使文中的时间线更加完整。沈从文作品中这种民俗化的时间叙事一方面体现出了小说中时间和空间的循环往复之感，给人一种时间凝固不动的错觉，体现出了茶峒小城既封闭又宁静的自然环境；另一方面突出了湘西地区独具特色的民俗文化，营造出了一种田园牧歌式的诗意氛围。

### （二）沈从文作品中叙事时间的诗性表现

沈从文作品中的叙事时间表现出跳跃性、情境性等艺术特点，营造了独特的诗性氛围。

首先，沈从文作品中叙事时间的跳跃性及诗性表现。沈从文在进行具体的文本叙事时还经常会对人物的心理活动进行描写，以延展、省略、反复等跳跃性时间叙事方法，将线性的时间线索打乱，使小说的情节更加丰富生动，从而吸引读者的注意力。比如，《边城》的开篇是从第三个端午节开始讲起的，然后引出翠翠对前两个端午节的回忆。随着老船夫的喊声，翠翠的回忆被打断，翠翠又被拉回到了现实世界中。这种跳跃性的时间设置打破了时间的线性发展，使整个文本的叙事更加曲折，充满韵味，具有一种诗性的苍凉感。又如，《槐化镇》中故事的叙述者"我"嗅到了淡淡的紫藤花的香气，看到了白色的洋槐花，从而回忆起了在槐化镇上居住时的故事。再如，《阿黑小史》从总体的时间线索上看，讲述了一年四季轮回中阿黑与五明恋爱和结婚的故事，然而具体的叙述却是基于阿黑死后、五明癫后纷乱的回忆，具体记述了阿黑与五明在山洞中约会以及发下誓言的情境。在这篇作品中，四季轮回的线性叙事与五明回忆的跳跃性叙事将命运无常、人事苍凉的人生感慨体现得淋漓尽致。从艺术特性上看，沈从文作品中的叙事时间极具跳跃性，同时其根据人物的心理变化与思维走向安排具体的叙事时间，在时间的闪出和闪回中打造出了一种与电影蒙太奇类似的艺术般的时间场景，从而赋予了文本曲折的诗化效果。

其次，沈从文作品中叙事时间的情境性及其诗性表现。叙事时间的情境性是指在文本叙事中通过大篇幅的情境描绘，在流动的叙事过程中构建出小说的叙事骨架，在流动与静止中展现生活状态与人世变迁。[①] 沈从文在湘西系列作品中，常通过情境性的叙事时间展现湘西人的生活状态。例如，在《边城》中沈从文通过对老船夫和翠翠的日常工作和生活场景的描述，构建了一种具有恒常性的时间图景，而这种时间图景所体现出来的田园牧歌式的场景极具诗化色彩。又如，在《三三》中，文章开头描绘了堡子的恒常化场景："从碾坊往上看，看到堡子里比屋连墙，嘉树成荫，正是十分兴旺的样子。往下看，夹溪有无数山田，如堆积蒸糕，因此种田人借用水力，用大竹扎了无数水车，用椿木做成横轴引撑柱，圆圆的如一面锣，大小不等竖立在水边。这一群水车，就同一群游手好闲的人一样，成日成夜不知疲倦地咿咿呀呀唱着意义含糊的歌。"[②] 之后，则将视角对准堡子中的杨家碾坊，展现出杨家碾坊的恒常性生活场景："妈妈随着碾槽转，提着小小油瓶，为碾盘的木轴铁心上油，或者很兴奋地坐在屋角拉动架上的筛子时，三三总很安静地自己坐在另一角玩。热天坐到有风凉处吹风，用包谷秆子作小笼，捉蝈蝈、纺织娘玩。冬天则伴同猫儿蹲到火桶里，剥灰煨栗子吃。或者有时候从碾米人手上得到一个芦管做成的唢呐，就学着打大傩的法师神气，屋前屋后吹着，半天还玩不厌倦。"[③] 沈从文在对具有恒常性的场景进行描写时，总是会用到"常年""照例""总""凡""皆""毕"等字词，这些字词的使用使文本中场景的恒常性特点得到了进一步的强化。这样将有着恒常性特点的叙事场景和绝对时间进行对比，就将湘西地区系列作品中时间上相对的静止性突显了出来，易于在时间上造成模糊化的效果，不仅突显了画面感，还具有弱化故事情节的作用，从而形成一种独具特色的时间和空间，从而营造出田园牧歌式的诗化氛围。

综上所述，沈从文作品，尤其是沈从文系列小说中的时间是一种历时性

---

① 张芊.沈从文小说的时间叙事特征[D].青岛：青岛大学，2017：23.

② 沈从文.沈从文专集 边城[M].长春：吉林美术出版社，2014：130.

③ 沈从文.沈从文专集 边城[M].长春：吉林美术出版社，2014：132.

的线性时间线索与跳跃性和场景性时间相互交织的叙事时间。这种独特的叙事时间方式，一方面促使人物个体的生命时间与湘西地区恒常化的、循环往复的命运时间相交织，在体现湘西人独有的自然天性的同时，又隐藏着湘西世界的封闭与作者对湘西世界现状的隐忧。另一方面，将现在的时间和过去的时间进行对照，反映出现代文明已慢慢渗入湘西世界，且在这个渗入过程中湘西世界发生了很多的改变，从中我们可以体会到作者面对湘西世界的改变而流露出的惋惜之情，另外这样也反映出在这一过程中作者对美好人性的追寻，从而展现出了哀婉、悲凉而又无奈、不舍的思想感情。

## 二、沈从文小说的空间叙事审美

文学作品中的叙事空间指的是文本中空间上的地理位置。在文学创作中，不管作者是哪一流派，他的创作都要考虑到一定的空间。要想详细分析沈从文作品里的诗性空间，就要分析沈从文作品中叙事空间的类型与结构。

### （一）沈从文作品中的叙事空间类型

第一种类型，清新惬意的自然空间的呈现。

沈从文很多作品描写的都是和他生长的湘西世界紧密结合的乡土世界的故事，我们从他的作品中可以明显地体会到湘西的美好风光。比如，在《边城》中就出现了对当地自然风景大篇幅的叙述："白河下游到辰州与沅水汇流后，便略显浑浊，有出山泉水的意思。若溯流而上，则三丈五丈的深潭皆清澈见底。深潭为白日所映照，河底小小白石子，有花纹的玛瑙石子，全看得明明白白。水中游鱼来去，全如浮在空气里。两岸多高山，山中多可以造纸的细竹，常年作深翠颜色，逼人眼目。近水人家多在桃杏花里，春天时只需注意，凡有桃花处必有人家，凡有人家处必可沽酒。夏天则晒晾在日光下耀目的紫花布衣裤，可以作为人家所在的旗帜。秋冬来时，房屋在悬崖上的，滨水边的，无不朗然入目。黄泥的墙，乌黑的瓦，位置则永远那么妥帖，且与四周环境极其调和，使人迎面得到的印象，实在非常愉快。"①这段文字中出现了山、水、细竹、桃花和农家，而这些景象和事物共同组成了人间仙境一样的美丽风光。又如，沈从文在《渔》中描绘出了美丽的月下小景："月亮的光照到滩上，大石的一面为月光所不及，如躲有鬼魔。水虫在月光下各处飞动，振翅发微声，从头上飞过时，俨然如虫背上皆骑有小仙女。鼻中常

---

① 沈从文. 边城[M]. 北京：中国友谊出版公司，2019：2.

常嗅着无端而来的一种香气，远处滩水声音则正像母亲闭目唱安慰儿子睡眠的歌。大地是正在睡眠，人在此时也全如梦中。"沈从文在对美好的自然环境进行描述的时候，赋予了桃花、山水、月光等一种抽象的美，从而体现出沈从文作品中富有诗意的内涵。

沈从文笔下清新美好的自然空间是具有一定的封闭性的。从他很多的作品中我们可以看出，那些美好的自然空间通常都存在于特定的场所。例如，《三三》中的杨家碾坊和堡子、《边城》中的茶峒、《长河》中的橘园等。由于位置偏僻，这些区域还没有被现代的商品经济所"污染"，而在这样山明水秀的自然空间中成长起来的人不可避免会被美景所熏染，容易形成真善美的自然人性，就像《边城》中的翠翠、老船夫、大老、二老一样。沈从文在作品里这样描写自然景象并不是附庸风雅、卖弄学问，而是对湘西热爱之情的自然流露。

第二种类型，田园牧歌式的人文空间的呈现。

在相应作品中，沈从文除了会对自然空间进行描绘，还会展现湘西地区多姿多彩的民俗文化，同时也会通过自然空间与人文空间的结合呈现独具湘西特色的田园牧歌式的诗意空间。沈从文在作品里详细地描写了汉族、苗族等很多民族的风俗文化，目的是使作品中的诗性和人性实现和谐统一。

比如，沈从文在小说《边城》中就详细地介绍了湘西地区的端午节，从中我们能够了解到湘西人民对端午节的重视程度。在端午节到来之前，当地的人民会买很多的肉和菜，然后包肉粽，端午当天，人们会坐船去城里看赛龙舟，赛龙舟结束后，人们还会把一群鸭子放到水里，让年轻的小伙去水里抓鸭子。端午日，当地妇女小孩子，莫不穿了新衣，额角上用雄黄蘸酒画了个"王"字。任何人家到了这天必可以吃鱼吃肉。上午十一点钟左右，全茶峒人就吃了午饭，把饭吃过后，在城里住家的，莫不倒锁了门，全家出城到河边看划船。此外，当地人民还会经常借助这类热闹的节日为青年男女提供相看的机会，当然在赛龙舟中拔得头筹的小伙一定是最能够吸引年轻女孩目光的。《边城》中王团总家有意和顺顺家的二老结亲时，王团总的太太就带着女儿在端午节时前去顺顺家相看。按照当地的婚俗，在相看之后，只要一方对另一方有意就可向对方表达爱意。与中原地区的婚俗文化不同，湘西人求爱时的婚俗可分为"车路"和"马路"两种不同类型。其中，"车路"即备上好礼，遣媒人前去相亲，"马路"指的是年轻小伙相中女孩以后，可以对着女孩唱山歌，如果女孩愿意，不用征得家长的同意，二人就可以相好并结亲。很多民族和地区都有各自的民俗文化，这是人们在长期不变的生活中逐渐形成的，反映了当地人民文化生活、思想品质、精神状态等多个方面的共同特征。湘西世界中这种不染世俗的、淳朴的民风体现了当地人纯美的自然人性。这些趣味十足的淳朴民风民俗反映了真善美的田园牧歌式的诗性情趣。

同时，沈从文还利用丰富多彩的地域文化，为作品打造了富有湘西特色的文化空间，如祭祀祖先的宗庙、祈福消灾的道场、神秘的山洞等。这些空间和湘西独特的湘楚文化有着密切的联系，助力打造了很多独具特色的文化意象，营造出了独特的意境和氛围，使叙事空间拥有了浓厚的湘西本土色彩和气息。

第三种类型，物欲横流的都市空间的呈现。

沈从文作品所构建的湘西田园牧歌式的诗意空间是相对物欲横流的都市空间来说的。在湘西以外的世界，沈从文还打造了受现代文明影响而充满都市气息的空间。所以，在沈从文的作品中，呈现的是两种完全不同的叙事空间。其中，湘西诗意空间的塑造是以都市空间为参照的，是在都市物欲横流的基础上对乡村生活形式的探索。沈从文进入都市之后，在思想深处对湘西世界和都市生活进行了详细的对比。在这种对比中，沈从文以"乡下人"的视角对都市中污浊和异化的人性进行了揭露与批判。尤其在其《八骏图》《绅士的太太》《烟斗》《大小阮》等都市作品中，沈从文更是通过讽刺的笔触，对都市上流社会的绅士和绅士太太、拥有丰富人文知识的高校教授、官场上汲汲营营的职员，以及不关心国家大事且自私冷漠的高级知识分子等人的虚伪进行了深刻的揭露与讽刺，体现出其对生活在都市空间中的自诩上流的知识分子的嘲讽。批判都市空间中的人性并不是沈从文的根本目的，沈从文只是希望将其与诗意的湘西桃源世界进行对比，以此来衬托湘西世界的人性美，并且引起读者对现代都市生活与人性的思考，表达自己对于构建理想人性的美好心愿。

### （二）沈从文作品中的叙事空间结构

沈从文作品，尤其是小说的文本空间架构突出表现了三种结构，即环形结构、嵌套式结构和并置结构。这三种叙事空间结构是沈从文小说中最常见的空间结构。

其一，沈从文小说中的环形结构。

环形结构又叫圆形结构，它是指某个事物从起点出发又回归到起点。起点和终点的重合，表现了沈从文小说循环往复的宿命感。沈从文小说中的环形空间构建包括小说中人物命运的回环往复和小说场景的重现这两个方面的内容。

在沈从文的作品《萧萧》中，主人公萧萧身上就体现出了循环轮回的空间设计。萧萧年仅 12 岁就成了童养媳，这个年纪的孩子刚刚对人生有一些了解，不过她对于人生的意义、价值，以及生活方式依然是懵懵懂懂的，她不知道自己以后的命运会是怎样的。萧萧成长的地方很封闭，很少与外人接触，然而即使在这样封闭的环境中，依然能够看出外面的世界正在发生地覆天翻的变化。比如，当地总是会有一些学生路过，萧萧曾经亲眼见过女学生的样子，也经常听身边的人谈论女学生的怪异穿着和行为。萧萧曾梦想着自己也能和女学生一样剪去长发，坐在会跑的匣子里唱歌、读书、打球。然而，这些设想在她被花狗引诱，并被婆家发现后彻底化为了泡影。萧萧生下儿子以后，又回归到以前的生活，在劳作的同时，从照看一个孩子变成了照看两个。后来儿子长大了，萧萧又按当地的风俗为儿子娶了大几岁的童养媳，而这个时候，萧萧的手中正抱着自己的第二个儿子。小说中这种对人物命运的环形设计，使读者仿佛看到了一代代童养媳无穷尽地重复萧萧的这种生活。除了人物命运的环形设计，这篇小说中的许多情节也采用了环形设计。在这篇小说中，多次提到了娶亲的场景，开头的娶亲场景是萧萧嫁到丈夫家做童养媳，而小说的结尾是萧萧为儿子娶亲的场景。这种重复的场景设置也给人一种回环重复和时光往复的错觉，好像又回到了故事的开头。

除了《萧萧》，《边城》在主人公的命运和情节设置上也处处体现出环形结构，如文章的开头，翠翠一个人在船上守船；文章的结尾，翠翠身边人，包括爷爷相继离开了她，翠翠一个人在溪边等待着二老，呈现出情节上的回环往复。

其二，沈从文小说中的嵌套式结构。

嵌套式结构，即在小说文本叙事中，叙事空间采用大故事里面再套小故事，小故事里嵌入更小的故事的结构。这种写作手法常常可以营造出神秘的色彩。沈从文作品中的嵌套式结构比比可见。

《边城》中就涉及了多个嵌套式结构。比如，翠翠和二老第一次相见的时候，她听到了两个水手之间的谈话，他们谈到了一个名叫金亭的妓女，她的父亲在棉花坡被人砍了 17 刀后身亡。从这个嵌套式结构中，可以推断出金亭的一生轨迹及其命运的最终走向。又如，作者在讲述翠翠的身世，以及杨马兵在翠翠爷爷死后上山照看翠翠相关内容时，嵌入了翠翠母亲、翠翠父亲和杨马兵三人曲折的爱情故事。这种嵌套式结构将多个故事并存到同一个文本中，但它们又在不同的空间中发生，有利于扩展故事的空间感，同时还可以使故事主要线索的背景文化显得更加丰富。

沈从文还非常善于设定一个场景或者一个主题，并让人物讲述多个故事。比如，在沈从文的《爱欲》中，一群互不相识的旅客在一个名为金狼旅店的空间中相遇，为了打发漫漫长夜，旅客们决定每人讲述一个奇异的故事。文章记叙了三位卖朱砂水银的商人所讲述的颇具异域色彩和传说意味的故事——《被刖刑者的爱》《弹筝者的爱》《一匹母鹿所生的女孩的爱》，然而这三个故事表现的是同一个主题。这种故事中嵌套故事的方式不仅让三个不同背景、不同人物的故事通过一个主题呈现出来，还使故事的主题得到了强化，使小说文本叙事从整体上看更加系，同时使小说的情节更加具有延展性。

《寻觅》呈现的是一个成衣匠讲述妻子与儿子被拐走后，自己四处寻找的故事，并将其当作引子，引出了一个青年人到传闻中的朱笛国旅行的故事。青年来到朱笛国以后，发现那里的国王外出多年还没有回去，等到国王回去以后又引出国王外出时在白玉丹渊国的一些经历。这种以一个故事引出另一个故事，再将下一个故事引出的手法，就像将嵌套的盒一层一层地打开，在故事情节上很容易抓住人们的眼球，又在空间结构上对叙事空间进行了扩展。《厨子》讲述了一位教授由于聘请了一位新厨师，于是请客人到家中吃晚饭，然而借口出去买菜的厨师久久不归，归来后又被教授和客人审问的故事。在这个故事中，还嵌套着厨师外出相识的妓女二圆以及一位底层妓女突然死亡的故事。从故事的主旨来看，嵌套的故事所表达的内容才是整个故事的主旨，教授请厨师的故事反而只是一个引子。嵌套的故事对整个故事的空间进行了扩展，也深化了整个故事的主题，使其所要揭示的内容更有社会意义，从中也可以看出沈从文对底层人民生活状况的关心。

其三，沈从文小说中的并置结构。

小说中的并置结构是指在进行故事叙述的过程中，将时间的顺序打破，把文本的意义与片段并列起来放置，使这些意义元素组成一个相互作用和参照的整体。沈从文在阐述自己的写作手法时指出，其文章从不突出人物的中心或者事件的中心，而这种对文本的处置方法是故意为之。将沈从文的作品与其同时代人的作品相比较就会发现，沈从文作品中的故事情节相对较为平淡，不会给人波澜起伏的感受。从故事的进展来看，其作品也不会刻意突出小说的情节，而是通过切割或者转换小说中的空间来推动故事情节的发展。

沈从文在《八骏图》这部都市小说中基于一个心理学家和未婚妻通信的

场景讲述了海岛上几位教授的故事，而每一位教授的故事都发生在不同的空间。比如，教授甲的性格主要是通过其房间布置的巨大反差体现出来的；教授乙的性格则是通过在海滩上散步的场景体现出来的；教授丙的性格则是通过宿舍聊天时，他的眼睛与古希腊爱神所在的空间展现出来的；教授丁的性格则是通过航行在大海上的小船上的空间体现出来的。沈从文通过转变不同的空间来体现教授们各自的不同之处，而这些不同的空间相互并列又相互消解，这些不同的空间共同构成了几位教授所在海岛的整体空间。

《萧萧》讲述的是一个童养媳与人私通后怀孕然后准备逃跑的故事，不过这个故事的每个章节之间的联系并不紧密，结构也非常松散，中间还插入了很多有着象征意义的空间。比如，有个空间场景是学生的经历，这反映了当时的社会正在发生着比较重大的变革，而萧萧所做的有关自己成为女学生的梦则象征着自己对未来的憧憬。在故事的主要情节中，萧萧被花狗所引诱，以及萧萧怀孕、被抓、生子等均是在特定空间中发生的事情。萧萧怀孕后的表现则通过六月的李子树、九月庙里吃香灰以及到河边喝冷水、秋天狠狠地踩毛毛虫等场景的转换体现出来。这种不同场景之间的并置与转换使小说的叙述文本空间具有了独特的多维性。类似的这种空间并置在沈从文小说中的体现还有很多，这里不再一一分析。沈从文通过设计这样并置的空间结构，不但推动了故事情节的展开，而且提升了故事文本的表现力，使故事文本富有独特的诗意。

# 第二节　沈从文小说中诗化的神性

## 一、沈从文小说中凡人的神性

沈从文作品中的诗性是其作品明显且重要的特征。沈从文作品中的诗性不仅具有中国现代诗化小说思想倾向上的诗化、牧歌式的田园风格和浪漫的抒情性等特征，还具有超出自然、激情和想象等的浪漫因素。相比于同一时代的诗化小说家，沈从文作品中的诗性是生命存在的诗性，也体现了人性和神性的诗性。这一点主要在以下两个方面有所体现。

第一，沈从文作品中展现出来的诗性是生命的一种理想的存在状态。诗人在进行文学创作时，总是会凭借自己的直觉或者想象去认识世界，而现实主义小说家在创作时，往往依靠自己的理性思考与推理去认识世界。相对应而言，诗化小说作者在文学创作中会更加倾向于诗人的思维方式，也就是更加注重激情、想象与感觉。诗性这一概念最早是在18世纪的意大利，由美学家和人类学家维柯提出来的。维柯认为，诗的本质是想象、激情和感觉，而不是理智。维柯发现，随着人们智慧的提升和理性思维能力的增强，人类距离诗性的生存方式越来越远。虽然智慧和知识的获得使人类的词汇、思辨等能力越来越高，人们可以使用华丽的词句进行辩论，然而由于诗性的匮乏，人类的想象力和感受能力逐渐退化，而这种人的基本能力的退化使人性开始变得贪婪、丑陋。相比于自然人性，人们更关注物质与享乐。在这样的背景下，维柯提出了诗性概念。维柯认为"存在就其最根本的性质来说是诗性的"。以维柯的理论为依据我们可以看出，沈从文作品中的诗性不仅仅指的是诗化小说艺术的构成和表现，还指沈从文的作品在本质上揭示了人类最自然的生存状态，展现了人类的自然人性。

沈从文作品中具有的诗性和他在创作中表现出的诗人特质之间有着很强的关联性。沈从文不赞成将文学创作和政治、商业等联系在一起，认为要尽可能还原人类原本的生活状态，同时不能站在理性的角度去评判人们的生活，而要以感官与审美的视角反映人们的生活状态。这和维柯提倡的诗性观点有着异曲同工之妙。所以，当和沈从文同一时期的作家站在现实主义的角度去批判中国农村的生活时，沈从文则以湘西人民的生存状态为基础，利用诗化的语言与意象搭建了"人性的小庙"。我国很多学者都对沈从文的创作进行了研究，他们发现，沈从文具有独特的诗人特质，由此对其创作中的诗化特点进行了分析。我国学者凌宇曾评价沈从文："沈从文在对人生的具象描绘中，带着鲜明的反对纯粹理性化的倾向；不以世俗的善恶观念和功利要求去阐释与图解人生，对无羁多义的人生现象的浓烈兴趣，以及跃动在作品中的原始生命活力，都见出他对现象世界的非自觉性的直觉或半直觉的感受方式。"① 由此可知，沈从文作品中的诗性正是其所表现的湘西人展现出来的独特的生命存在，而这样的生命存在恰恰体现了湘西人民的自然人性。

第二，沈从文作品中的诗性是一种体现人性与神性的诗性。沈从文不仅在作品中弘扬了生命的自然人性，还表现出对超越自然人性的神性的追求。人的生命是有着神秘性的，生命的诗性具有神秘色彩，是超越现实的。生命诗性的神秘性不能通过科学和理性的推理或技术进行捕捉，只能通过人类的

---

① 凌宇.从边城走向世界[M].长沙：岳麓书社，2006：427.

直觉和顿悟，以及包括文学艺术在内的各种艺术形式体现出来，而人们也只有通过这种途径才能彻底领悟人类存在的神性特点。沈从文作品中的诗性和神性并非一开始即走向成熟，而由人们长时间痛苦探索得出。沈从文来到北京后，出于种种原因无法进入理想的大学进行学习，在此期间，他在现实生活中经历了极其艰难的找寻出路的痛苦。他曾在数年里自学写作，在那段时间里，他基本上没有收入，经济上非常窘迫，所以时常饿肚子。后来为了找寻出路，他去了东北投奔大哥，也曾好几次跟着招兵的队伍只为换得一顿饱餐。然而，他最后依然选择踏上写作的道路。沈从文在写作的这条道路上也不是一帆风顺的。起初，他以第一人称写了很多处在社会底层的青年寻找理想和反映城市里底层青年窘迫生活状况的作品。在那段时间里，处于精神和物质双重困境的他，以其敏感的神经深刻地感受到被都市文明所影响的人们的人性正在发生异变和扭曲，于是以此为主题创作了很多都市小说。这一时期，沈从文作品中的诗性还没有明显地体现出来。

自 1927 年开始，沈从文创作的作品主要以湘西世界为空间。在这些作品里，沈从文开始关注生命的本来状态，并且赞扬了湘西人民的自然人性，同时以此为基础，创造了具有独特诗性的书写方式。《边城》的出现，是沈从文作品进入成熟期的标志。此时的沈从文已经开始在作品中通过描写人生形式与社会形态对自然人性进行赞扬，并把湘西世界的自然人性和都市中异化的人性相对照，从而称颂自然人性的至善至美，赞美湘西少女所代表的美好的诗性生命，并将至善至美的人性当成人类追求的终极理想。20 世纪 30年代，沈从文曾两次回到湘西，一次是在母亲病重的时候，还有一次是抗日战争爆发后，这两次重返故乡，他发现湘西已经不再是当年的湘西了。一方面，湘西世界已慢慢被现代文明渗入，沈从文心中诗性的湘西世界被破坏；另一方面，沈从文看到在现代文明和封建宗法制度的双重精神交汇中，湘西人的自然人性暴露出很多缺憾。这样的发现使沈从文非常的痛苦和焦虑。他用心构建的湘西世外桃源般的世界在现实中面临着坍塌的危险。沈从文在湘西理想世界中建构的"理想的小庙"也摇摇欲坠，他对所信奉并赞扬的自然人性产生了怀疑和动摇。在此基础上，沈从文开始探索新的生命价值永存的方式，所以他在乱世中跟随一批中国知识分子的脚步来到了云南昆明。在国立西南联合大学任教期间，他走进自然，开始从自然中发现生命的本真存在。经过痛苦的思索和寻找，沈从文在自然界中、在儿童纯洁的童心中寻找到了美，并发现了自然人性之上的神性："在一切有生中发现了'美'，亦即发现了'神'。必觉得那个光与色，形与线，即是代表一种最高的德性，使人乐于受它的统治，受它的处置。"① 从此，沈从文在创作中开始从对自然人性的赞扬转向对神性的追求。所谓神性，即人与人、人与自然融为一体，人成为大自然本身艺术能力的艺术品。沈从文在对神性的追求中构建了诗性世界。此时，沈从文所信奉与追求的神性具有了一种宗教般的信仰，这种信仰是对生命的美的信奉。"只有作为一种审美现象，人生和世界才显得是有充足理由的。"② 沈从文的心灵就像诗人一般敏感，当他觉察到自然人性被都市文明侵入，以及在封建礼教的束缚下出现了无法弥补的缺憾时，便开始关注人和世间万物中存在的生命、生存的本质，并尝试在追求和探索神性的过程中唤起人们内心的诗意和生命的美好，把人们引向生命存在的源头。

综上所述，在研究沈从文的作品时，要想理解其作品中的内涵，就要从诗性、人性、神性等因素进行分析和研究。对于其作品中的人性内涵和表现，我们将在后面进行详细分析，这里仅对沈从文作品中的神性内涵及其表现进行详细分析。

## 二、沈从文小说的神性主题

沈从文不仅是人性的歌者，也是人性的治疗者，在他的诗性观与生命观中，人性和神性不是对立的关系，而是一种互为参照和相互补充的关系。他觉得在自然人性之上还有一个超越性的存在，这个超越性的存在就是有着理想色彩的神性。当沈从文谈起他所追求的神性时，也是要以自然人性为基础的。从这一点上可以看出，在沈从文所倡导的生命诗学中，自然人性是神性的基础，而神性则是自然人性范畴上的提升。沈从文所倡导的神性是人生命中爱与美的集合，是最高的人性，也是一种难以实现的审美理想。沈从文并没有详尽地去阐述他所追求的神性。其作品中所提倡的神性主题主要包括以下几个方面。

首先，神性主题包括指向原始生命的神性与魔性。

沈从文所提倡的神性以尊重生命为前提，如果没有生命，那么人性就不存在，也就更谈不上神性了。沈从文尊重生命这一点最明显的表现就是在他的作品中呈现人的生命最原始的状态。在沈从文所追求的湘西世界里，人与自然和谐相处，培养出了湘西人纯真、淳朴、至善至美的性格品质，将生命最原始的状态展现了出来。这种最原始的生命状态包括两个方面，即神性

---

① 沈从文.沈从文全集 第 17 卷文论 [M].太原：北岳文艺出版社，2009：359.
② 弗里德里希·尼采.悲剧的诞生 [M].周国平，译.南京：译林出版社，2011：115.

和魔性。其中，原始生命中的神性主要表现在三个方面。第一方面，人与自然高度协同。在沈从文的作品中，人们所生活的地方大多具有优美的自然环境。比如，《边城》中翠翠生活的茶峒自然风光与人文景观融为一体，展现出一幅人与自然和谐相处的田园牧歌式图景。又如，《三三》中三三所生活的杨家磨坊，她虽然在磨坊中吃着糠灰长大，然而居住的地方面溪临潭，潭中白鸭点点，游鱼肥硕，房前屋后翠竹遍植，菜畦整齐，磨坊、水车与小溪相互映衬，展现出了一派宁静的田园风光。第二方面，湘西社会人事极为和谐。沈从文作品中的乡村，在国内战争频仍、苛吏与兵匪横行的时代，仍然呈现出一派宁静祥和的景象。即便是这里的土匪也表现得十分良善，妓女较都市人也更具有信义，农民则勤劳安分，敬神守法，商人逐利的同时不忘仁义。在这种环境下，湘西世界的人们就应遵循所选职业的生存规则，而即便他们之间产生冲突，也能够寻求到公平合理的解决方式。沈从文作品中的少女、水手、老兵、妓女、乡绅、帮工、农民、商人等莫不保留着至美至善的人性，这种自然的人性与湘西世界的原始文化相契合，使沈从文作品中每一位湘西人身上都展现出了独特的人性魅力。第三方面，健康、强健而骁勇的生命力。湘西多险山恶水，这种恶劣的生存环境造就了湘西人骁勇的性格和强健的体魄。这里的人们语言粗粝，举止粗野，性格刚烈，极具野性，然而这正是他们自然的本真状态的体现。他们视自由为天性，敢于为了争取自由而与强权进行斗争。沈从文笔下的湘西人民保留着先民们原始、淳朴而厚重的远古习俗，这种远古习俗则通过湘西人民坚持维护生命的本真状态，表现出富有血性的生活状态。例如，沈从文的小说《七个野人与最后一个迎春节》中描写七个猎人对当地习俗的捍卫，就算知道会付出生命的代价，他们依然表现出雄健、强劲的个性，这是湘西人民最原始且倔强的生命状态，是很难改变的。再如，沈从文在《虎雏》这部小说中，通过描述虎雏不习惯文明世界的教育，而最终回到野蛮状态的结局，将湘西人个性中的固执、野蛮淋漓尽致地表现了出来。

　　湘西人身上不仅具有神性，还有着较强的魔性。湘西世界虽然民风淳朴，但不像世外桃源一样至善至美，其中也存在很多落后的封建习俗。比如，那里盛行巫文化，这就体现了湘西人民在精神上无知的一面，土匪们实施的绑架与杀戮表现出湘西人嗜血和残忍的一面。此外，湘西人由于宗法文化和封建文化的影响，在生活上表现得非常麻木，不知生也不知死。并且，作者在看到都市文明下人性的异化后，尝试着借助湘西世界中人性的美好来弥补现代都市文化中人性的缺失，使其向生命神性的方向发展。

其次，神性主题包括人类情感的自然状态。

情感是人类生命构成中最本质的因素之一，也是对人类和动物进行区分的重要因素。人类的情感是推动人类进步的重要因素。不过，由于商品经济与都市文化对现代社会的影响，人和人的情感关系也在逐渐发生改变。一方面，人与人的情感关系从紧密向松散变化，并在社会伦理规范的作用下出现压制人性自由发展、割裂人类情感联系的社会现象；另一方面，个体的情感逐渐被欲望所取代，从而导致了人类在欲望面前的人性异化。沈从文进入都市后，敏锐地意识到都市人情感状态的异化，因此更加珍视湘西人与人之间纯真、自然的情感，在作品中大量表现人与人之间的真挚情感。沈从文认为，正是因为人与人之间不受压制的情感的存在，人类的生命才体现出美丽与神性。沈从文在作品中将现代文明中的各种禁忌打破，大胆地描写了湘西地区青年男女之间爱情和欲望的宣泄。比如，苗族的青年男女会用对歌的方法确立恋爱关系，只要两个人是自愿的，那么不管是白天还是晚上，不管是在美丽的草地上，还是在用心布设的山洞里，都能够自由地解放天性；即使是丈夫去世了，妻子也可以根据自己的心意去选择喜欢的人，与之共同生活。

沈从文在作品里对两性关系进行了大胆的描写，将人类最本真且自然的情感表现了出来，体现了人类生命顽强的一面。比如，小说《阿黑小史》中五明与阿黑在人生中最美好的年纪自由自在地相恋与结合，他们之间是发自内心深处的爱恋，并愿意为了彼此而失去所有甚至生命，所以爱情成了连接他们彼此生命的最美好的回忆，就算阿黑早早地过世了，活着的五明虽早已疯癫不知世事，却依然将他们最初真挚且美好的爱恋铭记于心。所以，在沈从文作品里，湘西世界中的爱情和爱欲通常都披着神圣的纯洁之光。与湘西世界中健康、自然，又没有丝毫矫情与做作的爱情相比，都市文明中的爱情就显得十分虚假，缺乏健康爱情中双方情感上的关怀与理解，这样的爱情体现了都市人情感关系中的孤独和精神上的空虚。沈从文对湘西世界中人们之间美好情感的歌颂恰恰体现了他对神性的弘扬。

最后，神性主题以和谐自然的人性美为基础。

在沈从文作品中我们可以看出，他曾将自然人性当作竭力追求的目标，并且他追求的神性的理想生命也是以这种自然人性作为基础的，只有在生命活力得到充分体现、人的生物本能与情感自然宣泄走向和谐的状态，从而完全脱离生物原始野性的时候，人的生命才会散发出美的光辉，并显现出生命神性的圣光。[①] 在文学创作中，沈从文致力于摆脱现实世界中政治、商业等种种因素的束缚，而从生命最本真的存在角度挖掘人性中最本质最普遍的存在。沈从文在探求人类生命之美的存在时发现，如果用泛神的情感接近和观察生命，就可观察到生命的精巧与完整，因此沈从文在创作中以泛神的情感接近和观察湘西世界，并发现了湘西世界生命中的自然美和人情美。沈从文在创作中所表现出来的人性形态并非对湘西世界中原始自然人性的复刻，而是在对自然人性的审美进行观照后，对人性的一种提升与优化，从而使人性与神性达到了统一。例如，《龙朱》中的主人公龙朱身上具备一切理想的人性，他外貌俊美，是闻名各寨的美男子；他的体魄就像狮子一样强健雄壮，充满力量；他非常聪明，博学多识，还可以利用歌词将心中的各种情感巧妙地表现出来；他性格善良，不管和什么年纪的人交往，都是以礼相待，当有人需要帮助的时候，他也会毫不犹豫为其提供帮助；他尊老爱幼……人类应该具有的所有美好品质都能在他身上看到，他将人性的和谐之美淋漓尽致地展现了出来。这样的和谐之美恰恰就是沈从文所追求的极致的人性美，是人的外在自然生命与内在情感的统一，而这样极致的人性之美却有着神性的特质。

## 三、沈从文小说的神性彰显

在沈从文的作品中，自然人性和神性通常是融为一体的，从而指向超越一般自然人性的生命神性。所以，沈从文作品中所诠释的人的生命状态不仅有着人性的深度，还彰显出了神性的光辉。

沈从文作品中对"神性"的书写可追溯到 20 世纪三四十年代，这一时期正是沈从文创作思想发生重大变化的时期。这一时期，沈从文意识到其在以湘西生命形式为根基的理想国中所弘扬的自然人性存在不可弥补的缺陷，而这导致了湘西理想国的没落。由此，沈从文开始反复思考生命的意义和生命的本质，以及如何实现生命的重造和文化重造。在此基础上，沈从文确定了对生命神性进行追求与弘扬的正确方向。20 世纪 40 年代，沈从文创作了《看虹录》《摘星录》等具有探索性特点的小说，包括《绿魇》《黑魇》《白魇》《水云》《赤魇》《橙魇》《青色魇》等"七色魇"系列的散文作品，以及《烛虚》《潜渊》《生命》《看虹摘星录·后记》等文论与杂论。此时沈从文的作品中充满了彷徨的思想与实验的性质，非常注重抽象的抒情。从他的整体创

---

① 　周暑明.论沈从文的神性思想 [D].长沙：湖南师范大学，2007：35.

作来看，其作品中的神性主要表现在以下两个方面。

### （一）沈从文作品中的神性建立在尊重自然的基础之上

沈从文的作品里对神性的追求以充分尊重自然为基础。当沈从文发现自然人性也存在缺憾后，为了重新找寻人性的方向，曾长时间来到昆明的郊外，面对自然万物不断进行思索。在这一过程中，沈从文的理性思索和感性因素进行了和谐的融合，因此内心变得澄明与宁静，同时也感受到了很多的抽象美，于是他以此为基础，提出了"神性"这一概念。所以，我们可以从沈从文的作品中看出，他非常注重表现自然的美，并将这种自然的美和人性的美进行有机融合，从而达到和谐统一的效果。沈从文生长于湘西独特的地域文化之中，这里山明水静、风景秀丽，自然景观与人文景观相互映衬，充满浓郁的地方风情。沈从文作品中的湘西世界通常将主人公的家设置在山水之间与溪流之旁，颇有小桥流水人家、鸟语花香的意味，犹如一幅信手涂绘而成的画卷。例如，小说《边城》中至美至善的人性就是在优美的自然景观中体现出来的。《边城》中茶峒所在地优美的自然风光与茶峒人身上可贵的、至纯至美的人性融为一体。沈从文希望通过自然美和人性美等美好的情感，使人与人进行心灵的沟通，实现人与自然和谐相处的目的，并通过爱与美的桥梁使人的生命通向神性的天堂。

《绿魇》中对自然景物和意象进行了大段描写。比如，文章开头所写的："我躺在一个小小山地上，四围是草木蒙茸枝叶交错的绿荫，强烈阳光从枝叶间滤过，洒在我身上和身前一片带白色的枯草间。松树和柏树作成一朵朵墨绿色，在十丈远近河堤边排成长长的行列。同一方向距离稍近些，枝柯疏朗的柿子树，正挂着无数玩具一样明黄照眼的果实。"[①]作者在文中将景色与人性结合了起来，发出对人性的议论："一切生命无不出自绿色，无不取给于绿色，最终亦无不被绿色所困惑。头上一片光明的蔚蓝，若无助于解脱时，试从黑处去搜寻，或者还会有些不同的景象。一点淡绿色的磷光，照及范围极小的区域，一点单纯的人性，在得失哀乐间形成奇异的式样。由于它的复杂与单纯，将证明生命于绿色以外，依然能存在，能发展。"[②]体现出作者对自然与人性的思索，以及对"神性"的追求。

---

① 张秀枫.中国现代名家经典书系：沈从文散文精选[M].北京：北京工业大学出版社，2012：307.

② 张秀枫.中国现代名家经典书系：沈从文散文精选[M].北京：北京工业大学出版社，2012：308.

### （二）沈从文作品中的神性建立在挖掘美好人性的基础之上

沈从文所提倡的神性是建立在自然人性的基础上的，是人的内在情感与外在生命的和谐统一，表现在作品中就是对美好人性的展现和挖掘。其中，最具代表性的表现就是沈从文对纯洁且自由的爱情的描写。例如，在《雨后》中，二姐作为一个采蕨人，与其他采蕨人一起进山采蕨时，遇到了落雨，在此期间，采蕨人四散躲雨。雨后，二姐遇到了自己的爱人四狗。二姐和四狗大胆地用语言表达相思和爱意，四狗还用粗野的歌声表达欲望。两人在雨后大自然的怀抱中尽情地欢爱，丝毫不惧被人看到，也不关注未来，只享受当下。这种既不掩饰、也不伪装的生命冲动正表现了生命中最本真的状态，达到了内在情感与外在生命的和谐统一。

沈从文笔下的美好人性还包括独立与自由的意志。例如，《旅店》中老板娘黑猫在丈夫死后，凭借着泼辣的性格和爱说爱笑、勤劳坚韧的品质，独自将旅店支撑下来。在这三年中，她一心只顾着独立地、不依靠任何人地活下去，忽视了自己情感上的需求。突然有一天，店里来了一位客人，她深深地被其吸引。但是，这个人突然死去了，而黑猫也回到了以前勤劳、坚韧、不依靠任何人的独立生活中，有了女儿以后，黑猫没有在英俊的青年和有钱的商人中选择一位丈夫，而是选择了店里的帮佣——又老、又驼、又穷的驼子。不管是选择生存方式，还是选择爱人，黑猫一直都是自由且独立的，而这样的自由与独立源于黑猫人格上的自由与独立。

沈从文所提倡的神性不但闪现着神性的光辉，还体现着美好人性中的健康、美丽和庄严，以及普通人身上积极向上、坚韧顽强的性格品质。例如，作品《菜园》中的女主人，她是坚强独立女性的代表，她在乱世之中凭借一己之力不仅存活了下来，还将菜园经营成全城有口皆碑的品牌。她十分勤劳，不仅亲自下地指导工人、定菜价、选菜种，还特别勤俭持家，将白菜的各个部分按照不同的制作方法制作成不同口味的美食。同时，她还是一位有文化的女性，能够与儿子谈论时局，并忍痛将儿子送回不愿面对的北京，也能够阅读儿子寄回的书籍，与儿子的思想与情感保持一致。并且，当儿子带女朋友回来见她的时候，她会尊重儿子的选择，满足儿媳的想法，种了很多菊花苗。当儿子与儿媳不在了，这位坚强的母亲病倒了，然而没过不久，她又凭借着自己坚强的品性重新站了起来。做母亲的不能替儿子和儿媳完成救国的心愿，只能满足他们看菊花的心愿。于是，她开始在菜园中栽种各种各样的菊花，用菊花高洁的品性默默地表达她对孩子们的思念。三年后，玉家菜园成了玉家花园，母亲用她的勤劳和坚韧将菊花打理得非常好，以至于吸引了全城的新旧绅士前来宴饮。在宴席上，人们赞扬主人儿子的英勇，这也侧面表现出儿子的理想已经初步得到了人们的理解和认同，儿子也即将完成救国的心愿。母亲也不再有遗憾，便在儿子生日那天的大雪后平静地离开了人世。在这个故事中，母亲所表现出的健康、积极、顽强的性格，就展现出了人性中的神性光辉。

沈从文在作品中还对民族大我精神进行歌颂，而这种为了民众不惜躬身入局的人身上所表现出来的崇高的忘我利他精神，也体现出了神性的特点。例如，《王嫂》中，王嫂没有丈夫，与未成年的儿子相依为命，为了生存，她勤劳而又坚强，连做洗衣工作也能得到主人的夸赞。中国抗日战争全面爆发后，日本侵略者大肆残害百姓，王嫂作为底层人民中的一员，对被杀害的人们充满同情，而这种悲天悯人的情怀表现了底层人民身上崇高的忘我精神。

由此可见，沈从文作品中的人性和神性是不能分割开来的，神性的基础是自然人性，而在自然人性之上更高的追求就是神性。沈从文作品中表现出的自然人性与神性常常带有诗性的色彩。

# 第三节　沈从文小说的诗性拯救与重构

## 一、沈从文小说中充满诗性的主人公

### （一）主体和诗性主体的概念

"主体"是哲学上的一个概念，早在古希腊时期，亚里士多德就用"主体"这一词汇表示某些属性、状态和作用的承担者。后来，西方现代哲学家提出了主体—客体论，将主体与客体视作两个相互对应的词，并对主体的本质进行了详细研究。主体是一个指向人的自我存在、自由存在的生命状态，这是它的最基本的规定性。[①] 人与动物最显著的区别在于人具有主体性。从本质上讲，人的主体性问题是一个有关整个人类生存处境和发展前景的重大问题，是一个需

---

① 仇敏.论诗性主体[D].长沙：湖南师范大学，2011：22.

要整个人类从理论与实践的结合上不断妥善处理的重大问题。[①]

　　诗性主体是一个美学的概念，不同的学者对诗性主体的概念从不同的角度进行了解读。我国著名学者颜翔林曾说："诗性主体是以虚无为前提，以想象为动力，以审美活动为中心的具有无限可能性的精神形式。"[②] 由此可见，诗性主体的核心结构是审美，它具有精神的自主性、独立性、自由性特点。诗性主体是人的主体性中的一个重要因素。诗性主体概念的提出是学者们对现代社会中人类如何生存，以及人应该成为怎样的人等问题的反思与解答。

　　自"五四"新文学运动以来，人的主体性问题就成了我国现代文学作家关注的重点。五四运动前后，中国社会发生了巨变。在这一时期，我国很多学者纷纷对传统的伦理型主体结构进行了质疑，这为主体性问题带来了史无前例的危机。对此，我国各个门派的文学家都从不同的角度对其进行了关注，很多不同题材的作品也应运而生，目的是重构中国社会的现代主体性。在这个时期，主体性重构本质上的目的是"立人"，也就是想要通过否定传统伦理道德型的主体结构，重构现代的主体性结构，唤醒我国百姓麻木的精神状态，主张个性解放，强调感性要求的满足，从而重新树立起具有现代性的人的主体意识。在这一创作宗旨下，我国现代文学家创造了一系列形形色色的人物形象。然而，受社会形势和各种文学主张的影响，当时大部分文学家走上了救亡图存的创作道路，未能对人的命运与生存状态进行思考和解读。沈从文身处当时的特殊时代，不赞同文学与政治或商业等因素相结合，而主张保持文学的纯粹性。沈从文在此基础上对人的生存与生命进行了思考，并着重于对人性内涵的分析，致力于构建"人性的小庙"。从这个角度出发，沈从文在关注人的主体性的同时，发现都市人和湘西"乡下人"有着不同的生存状态，进而在自己的文学作品中塑造了"乡下人"这一文学形象。相比于都市人的主体性，乡下人表现出强烈的原始且自在的个体自为与群体自为的生命形态。

　　五四运动以后，中国的知识分子大都意识到当时的中国正处在内忧外患之际，然而很多人在思想上仍处于蒙昧的状态。于是，中国现代作家中的先驱们都开始利用文学进行呐喊，目的是将处于蒙昧状态的中国人唤醒。对此，以鲁迅为代表的中国现代作家开始将视角对准愚昧麻木的农民、底层知识分子、无业游民等人群，塑造了很多生动真实的典型形象，想要以此来

① 　段德智.西方主体性思想的历史演进与发展前景——兼评"主体死亡"观点[J].武汉大学学报（人文社会科学版），2000，53（5）：650-654.

② 　颜翔林.美学新概念：诗性主体[J].社会科学辑刊，2013（5）：159-165.

唤醒国人的灵魂。沈从文在创作中也将视角对准了都市里或者农村的底层人民，批判他们不知什么是生、什么是死的麻木心灵，揭示了他们悲凉而不自知的尴尬处境。

沈从文的文学作品涉及两类人群：一类是在都市生活的人；另一类是在湘西生活的"乡下人"。在中国现代文学史上，"乡下人"是一个非常特殊的人群。中国的很多现代作家都在创作中塑造了"乡下人"这种形象，而沈从文作品中的"乡下人"却有着与众不同的特点。对于沈从文而言，"乡下人"这个词语具有特殊的意义，它包含了两种含义：第一，"乡下人"是沈从文对自己的称呼；第二，"乡下人"是沈从文在其湘西系列小说中塑造的人物群像。沈从文年轻时来到北京后，由于口音、生活方式等均与这里的人不同，经常被一些自诩知识分子的都市人嘲笑，之后沈从文便自称为"乡下人"。从这时开始，直到年老，沈从文一直自称"乡下人"。沈从文的这一自称反映出他离开故乡后对家乡深深的牵挂与思念，以及对湘西人民深沉的热爱。我国学者凌宇认为，沈从文自称"乡下人"体现了他对苗族传统文化的认同和对故乡人民的热爱，他除了自称"乡下人"以区别于都市人之外，还在其作品中塑造了一系列湘西"乡下人"的主体形象。沈从文作品中"乡下人"的主体形象有着两个主要特点：第一，"乡下人"代表的是至善至美的乡村人物；第二，"乡下人"具有一定的蒙昧状态。

### （二）沈从文笔下"乡下人"蒙昧状态的主要表现

其一，湘西世界中的"乡下人"对生命不自知的蒙昧状态。

沈从文在作品中塑造了很多湘西世界中丰富的人物形象，包括生活在社会底层的农民、妓女、水手，湘西世界中随处可见的湘军、山匪，以及湘西世界中各个工作岗位上的普通人，如油坊主、老船夫、小商贩、磨坊主人等。此外，他在作品里还塑造了纯洁无瑕的少女和勤劳坚韧的母亲等人物形象。这些"乡下人"灵魂尚未或者没有完全被现代文明所污染，仍然信守做人的传统美德。沈从文赋予了这些"乡下人"淳朴、善良、勤劳、单纯等至善至美的人性，同时也对他们所表现出的蒙昧状态进行了揭示。

生活在乡下的底层人民通常都承担着繁重的劳动，不过这样的劳动并没有使他们的生活状况得到改善。比如，沈从文曾在小说《柏子》中描绘了柏子作为一个水手的工作和生活场景。他们虽然从事繁重而危险的工作，但并不认为自己生活艰难。他们会爬桅杆唱歌，有了钱之后也并不考虑攒钱、置产以改变当前的生活，而会将一两个月从水上辛苦挣来的钱全部花到妓女的身上。一条辰河上有十万名如同柏子那样的水手，就有十万人选择这样的生活，他们的结局往往十分悲惨，活得辛苦，死得又无声无息。又如，妓女依靠商人生活，却和水手或采药人等恋爱，把希望寄托在他们身上，期待着他们将来有能力发财，为她们赎身、替她们养老。然而，水手尚不知自己何时生何时死，又如何顾及她们呢？于是，大部分妓女年老后就会住到船上，默默等待死亡。小说《会明》中的会明，年轻时加入北伐军，跟随蔡锷将军反对袁世凯，会明对于为什么打仗、为谁而打仗等问题是懵懂的。他刚刚参军的时候，蔡锷将军在一次训话中告诉他们，军队要保家卫国，为了实现这个伟大的事业，军队要驻营，一边垦荒种田、生产粮食，一边保卫边防。这使会明建立了朦胧的希望，并一直梦想着保家卫国。之后北伐战败，战争的性质由正义的反帝反封建战争变成了军阀混战。然而，会明并不知情，他天真驯良地如同动物，一直在部队中从事着最低级的伙夫工作，数十年如一日，他不明白为什么打仗是断断续续的，却仍然将当兵当作自己的责任，冲锋、流汗、挨饿、流血。即使置身于残酷的战场，他也非常的乐观，然而这样的乐观实际上是盲目的，他梦想着养一群小鸡，能做一个鸡公就很满足了，可是这一愿望的主动权没有在他自己的手中。他依然无法改变被人摆布的命运。

我国学者凌宇针对沈从文所描绘的底层人物的蒙昧状态称："现代社会结构迫使'乡下人'置身于社会底层，诸如雇工制、佃农制、童养媳制、卖淫制，直接造成了'乡下人'悲剧性的人生处境……然而，由于'乡下人'的理性世界还处于蒙昧状况，虽身处悲凉的人生境地，却不觉其悲凉。对自身悲剧命运的浑然不觉与无关心，构成乡下人的主要精神特征。"[①] 这些底层人物麻木而不自知，其自我满足的生存状态导致他们对世界缺乏理性认识。

湘西的上层人物与底层人物相比，在物质生活上是比较丰裕的，而且也有一定的权势，在乡村中由于勤劳俭朴、平易近人、仗义疏财而受到乡民的尊重，也因此有了较高的声誉。不过，在他们身上也存在着很多恶习，如抽大烟、好赌博等。随着都市文明影响的不断加深，这些人开始不学无术，只顾享乐，成了没有追求、没有理想、没有信仰的寄生虫。

其二，乡村封建社会和宗法制度的存在使"乡下人"形成了麻木的生活

---

① 李美容.浪漫的救赎——沈从文小说的诗性研究 [D].长沙：湖南师范大学，2016：90.

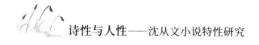

状态。

乡村地区的封建宗法礼制和伦理观念比较严格，在封建宗法礼制长期的束缚下，乡下人变得愚昧呆滞、麻木蠢钝，任人宰割却不懂得反抗。比如，在小说《巧秀和冬生》中，巧秀的妈妈由于丈夫去世后和他人相好被族人抓了起来，她愿意放弃自己的田产带着女儿和情人一起生活。然而，族中的人们出于封建宗法制度的限制，拒绝了巧秀妈妈的请求，尤其是族长，他在恼羞成怒之下竟然要求将巧秀妈妈沉塘。虽然很多同族人都觉得这个惩罚过于严厉，但是却没人愿意为其求情，而是兴奋地围观巧秀妈妈的裸体。这种封建伦理与封建宗法制度下的心理变态与扭曲以及人性的丑陋体现了湘西"乡下人"自然人性的消解。

又如，《夫妇》中一对过路的夫妇在优美的风光中不自觉地陶醉，在他们做出亲密举动并被村里人抓住后，得到了"应该用石头打死他们"的惩罚。这种在封建伦理的影响下产生的扭曲的人性使"乡下人"成了一群面目丑陋而又愚昧的看客。

### （三）沈从文诗性主体的形成

沈从文是从湘西世界中走出来的"乡下人"，他对"乡下人"的蒙昧状态进行了反思。沈从文在 14 岁那年参加了湘军，开始了军阀部队的生活。刚开始，他虽然对湘军随便杀人的行为非常不习惯，但也和他们一起做了很多的蠢事。后来，沈从文受到一些知识分子的影响，开始对人文知识进行关注，并且对很多五四运动后的新报刊进行了阅读。中华民族传统文化、湘西本土文化以及西方新文化思想便开始在沈从文身上猛烈地碰撞和融合，促使其对自己所处的生存环境进行了反思。此时的沈从文已经开始有了理性主体性，并决心摆脱当时那种混沌的生活状态，离开湘西去找寻生命的意义。因此，走进北京、接受新知识后的沈从文完成了理性主体的自我启蒙。来到都市后，通过对比都市文明与湘西世界，沈从文感受到了都市文明对人性的异化，以及湘西世界中自然人性的美好。尤其是在城市中取得了一定成就后，沈从文越发感受到现代都市人主体性的丧失以及精神上无根的漂泊状态。于是，他站在更高的立场上评判都市的文明，并在此过程中明确了自己的精神归属，那就是犹如世外桃源般的理想化的湘西世界。但是，沈从文自称"乡下人"的精神依托是与现代文明保持距离，并被理想化了的诗性的湘西世界，因此沈从文就成了一个充满诗性的主体。

沈从文作为一个充满诗性的主体，在作品中所塑造的"乡下人"的形象也具有诗性特征，主要表现在三个方面。第一，"乡下人"具有健全的生命本能。第二，"乡下人"真实的存在方式。沈从文的湘西系列作品是一首田园牧歌式的浪漫的抒情诗，在这些作品中，每一位湘西"乡下人"身上都存在美好的自然人性，然而湘西世界并非只有欢歌笑语而没有疾风骤雨，相反，湘西的"乡下人"身上都存在或多或少的隐痛，他们命运的底色是悲凉而孤独的。例如，沈从文塑造的象征美好人性的湘西少女们虽然至纯至善至美，但每一个人的命运都充满了悲凉的底色：翠翠从小失去亲生父母，跟随祖父长大；萧萧从小失去父母，跟随祖父母和伯父长大；三三的父亲在她年幼时去世，她和母亲相依为命；阿黑的母亲早早地去世；等等。沈从文笔下的"乡下人"直面死亡、苦难、贫困与孤独，然而这些正是人生本来的状态。在沈从文生活的年代，现实中的湘西世界是兵匪横行的，湘西仅剩大量的孤儿老弱。因此，沈从文作品中"乡下人"的悲凉底色体现了"乡下人"最本真的状态，也为作品增添了一种苍凉的诗意。第三，"乡下人"独具地域特色的审美。沈从文作品中的"乡下人"具有独特的、体现地域特色的审美，而这种审美形成了独具地域特色的人文环境。比如，《边城》这部作品中写到渡口的白塔屹立在青山、翠竹和清澈的溪水旁，勾勒出一幅色彩和谐的美丽画卷；在《三三》这部作品中，杨家磨坊建在深潭与溪水的旁边，磨坊的墙上爬满了青藤，房屋前后都种着葵花和枣树，幽深的泉水中养了几只雪白的鸭子，与溪边的水车共同构成了一幅宁静的田园牧歌式的图景。"乡下人"的这种极具诗意的审美画面更加明显地体现了沈从文作品中的诗性。

## 二、沈从文小说诗性拯救的表达

在沈从文生活的时代里，文学作家们一方面批判着封建社会中束缚人性的制度，另一方面又因现代文明对人性的异化影响而批判和质疑现代文明。沈从文来到北京后，发现都市中信仰缺失、压抑人性和本能、精神空虚、资产阶级庸俗趣味和习性得到张扬，而至纯至美的人性却消失不见。因此，沈从文将这一时代称为"神之解体"的时代、"堕落"的时代、"人性丧失净尽"的时代。在对现代化都市进行无情批判的同时，沈从文决定"在'神'之解体的时代，重新给神作一种赞颂，在充满古典庄严与雅致的诗歌失去光辉和意义时，来谨谨慎慎写最后一首抒情诗。"[①]沈从文决定通过最后的抒情

① 李美容.浪漫的救赎——沈从文小说的诗性研究[D].长沙：湖南师范大学，2016：146.

诗诗性拯救和重构现代文明。具体而言，沈从文作品中的诗性拯救主要在以下三个方面体现出来。

### （一）人生的诗意化

沈从文在作品中构建了一个理想化的湘西世界，并赋予这一理想国审美的拯救意义。在这个湘西世界里，沈从文用富含诗意的人生与至真至善的人性来拯救都市中唯利庸俗的人生观和道德沦陷、人性异化的人生。具体而言，沈从文作品中人生的诗意化又可以分成三个方面。

首先，沈从文作品中人生的诗意化表现为人的诗意化。沈从文作品中的每一个人物几乎都具有鲜明的诗意化色彩。比如，在小说《边城》中，翠翠生长的环境中有翠绿的山峦和清澈的溪水，这就使得翠翠养成了富有诗意的脾性。她会把岸边的翠竹削成竹笛，然后放在嘴边呜呜地吹，为船上爷爷的哑哑声伴奏。翠翠在美丽的月夜中伴着二老的歌声，想象着飞到对面平时够不到的高高的山坡上采一把虎耳草。小说《三三》中，三三与母亲一起住在堡子外的溪边，这里葵花枣树绕屋，青藤遍布，潭水悠悠，水车吱吱作响，因此三三即使在碾坊的糠灰中长大，也养成了极具诗意的性情，颇具浪漫情怀。三三和妈妈在路边看到天边有一片美丽的云，便请妈妈陪她在路边坐着，送走那片云再继续走。三三喜欢热闹，听到堡子里有敲锣打鼓的声音，常常求妈妈带她去看，然后在夜晚伴着月光回家；如果没有月光，她就燃起一把油柴，一路伴着各种各样的响声走回家；或者在雨天打着小红纸灯笼顺着小溪慢慢地走回家。三三的妈妈也是富有诗意的人，她除了在磨坊里工作，还会把三三打扮得非常漂亮，在三三的衣服上绣上好看的花，使三三在一群女孩中脱颖而出。从这些富含诗意的人物身上我们能够看出，沈从文在努力通过这样的人物形象，唤起隐藏在人们心中的自然人性，以使诗意拯救现代文明的目标得以实现。

其次，人和人关系的诗意化也是沈从文作品中人生诗意化的体现。沈从文在作品中构建了一个理想化的湘西世界，这里的人善良质朴、相亲相近、轻财重义、没有贫富等级之分，展现出人与人和谐且美好的关系。比如，在小说《三三》中，三三和母亲相依为命，然而在当地并不受人欺负，三三母亲在家门前的潭水中下了鱼苗，养成的鱼数不胜数，每当有人到潭水边钓鱼时，心直口快的三三总是阻拦，妈妈却总是和气地让人钓鱼。于是三三边与对方聊天，边看对方钓鱼，而人们钓上鱼后，常常将大鱼分给三三家一半；三三和妈妈在堡子里玩耍时，遇到下雨天，总爷就遣长工打了灯笼将三三和妈妈一直送到家里；三三和妈妈到总爷家给城里客人送鸡蛋时，总是得到对方的尊重与优待；城里来的少爷和护士小姐虽然只见过三三两次，也拿三三当朋友；三三一家人待客也十分真诚、朴素。又如，在作品《边城》中，老船夫面对过渡人多给的钱，总是想要把钱全都还给过渡人；老船夫买肉和买菜的时候，商贩也总是给他最好的部分，还再三强调不要钱，但老船夫依然会把钱放到对方的钱匣子中。再如，沈从文作品中的妓女在和客人做完生意后，也绝对不会多拿客人一文钱。这种人与人之间淳厚质朴的关系完全不同于现代都市人的重利轻义，作者通过这种人与人的关系的诗意化实现了对现代文明的诗意拯救。

最后，沈从文作品中人生的诗意化在至真至纯的爱情上也有所体现。沈从文在湘西世界中建立了超越世俗的爱情观。这里的青年男女不在乎彩礼的多少，也不看重权势，而更加看重两个人的情意。例如，小说《边城》中，船总顺顺家的二老面对中寨王团总家丰厚的陪嫁，却选择生活贫困且没有陪嫁的翠翠。又如，小说《阿黑小史》中五明是油坊主的儿子，将来可以继承一座油坊，而阿黑则是油坊工人的女儿，且常常生病，年龄又比五明大出好几岁，然而五明与阿黑真心相爱，双方家长便尊重孩子的心意给他们定亲。再如，小说《龙朱》中，龙朱虽然相貌俊美、家世显赫，但没有女子愿意同他恋爱，女孩子觉得在爱情中金钱、相貌和权势都不重要，心意才是最重要的。这种简单真挚的恋爱观和现代都市人看重钱财、相貌、权势的恋爱观是截然不同的，沈从文便是用它实现理想的诗意拯救的。

### （二）人的情感的纯化

沈从文作品中人的情感的纯化主要表现在以下几个方面。

首先，通过对人的原始情感的赞扬来实现人的情感纯化。沈从文作品中对湘西人充满生机的、原始的野蛮状态进行了赞扬，这一点在生命本能的爱情冲动中表现得最为明显。例如，小说《采蕨》中相爱的阿黑和五明在草坪上尽情地表达爱意。沈从文的作品呈现了湘西浪漫、天真的情欲世界，这种情欲的放纵是在真心相爱的基础上的真情流露，也是湘西人雄强生命和率真天性的流露。

其次，通过表现湘西世界的野蛮气质来达成人的情感纯化。沈从文在作品中表现了湘西青年的健康活力和现代都市文明无法驯化的野蛮特质。沈从文在都市生活中发现都市人与湘西"乡下人"相比普遍较为瘦弱、胆小、疲乏，所以在作品中注入了"野蛮人的血液"。例如，作品《虎雏》讲述了六弟带着小勤务兵虎雏到上海公干，主人公"我"十分喜欢这个只有十几岁的勤务兵，忽然想把这名小勤务兵教导为一个掌握现代人文知识的文明人，使他不再过打打杀杀的生活。起初，虎雏答应了"我"的要求，并表示他愿意放弃将来成为将军的梦想，而成为一个平凡的有学识的人。"我"听了十分高兴，不顾六弟的反对，将虎雏留下。最初，"我"对虎雏的改造看起来似乎十分成功。虎雏言行举止越来越接近都市人。然而，正当"我"以为现代文明将要征服虎雏野蛮的灵魂时，虎雏长期压抑的野性在见到一个同乡后瞬间被激发。最后，虎雏在打架并杀害一个人后逃出了都市，又回到了湘西，回到湘西后的虎雏恢复了之前生命力充沛的样子。这也意味着"我"的改造彻底失败。在这篇小说的最后，作者感慨道："幸好我那荒唐打算有了岔儿，既不曾把他的身体用学校锢定，也不曾把他的性灵用书本锢定。这人一定要这样发展才像个人。"[1] 由此处我们能够看出，沈从文对于湘西世界里富有野蛮力量的生命力是持肯定态度的，现代人因文明与理性的压抑而变得精神委顿，沈从文则通过这种野蛮的精神对其进行拯救。

最后，通过湘西世界边缘人的强悍行径实现人的情感纯化。沈从文在构建的理想化的湘西世界中，塑造了形形色色湘西人的形象，如山大王、土匪、赌徒等离经叛道的社会边缘化人物形象。这些人物的性格通常是粗俗且野蛮的，他们酗酒、好赌、斗殴，但是从中也显示了湘西人骨子里的血性，并对其隐藏在原始、野蛮外表下生命的力与美、人性的善良与淳朴进行了挖掘。在沈从文的作品中出现过很多湘西土匪的形象，如《喽啰》《一个大王》等。其中，《一个大王》讲述了一位名叫刘云亭的土匪，他曾经亲手枪毙过两百个敌人，在做山大王之前，刘云亭是一个种田的良民，他素来胆小怕事，却被外来的军人当作土匪抓了起来，在执行枪决前侥幸逃脱，之后上山成为土匪。刘云亭做山大王后十分骁勇，为了报答张司令的救命之恩，他下山做了张司令身边的一个小头目，专门护卫张司令的安全。刘云亭和部队中被抓的女匪首恋爱，还想与女匪首一起逃走，离开部队，重新占山为王。女匪首被处决后，刘云亭在床上不吃不喝躺了七天，近乎虚脱。之后，刘云亭又与当地一位姨太太相爱，最终被处死。在这篇文章中，沈从文塑造了一个充满原始生命力的土匪形象，他淳朴善良、有情有义，可以为朋友与爱人两肋插刀。沈从文借助这些土匪的形象，对都市现代文明下异化的人性、物化与工具化的状态加以批判，从而实现了对现代都市文明的拯救。

---

[1]　赵园.沈从文[M].北京：中国和平出版社，2001：264.

### （三）人与自然的和谐同化

沈从文是一个热爱自然的人，而且，他十分擅长从自然中找寻理想的人性，并提倡回归自然。沈从文有这一主张的原因可从两个方面分析。

一方面，现代文明非常看重物质财富，注重对外部世界的掠夺，而这一点恰好是导致现代社会丧伦败行、人性扭曲的重要原因。对此，沈从文提倡回归自然以拯救病态的现代社会。他希望以此将现代人从物欲横流的社会中拯救出来，使其由外部的掠取转变成精神与心灵上的思考与探索，以达到治疗现代社会中病态人格的效果。沈从文作品中总是会出现这样的情节：在现代都市生活的人为了养病会去自然风景优美的地方。例如，小说《三三》中的白面少爷到三三所生活的堡子就是来养病的，他还随身带着护士，医生也会定期为其诊断。三三家的碾坊所在的地方风光甚好，于是总爷的管家经常带着白面少爷到那里玩耍。白面少爷虽然做出钓鱼的动作，但并不是真在钓鱼。护士小姐曾说，如果白面少爷的病迟迟不好，八月份就会离开三三所生活的堡子，到更靠近海的城市。小说《夫妇》中的城里人，也是由于厌恶了都市中人的虚伪、狡诈与无情，才到美丽、宁静的乡村来养病，却在无意间发现了乡村人在封建伦理道德的束缚下，产生的麻木、残忍等极为邪恶的观念以及异化的人性。最后，在外乡夫妇离开后，城里人也决定离开。他认为，这个自然风景优美的乡村中的人和人性已无异于城里，因此即便看到农村优美的自然风景和田园牧歌式的风光也觉得索然无味。沈从文的作品《八骏图》中所描写的文章的叙述者也是到青岛的海边去养病的。由此可以看出，作者对于大自然是寄予厚望的，把大自然当成最后能够拯救都市病态现代人的希望之地。为了达成这一目的，沈从文在作品中塑造了三三这类富有生命灵气的少女形象，并以此来歌颂乡村与自然的美好特质。

另一方面，沈从文提倡回归自然的目的是帮助那些在城市的工业化文明中丧失信仰且精神贫乏的人们找到精神的栖居地。在现代文明的影响下，都市的人变得极其丑陋、荒诞、冷漠无情，沈从文觉得，如果人们回归了自然，置身于自然的纯净和明媚中，人与自然就能和谐地交融在一起，从而使自己的内心变得安静与祥和，也能培养人们至纯至善的自然人性，使他们重新感受爱和温暖。

通过以上内容我们可以看出，当沈从文发觉湘西乡民的蒙昧以后，为了找寻自己的人生方向，便满怀希望地走向了现代都市。然而，沈从文发现了在现代工业文明影响下都市人人性的堕落和道德的败坏，这使其在很长的时

间里都在利用湘西世界至真至善的人性美与现代文明进行对抗。在沈从文所构建的湘西的理想国中，沈从文希望用诗意化的人生、纯净的自然情感流露以及人与自然的和谐发展，实现对都市的拯救。沈从文的这一思想，不管是在以前还是现在，都是有着借鉴意义的。

# 第五章　沈从文小说的诗性表达研究

## 第一节　沈从文小说语言和意境中的诗性表达

### 一、沈从文小说语言的特征

"诗化小说"构建了一种本体论意义上的符号系统，它内在的价值在于诗性的人生意义，在形态上表现为歌唱性的语言节奏、意象性的空间想象、超越性的隐喻意义等多元旨向。沈从文曾将自己的创作语言形容为"诗歌化"的语言，即用独具诗性的语言描绘了一个又一个场景，叙述出一个又一个感人至深的故事，增强了作品的艺术性。凌宇教授曾评价小说《边城》的语言特点："《边城》提供了广阔的审美天地，沈从文笔下的湘西世界美极了，它如同一颗晶莹剔透的珠玉，将读者引入清、雅、秀的意境。小说情节起伏，结尾设置悬疑，扩大了读者的想象空间。"沈从文作品中的诗性语言主要反映在以下几个方面。

#### （一）沈从文作品中典雅、简约的语言具有诗性特点

从沈从文的作品中我们可以看出，其语言用词精雅且简约，经常文白

相杂，具有"格调古朴、形式简峭，主干突出，少夸饰，不铺张，单纯而又厚实，朴讷却又传神"的特点。例如，作品《边城》中："若溯流而上，则三丈五丈的深潭皆清澈见底。深潭为白日所映照，河底小小白石子，有花纹的玛瑙石子，全看得明明白白。水中游鱼来去，全如浮在空气里。两岸多高山，山中多可以造纸的细竹，常年作深翠颜色，逼人眼目。"[①]文言文有着传神、凝练且富有寓意的特点，而白话文在阅读上是极为流畅的，这种将文言和白话结合起来的手法使句式工整并富于变化，使人阅读时感到节奏明快，古趣盎然。这些文白相间的四字词语相比于自然状态下的口语更为简洁和传神。除此之外，沈从文在作品中使用的四字词语，有的是常规的四字词语，有的是沈从文自己创造的四字词语，这些词语虽然给人一种陌生感，但却具有生动传神的特点。四字词语的连用还可以将句与句之间的连词、介词等连接性、修饰性的词语省略，使文章显得更加简洁流畅。

沈从文的作品中还运用了很多富有文言色彩的词语，这些词语的运用使文章的语言更具典雅性。沈从文在多部作品中都大量使用了文言单字，如在《边城》中，"那人一看是守渡船的，且看到了翠翠，就笑了。""住临河吊脚楼对远方人有所等待有所盼望的，也莫不因鼓声想到远人。""小饭店门前长案上，常有煎得焦黄的鲤鱼豆腐，身上装饰了红辣椒丝，卧在浅口钵头里，钵旁大竹筒中插着大把红筷子，不拘谁个愿意花点钱，这人就可以傍了门前长案坐下来，抽出一双筷子到手上，那边一个眉毛扯得极细脸上擦了白粉的妇人就走过来问：'大哥，副爷，要甜酒？要烧酒？'"这些例子中"且""莫""扯"等字的应用就表现出了典雅、凝练的特点，体现出了诗意。沈从文作品中这种典雅、简约的语言还常以短句的形式出现，如《菜园》中："大雪刚过，园中一片白，已经摘下还未落窖的白菜，全成堆的在园中……天色将暮，园中静静的，雪已不落了，也没有风。"在这段话里，沈从文基本上用的都是文白相杂的短句，这些短句不但将隆冬大雪天的地冻天寒表现了出来，还表现出了母子两人的温馨互动，营造出了别样的亲情和朴素的氛围。

### （二）沈从文作品中含蓄清新的语言具有诗性特点

沈从文在描写自然景物时虽然经常利用文白相杂的语言进行白描式的描写，但他所用的词汇并不使人觉得艰涩，他往往利用朴素的文字体现出别

---

① 沈从文.边城[M].北京：北京燕山出版社，2011：13.

样的含蓄清新的语言特点。沈从文为了在作品中表现自然的人性，经常会对男女之间的爱欲进行大胆的描写。不过，沈从文在用词上是非常含蓄且清新的，这使得读者在阅读时不会觉得肮脏或者污秽，反而会有一种清新的感受。例如，《柏子》中作者使用大段语言对柏子与妇人之间的爱欲进行了描写："柏子只有如妇人所说，索性像一小公牛，牛到后于是喘息了，松弛了，像一堆带泥的吊船棕绳，散漫的在床上……他又咬她的下唇，咬她的膀子，咬她的腿……我们记得这时柏子是日里爬栀子的柏子，则明白这时柏子纵是牛，也是将近死去的牛了。妇人望到他笑，妇人是翻天躺的。"在这段描写中，沈从文使用了一个比喻句，因此使性爱场面显得十分和谐。对于沈从文来说，湘西世界中男女之间爱欲的表达是神圣且纯洁的，是遵循自然法则的美好欲望，作者将这种爱欲描写得十分符合劳动人民的身份和特色。

我们从沈从文作品中含蓄且清新的语言可以看出，沈从文作品中含蓄的描写主要表现在两方面。第一，对人体的生理特征与生理变化的含蓄描写。比如，《边城》中对于翠翠青春期到后来的生理发育是这样描写的："这女孩子身体既发育得很完全，在本身上因年龄自然而来的一件'奇事'，到月就来，也使她多了些思索，多了些梦。"从这段文字可以看出，作者在描写翠翠身体上的变化时是非常含蓄的，用"奇事"代替了女性的月事，避免了读者的尴尬与赤裸裸的描写，而且将重点放在了生理变化所引发的翠翠的心理变化方面，暗示着翠翠对异性和爱情的向往。第二，对性的隐晦描写。沈从文的作品中经常会出现对性的描写，而且会将其当成体现自然人性的一部分。在有关性的描写中，沈从文通常采用含蓄的表达方法，用一种诗意化的语言来实现描写性的目的。比如，《萧萧》中："她要他当真对天赌咒，赌过了咒，一切好像有了保障，她就一切尽他了。到丈夫返身时，手被毛毛虫螫伤，肿了一大片，走到萧萧身边。萧萧捏紧这一只小手，且用口去呵它，吮它，想到刚才的糊涂，才仿佛明白自己做了一点不大好的糊涂事。"又如，萧萧怀孕时，"喜欢吃生李子""尽做怪梦""极恨毛毛虫，见了那小虫就想用脚去踹"[①]。在这段文字中，沈从文采用了含蓄与高度概括的写作手法，维持了萧萧的少女形象。这样的写作手法体现出了他对笔下人物的尊重与爱护。

---

① 沈从文.沈从文的湘西世界：萧萧[M].长沙：岳麓书社，2013：139.

### （三）沈从文作品中常运用修辞手法表现出诗性特点

沈从文在创作时会经常用到比喻等修辞手法，这体现了他对事物形态的描摹，以及对顽强生命力的赞扬。比如，《边城》中就运用了大量的修辞手法："地方不出坏人出好人，如伯伯那么样子，人虽老了，还硬朗得同棵楠木树一样，稳稳当当的活到这块地面，又正经，又大方，难得的咧！……这地方配受人称赞的只有你，人家都说你好看。'八面山的豹子，地地溪的锦鸡'，全是特为颂扬你这个人好处的警句。"在这里，沈从文将老船夫比作"楠木树"，突出了老船夫稳健的身姿，用"八面山的豹子，地地溪的锦鸡"比喻二老，凸显出二老姣好的相貌。沈从文作品中常出现以下这两种修辞手法。

第一，比喻。沈从文经常在作品中运用比喻的修辞手法，目的是展现湘西人民充满生机的特点，体现出作者人生中独特的体验与审美上的趣味。具体而言，沈从文在运用比喻修辞方法时经常把人比作动物，目的是凸显出湘西人民独特的野性。比如，"（虎雏）走路昂昂作态，仿佛家养的公鸡""这孩子原来像一只猫，欢喜时就得捣乱""柏子只有如妇人所说，索性像一小公牛""（翠翠）人又那么乖，如山头黄麂一样，从不想到残忍事情，从不发愁，从不动气""在那边，大路上，矮奴却像一只海豹匍匐气喘走来了"等。这样的比喻体现出了极具湘西山野气息的审美，在人与动物间建立起了某种和谐的关系，刻画出了一个个性格迥异、特点鲜明的人物形象。除了把人比作动物，沈从文还经常将人比作植物，在小说《萧萧》中，作者是这样形容萧萧的，"风里雨里过日子，像一株长在园角落不为人注意的蓖麻，大叶大枝，日增茂盛"。在这个比喻中，蓖麻是乡下常见的农作物，不用费心管理就能长势良好，在这里形象地比喻萧萧进入青春期后身体开始发育，而萧萧的迅速生长又与丈夫的年龄小形成鲜明对比。又如，小说《三三》中，三三在见到城里来的白面少爷之后，心中称奇，当妈妈跟她说话时，她却并没有注意听，而心中暗暗纳罕"为什么有许多人的脸，白得像茶花"。这个比喻一方面表明了三三对城里少爷和护士小姐的好奇，另一方面从侧面反映出三三的肤色和当地所有的劳动者一样，晒得有些黑，而并非城里人那种像山茶花一样雪白或苍白。沈从文除了把人比喻成动植物外，还经常把人比喻成器物，这样的比喻会使语言变得更加生动且充满趣味，为文章增添了田园牧歌式的诗意般的色彩。比如，《萧萧》中"婆婆虽生来像一把剪，把凡是给萧萧暴长的机会都剪去了，但乡下的日头同空气都帮助人长大，却不是折磨可以阻拦得住"①。在这段文字中，作者将婆婆比喻成一把剪刀，不仅凸显出了婆婆爽利、严厉的性格特点，还从侧面反映出萧萧在婆家遭受着百般折磨。

第二，排比。排比指的是用三个及以上字数大致相同、结构相似、语气相同的短语或者句子，表达相关的含义，来增强语言的气势等表达效果。沈从文在创作时还经常使用排比。比如，小说《龙朱》中形容苗族男女青年之间的爱情歌谣时称："这歌是用顶精粹的言语，自顶纯洁的一颗心中摇着，从一个顶甜蜜的口中喊出，成为顶热情的音调。"又如，《旅店》中，作者在描绘旅店老板娘黑猫突然而至的情欲时，用了一段排比句说明当地青年男女之间的相爱方式："虫声像为露水所湿，星光也像湿的。天气太美丽了。这时节不知正有多少女子轻轻地唱着歌送她的情人出门越过竹林！不知有多少男子这时听到鸡叫，把那与他玩嬉过一夜的女人从山洞中转送家去！又不知道有多少人在那分别时流泪赌咒！"在这段文字里，作者利用一个排比句来表现苗族年轻情侣之间独特、开放的约会方式，为下文描写黑猫和大鼻子客人之间的爱情奠定了基础。

### （四）沈从文作品中语言的音乐性展现作品的诗性特点

我们可以通过作家的语言来了解作者独特的性格特点和其作品的独特魅力。在沈从文的作品中，我们就能感受到语言的音乐性，而音乐性的语言可展现作品诗性特点。沈从文作品中语言的音乐性主要体现在以下两个方面。

第一，在作品中使用了大量的方言，来展现语言的音乐性。通读沈从文的作品我们可以发现，其作品中使用了大量自己所生活的沅河以及支流流域的湘西方言。例如，"八宝精""刺条子""扯谎""顾自""几多""灯笼子""小报应""猫儿尿""三脚猫"等这些方言词语常常为二字或三字词语，读来十分活泼、押韵，体现出了沈从文作品的音乐性特点。

第二，沈从文在作品中运用了大量的湘西民歌，体现出了语言的音乐性。沈从文在湘西系列作品中描写了很多苗族与汉族人民生活的场景，其中就用到了很多民歌，这些民歌在文中不仅成了青年男女之间表达爱意的载体，还展现了淳朴的民风和和谐的人际关系。湘西的苗族民歌历史悠久，不管是在旋律、曲调还是歌词上都体现出了灵活多变的特点。沈从文在很多作品中表达隐秘的心理活动时都会使用湘西民歌。例如，《萧萧》中花狗勾引

---

① 沈从文.沈从文的湘西世界：萧萧 [M].长沙：岳麓书社，2013：137.

萧萧时故意唱民歌："天上起云云起花，包谷林里种豆荚，豆荚缠坏包谷树，娇妹缠坏后生家。"在这首民歌中，沈从文用双关的修辞方法，表达男女青年对爱情的向往。除了情歌之外，湘西地区的民歌还可分为巫歌、山歌、小调、劳动歌曲以及婚俗歌曲等，这些在沈从文的作品中也多有体现。例如，《边城》中的翠翠口中唱的"白鸡关出老虎咬人，不咬别人，团总的小姐派第一。大姐戴副金簪子，二姐戴副银钏子，只有我三妹没得什么戴，耳朵上长年戴条豆芽菜"。除此之外，翠翠还曾经在船上哼唱巫师迎神的歌。这些都使沈从文作品的语言富有音乐性节奏美。

## 二、沈从文小说的意境特征

文学作家在进行文学创作时，总是会有复杂的心路历程。为了表情达意，作家常常将大自然的特点，以及自身所处的社会环境的特点引入作品。沈从文的家乡湘西位于四省市交界之地，自然风光奇丽秀美。沈从文将这种自然风光当作情感寄托，赋予其丰富的情感联想，创造出了独特的意境。阅读沈从文的作品我们常常会不自觉地在心中勾勒出美丽的湘西民俗风情画或自然山水画，画面感十分突出。

### （一）沈从文作品中意境美的表现

在沈从文作品中，湘西世界的美主要表现在三个方面，即风景美、风俗美和人性美。风景美指的是其作品中湘西世界的自然环境的美，湘西世界自然风光宜人。沈从文在作品中将湘西的自然美展现得淋漓尽致。比如，《边城》中的竹篱茅舍、菜畦山林、小桥流水、鱼欢花语、春雨暮霭、芳草泊船、月色弥漫边城古镇，这种美景如美画出轴般令人心生向往。沈从文作品中自然美与人文美结合在一起，构成了一幅幅美丽的田园牧歌式的画卷。例如，《三三》中："杨家碾坊在堡子外一里路的山嘴路旁。堡子位置在山弯里，溪水沿着山脚流过去，平平的流到山嘴折弯处忽然转急，因此很早就有人利用它，在急流处筑了一座石头碾坊，这碾坊，不知从什么时候起，就叫杨家碾坊了。从碾坊往上看，可以看到堡子里比屋连墙，嘉树成荫，正是十分兴旺的样子。往下看，夹溪有无数山田，如堆积蒸糕，因此种田人借用水力，用大竹扎了无数水车，用椿木做成横轴同撑柱，圆圆的如一面锣，大小不等竖立在水边。这一群水车，就同一群游手好闲的人一样，成日成夜不知疲倦的咿咿呀呀唱着意义含糊的歌。"在这段文字中，乡村的生活场景和自然风光共同构成了美丽的乡村景象。

湘西不但有美丽的自然景观和人文景观，还有着独特的风俗美。湘西地处湘、鄂、黔、渝四省市的交界处，这里到处都是崇山峻岭，在这样特殊的地理环境下产生了独特的湘楚文化。此外，这里的节日盛况也不是其他地区可以相比的。楚人信巫鬼之说，在数千年文化传统下，湘西人形成了独特的信仰。沈从文在《神巫之爱》《凤子》《月下小景》中均曾对酬神的场面进行了描绘。例如，"松明，火把，大牛油烛，依秩序一一燃点起来，照得全坪通明如白昼。那个野猪皮鼓，在五羊手中一个皮槌重击下，蓬蓬作响声闻远近时，神巫戎装披挂上场了。他头缠红巾，双眉向上直竖。脸颊眉心擦了一点鸡血，红缎绣花衣服上加有朱绘龙虎黄纸符。手执铜叉和镂银牛角，一上场便在场坪中央有节拍地跳舞，还用呜咽的调子念着娱神歌曲。他双脚不鞋不袜，预备回头赤足踩上烧得通红的钢犁。那健全的脚，那结实的腿，那活泼的又显露完美的腰身旋折的姿势，使一切男人羡慕、一切女子倾倒。那在鼓声蓬蓬下拍动的铜叉上圈儿的声音，与牛角呜呜喇喇的声音，使人相信神巫的周围和本身，全是精灵所在"①。在这段文字中，沈从文站在参与者的视角，对这场仪式进行了生动的阐述，而因此获得的审美体验是无法用言语形容的。对于湘西世界的美，湘西人民独特的婚恋观是其重要的构成因素。沈从文在作品中大量描绘了苗族人民独特的婚恋观。另外，沈从文的作品中还对节日盛况进行了浓墨重彩的描绘，展现了节日里令人振奋的热闹场面，展现出湘西人民旺盛的生命活力。

在沈从文的作品中，除了自然美和民俗美外，湘西世界意境之美还主要表现在人性美上。湘西世界中人性美主要表现在三个方面，即真、善和坚韧。"真"指的是湘西人健壮的身体与真挚的灵魂。比如，湘西吊脚楼中的妓女也有一种别样的、令人赞扬和哀叹的真诚，她们与水手的爱情是灵魂与灵魂之间的自然的慰藉。湘西少女更是至真至纯的象征，她们敢爱敢恨，流露出自然真实的情感。"善"是指沈从文笔下湘西乡下人保持着淳朴的民风，他们有诚实善良的道德观念。例如，《三三》中三三和母亲相依为命，过着自给自足的生活。她们的生活不富裕，但三三并不气馁，也不羡慕别人。在梦中，三三面对白面少爷拿出的金子果断地拒绝了，表明自己和母亲不接受别人的恐吓，金钱不能使她们弯腰。除此之外，虽然三三和母亲清贫，但当有人到家中做客时，三三和母亲还是真诚地对待别人，展现出了其善良淳朴的一面。沈从文的《边城》更是不遗余力对湘西民众的善良和淳朴进行了讴

---

① 沈从文.神巫之爱[M].北京：民主与建设出版社，2018：225.

歌。《边城》中的老船夫虽然清贫，但不接受客人为了感激而额外丢下的钱财；天气热起来后，老船夫还会自制一些草药以备过渡的客人使用等。这些都体现出了湘西民众善良的道德品质。"坚韧"是沈从文笔下人性之美的另一个表现。沈从文在创作时，将视角对准湘西底层人民，面对生活的困难和磨难，他们依然鼓起勇气活下去。比如，在《边城》中，老船夫在女儿去世以后，便独自养着孙女，在巨大的悲痛中坚强地活着。再如，大老死后，船总顺顺一家在重创中选择坚强地生活。在老船夫死去、二老久不归家时，翠翠仍然独守溪边坚韧地生活着。

### （二）沈从文作品中的意境创造

第一，用梦境创造意境。沈从文在作品中会经常描写梦境以创造出独特的意境。比如，沈从文在《边城》中对三种人的梦境进行了描写。一是妓女的梦。在湘西的乡下，妓女虽然身不由己，但面对爱情却非常痴心。她们会和同在社会底层的水手交好，互相扶持、牵挂和体谅。她们在和水手交好时会赌咒发誓，如果水手过了约定的时间没有回来，妓女就会胡思乱想。这里作者使用梦境来创造意境，描述不同性格的妓女的不同做法，体现出了湘西乡下妓女淳朴、自然的个性。二是翠翠的梦。翠翠在二老的歌声中浮了起来，并飞到悬崖的半腰上采了一把平时采不到的虎耳草。这一梦境体现了翠翠对爱情的渴望和向往，使翠翠和爷爷都觉得翠翠甜美的爱情唾手可得。然而现实却出人意料地悲怆且苍凉，翠翠所期望的爱情好像马上就会到来，又好像永远不会到来。三是老船夫的梦。老船夫都是睁着眼睛做梦的，是为了给翠翠安排一个她喜欢、也喜欢她的人，这个睁着眼睛做的白日梦最终却因各方面造成的误会，导致了悲惨的结局。

在《三三》中，沈从文对三三和妈妈的梦进行了描绘，并通过不同的梦境创造出了不同的意境。三三做的第一个梦是城里来的白面少爷和船总管家一起宣称要用金子买三三家鸡蛋。在梦中，三三打断了白面少爷，称不羡慕别人的金子宝贝，并对有人用金子恐吓她们十分不满，于是梦见一只恶狗将恐吓他们的城里少爷和船总管家一起赶下了水。这个梦境体现了三三一方面渴望爱情，另一方面又不愿离开母亲的矛盾心理，表达了她对金钱和物质的轻视。文中，三三和妈妈做的梦是走出堡子，走进城市。三三和妈妈梦到的城市不一样。三三梦到的城市是"有两百个白帽女人的城里"，而三三的妈妈梦到的城市是比堡子大一点儿的城市。这两个梦境营造的意境体现出了三三和妈妈对城市生活的向往。三三也做好了走出堡子，走进城市的准备。

然而，随着白面少爷的死，三三这一梦想也被彻底打破了。三三又同妈妈回了堡子，并表示要永远陪着妈妈，再也不会有去城市的想法。由此可以看出，在现代社会的影响下，湘西年轻一代开始思考自我的发展方向，并进行了大胆的自我追寻。

第二，用古典诗词创造意境。我们从沈从文的作品中可以感受到淡淡的诗情画意，这展现了中国诗词艺术与国画艺术的美。沈从文的作品经常引用古典诗词，营造了独特的意境美。比如，《边城》中有"深潭为白日所映照，河底小小白石子、有花纹的玛瑙石子，全看得明明白白。水中游鱼来去，全如浮在空气里。""近水人家多在桃杏花里，春天时只需注意，凡有桃花处必有人家，凡有人家处必可沽酒。""住临河吊脚楼对远方人有所等待有所盼望的也莫不因鼓声想到远人。在这个节日里，必然有许多船只可以赶回，也有许多船只只合在半路过节，这之间，便有些眼目所难见的人事哀乐，在这小山城河街间，让一些人开心，也让一些人皱眉。"① 这几处文字对应了柳宗元的《小石潭记》、杜牧的"借问酒家何处有？牧童遥指杏花村"、陶渊明的《桃花源记》以及柳永的《八声甘州》等诗词的意境，为湘西世界平添了诗词的美妙意蕴。

第三，用意象创造意境。沈从文在作品中会经常使用常见的意象来创造意境，如水、野花、橘树、山洞等。在沈从文作品中，对于"水"这种意象营造的意境其他章节已经作了比较详细的分析，此处就不再赘述了。下面主要对沈从文作品中的野花、山洞以及橘树等意象所创造的意境进行分析。野花是沈从文作品中经常出现的意象，也是沈从文笔下一种理想的诗意的化身。在沈从文的作品中，野花常常与女性和爱情联系在一起。例如，在《雨后》《阿黑小史》《媚金、豹子与那羊》等中均可发现野花的踪影。野花是烂漫的、美好的，然而花期却是十分短暂的，当花期结束后，野花不可避免地会遭遇凋零的命运。而花朵常常用来象征女性，花朵凋零也寓意着女性的命运如同花一样，无法避免地走向凋零和衰败。例如，小说《月下小景》中女孩为了和爱人永不分离，不惜做出自杀的举动。又如，小说《三个男人和一个女人》中，美丽温柔的女孩最终选择吞金自杀来拒绝令自己不满的婚姻。《阿黑小史》中的阿黑最终在新婚不久即死去。在这里，野花作为一种意象营造了悲凉的氛围。除此之外，野花作为意象还创造了诗意的爱情意境。小说《神巫之爱》中，年轻的巫师得到了喜爱的白衣女子佩戴过的蓝色的野菊

---

① 　沈从文.沈从文专集：边城[M].长春：吉林美术出版社，2014：7.

花，并从这朵野菊花中生发出了丰富的爱情联想。小说《三个男人和一个女人》的结尾，人们在山洞里找到了女孩的尸体，尸体上和地上都洒满了美丽的花朵。在这里，野花作为意象，象征的是纯洁美好的爱情，营造了一种纯美的意境。

在沈从文的作品中，山洞经常作为意象出现。在湘西世界里，山洞作为意象能够营造出非常丰富的意境。山洞是落洞少女的住所，象征的是神圣的理想地。湘西少女对神的崇拜，总是会使她们弄混现实和想象。这些湘西的少女宁愿嫁给她们心中的山神和洞神，也不愿意接受现实中的爱情。在湘西文化中，山洞是洞神的住所，如果少女进入了山洞，就表示已嫁给洞神，从此避世绝俗，最终死在山洞中。所以，山洞作为意象，可以创造归宿之地的意境，同时也可以创造桃源之地的意境。例如，在《七个野人与最后一个迎春节》中，在现代文明的入侵下，七个野人退守到山洞中，过上了理想的桃源生活。然而，与现代文明相对抗的湘西乡下文明的最终结局是走向没落。山洞中的七个野人被杀害了，山洞作为世外桃源的梦想也因此而破灭。山洞在苗族文化中还象征着爱情之地。例如，《三个男人和一个女人》《阿黑小史》《媚金、豹子与那羊》等均与山洞有关。当地年轻人在爱情到来时常常相约到山洞中去，并在山洞中完成灵与肉的结合，因此山洞也可营造爱情之地的意境。

橘树这种果树在湘西十分常见，在沈从文的作品中，橘树具有丰富的象征意蕴。在《长河》中，沈从文将橘树当作线索反映湘西的"常"和"变"，营造了湘西极具异域风格的田园乌托邦意境。

综上所述，沈从文作品的语言和意境的营造均具有强烈的诗意色彩，体现了沈从文作品的诗性。

# 第二节　《边城》中的诗性表达

## 一、《边城》中语言的诗性表达

1934 年，沈从文发表了《边城》这一作品，它的发表标志着沈从文的小说开始进入成熟期。在这部作品里，作者淋漓尽致地表现了语言的诗性特点。主要从以下几个方面有所体现。

### （一）《边城》中的语言具有独特的梦幻色彩

《边城》中的用词简练，它的语言并不是传统意义上的文言文，也不是完全意义上的白话文，而是有着文白交杂的特点，这种语言的运用使《边城》的语言具有一种独特的梦幻色彩。例如，"人若过溪越小山走去，则只一里路就到了茶峒城边""老船夫不论晴雨，必守在船头""莫不设有吊脚楼""我们这次若去，又得打火把回家""祖父有点愀然不乐了"，这种文白交杂的语言赋予了《边城》一种超越时间的特性，让人觉得《边城》中描写的人或事物好像是缥缈且悠远的，又仿佛就在眼前，为作品增添了一种跨越时间的独特梦幻色彩。

《边城》中还使用了很多对称语言，语言的韵律优美而和谐，并饱含诗意。比如，"凡有桃花处必有人家，凡有人家处必可沽酒""溪流如弓背，山路如弓弦""三斗米，七百钱""这好的，这妙的，味道蛮好，送人也合式""从不想到残忍事情，从不发愁，从不动气""无人过渡，镇日长闲""独自低低地学小羊叫着，学母牛叫着，或采一把野花缚在头上，独自装扮新娘子""大把的粉条，大缸的白糖，有炮仗，有红蜡烛""人家房子多，一半着陆，一半在水""也爱利，也仗义""黄泥的墙，乌黑的瓦""孵一巢小鸡，养两只猪""船与船的竞赛，人与鸭子的竞赛""祖父睡着了，翠翠同黄狗也睡着了""对付仇敌必须用刀，联结朋友也必须用刀""火是各处可烧的，水是各处可流的，日月是各处可照的，爱情是各处可到的"等。虽然这些语言严格来说并不是极为对称的，但是读者在阅读时就能体会到其中内在的韵律，这种极具韵律感的语言为作品增添了独特的意境美，使其具备了梦幻般的诗意。

《边城》中还使用了多种形式的叠音词和拟声词，这类词语有一种独特的和谐韵律。比如，"蓬蓬""唢呐呜呜喇喇吹起来""静静地把船拉动起来""明明白白""从从容容""清清楚楚""懒懒的""缓缓的""低低的""慢慢的"等，这些叠音词与拟声词有着独特的抑扬顿挫、铿锵和谐的节奏美和音乐美，使全文更具韵律性。

总体而言，《边城》在语言上不会使用很多华丽的词藻，反而在语言上极为平常、质朴，恰好是这样朴实无华的语言风格营造出了富有特色的自然美与梦幻美。

### （二）《边城》中的语言具有散文诗倾向

《边城》中的语言具有散文诗倾向，具体表现在以下几个方面。

第一，《边城》中的语言会夹杂长短句的使用，使文章充满了诗化的韵味。比如，"秋冬来时，房屋在悬崖上的，滨水的，无不朗然入目""我是老骨头了，还说什么。日头，雨水，走长路，挑分量沉重的担子，大吃大喝，挨饿受寒，自己分上的都拿过了，不久就会躺到这冰凉土地上喂蛆吃的""天气好时就在碾坊前后隙地里种些萝卜、青菜、大蒜、四季葱。水沟坏了，就把裤子脱去，到河里去堆砌石头修理泄水处""两个年轻人皆结实如小公牛，能驾船，能泅水，能走长路""荡桨时选最重的一把，背纤时拉头纤二纤，吃的是干鱼、辣子、臭酸菜，睡的是硬邦邦的舱板""边城所在一年中最热闹的日子，是端午、中秋和过年""凡把船划到前面一点的，必可在税关前领赏，一匹红布，一块小银牌，不拘缠挂到船上某一个人头上去，皆显出这一船合作的光荣"。这种长句与短句结合在一起的写作手法会使行文显得活泼，不会给人沉闷的感觉。

第二，《边城》的语言中有很多本色对话，富有生趣。比如，"是谁？""是翠翠！""翠翠又是谁？""是碧溪岨撑渡船的孙女。""你在这儿做什么？""我等我爷爷。我等他来好回家去。""等他来他可不会来，你爷爷一定到城里军营里喝了酒，醉倒后被人抬回去了！""他不会。他答应来，他就一定会来的。""这里等也不成，到我家里去，到那边点了灯的楼上去，等爷爷来找你好不好？""你个悖时砍脑壳的！"又如，"我人老了，记性也坏透了。翠翠，现在你人长大了，一个人一定敢上城看船，不怕鱼吃掉你了。""人大了就应当守船哩。""人老了才当守船。""人老了应当歇憩！""爷爷，我决定不去，要去让船去，我替船陪你！""好，翠翠，你不去我去，我还得戴了朵红花，装刘姥姥进城去见世面！"这些语言中的本色对话彰显了人物的性格特点，具有一种天然的诗化色彩。

第三，《边城》中的语言化静为动，融情于景，给人散文诗般的感受。融情于景，情景交融通常是散文诗的一大特色。《边城》中的语言也非常注重情景交融。比如，"雨后放晴的天气，日头炙到人肩上背上已有了点儿力量。溪边芦苇水杨柳，菜园中菜蔬，莫不繁荣滋茂，带着一分有野性的生气。草丛里绿色蚱蜢各处飞着，翅膀搏动空气时窸窸作声。枝头新蝉声音已渐渐洪大。两山深翠逼人竹篁中，有黄鸟与竹雀杜鹃鸣叫。翠翠感觉着，望着，听着，也思索着。""空气中有泥土气味，有草木气味，且有甲虫类气味。翠翠看着天上的红云，听着渡口飘乡生意人的杂乱声音，心中有些儿薄薄的凄凉。""月光如银子，无处不可照及，山上篁竹在月光下皆成为黑色。身边草丛中虫声繁密如落雨。间或不知道从什么地方，忽然会有一只草莺

'落落落落嘘！'啭着它的喉咙，不久之间，这小鸟儿又好像明白这是半夜，不应当那么吵闹，便仍然闭着那小小眼儿安睡了。"这些语言就像散文诗一样浪漫，诗意中饱含种种情思，成了《边城》中独特语言魅力的表现。

### （三）《边城》中的语言具有方言特色

《边城》中的语言根植于沈从文的故乡湘西，其中有大量的具有湘西地域特色的语言，具体表现在以下几个方面。

其一，《边城》语言中饱含湘西独特的山歌文化。例如，"天上起云云起花，包谷林里种豆荚，豆荚缠坏包谷树，姑娘缠坏后生家"。又如，翠翠在遇到乡绅的妻女后所唱的山歌："白鸡关出老虎咬人，不咬别人，团总的小姐派第一。……大姐戴副金簪子，二姐戴副银钏子，只有我三妹没得什么戴，耳朵上长年戴条豆芽菜。"再如，翠翠在船上轻轻哼唱的当地请神还愿的巫歌："你大仙，你大神，睁眼看看我们这里人！他们既诚实，又年轻，又身无疾病。他们大人会喝酒，会做事，会睡觉；他们孩子能长大，能耐饥，能耐冷；他们牯牛肯耕田，山羊肯生仔，鸡鸭肯孵卵；他们女人会养儿子，会唱歌，会找她心中欢喜的情人！"

其二，《边城》语言中包含大量的湘西本地方言。例如，"大老""二老""傩佑""傩送""岳云"等均为当地独特的称呼人的方式。又如，"你个悖时砍脑壳的"，这句话是当地骂人的方言。"车是车路，马是马路，各有走法。大老走的是车路，应当由大老爹爹作主，请了媒人来正正经经同我说。若走的是马路，应当自己作主，站在渡口对溪高崖上，为翠翠唱三年六个月的歌。"这句话中的"车路""马路"均为当地方言。"牛肉炒韭菜，各人心里爱""不要碾坊，要渡船"等，这些语言中既含有大量的方言，也含有大量的隐喻，使小说的语言别具特色，具有独特的韵味。"时间还早，到收场时，至少还得三个时刻。溪边的那个朋友，也应当来看看年轻人的热闹，回去一趟，换换地位还赶得及。"其中的"赶得及"的意思是时间来得及。"嗨，你还不明白，那乡绅想同顺顺打亲家呢"，其中的"打亲家"意为"联姻"。

## 二、《边城》中景物的诗性表达

在《边城》中，作者进行了大量的景物与风俗的描写。这么描写可以作为人物的成长背景，也可以衬托人物的情感，为文章增添了诗意的色彩。

### （一）《边城》中景物描写的诗性体现

《边城》的开头就对景物进行了大量的描写，详细描写了人物的成长环境。比如，《边城》中对河流的描写："那条河水便是历史上知名的酉水，新名字叫作白河。白河下游到辰州与沅水汇流后，便略显浑浊，有出山泉水的意思。若溯流而上，则三丈五丈的深潭皆清澈见底。深潭为白日所映照，河底小小白石子，有花纹的玛瑙石子，全看得明明白白。水中游鱼来去，全如浮在空气里。两岸多高山，山中多可以造纸的细竹，常年作深翠颜色，逼人眼目。近水人家多在桃杏花里，春天时只需注意，凡有桃花处必有人家，凡有人家处必可沽酒。夏天则晒晾在日光下耀目的紫花布衣裤，可以作为人家所在的旗帜。秋冬来时，房屋在悬崖上的，滨水的，无不朗然入目。黄泥的墙，乌黑的瓦，位置则永远那么妥帖，且与四围环境极其调和，使人迎面得到的印象，实在非常愉快。一个对于诗歌图画稍有兴味的旅客，在这小河中，蜷伏于一只小船上，作三十天的旅行，必不至于感到厌烦，正因为处处有奇迹，自然的大胆处与精巧处，无一处不使人神往倾心。"

又如，"天已快夜了，别的雀子似乎都在休息了，只杜鹃叫个不息。石头泥土为白日晒了一整天，草木为白日晒了一整天，到这时节皆放散一种热气。""天夜了，有一匹大萤火虫尾上闪着蓝光，很迅速地从翠翠身旁飞过去。""月光如银子，无处不可照及，山上篁竹在月光下皆成为黑色。身边草丛中虫声繁密如落雨。间或不知道从什么地方，忽然会有一只草莺'落落落落嘘！'啭着它的喉咙，不久之间，这小鸟儿又好像明白这是半夜，不应当那么吵闹，便仍然闭着那小小眼儿安睡了。""月光极其柔和，溪面浮着一层薄薄白雾，这时节对溪若有人唱歌，隔溪应和，实在太美丽了。翠翠还记着先前祖父说的笑话。耳朵又不聋，祖父的话说得极分明，一个兄弟走马路，唱歌来打发这样的晚上，算是怎么回事？她似乎为了等着这样的歌声，沉默了许久。""黄昏时天气十分郁闷，溪面各处飞着红蜻蜓。天上已起了云，热风把两山竹篁吹得声音极大，看样子到晚上必落大雨。翠翠守在渡船上，看着那些溪面飞来飞去的蜻蜓，心也极乱。"对这些景物进行描写，主要是为了衬托人物的心情，使文章富有诗意。

### （二）《边城》中风俗描写的诗性体现

《边城》以独特的湘西世界为根基，描写了很多独特的湘西风俗传统，如端午节的风俗。"端午日，当地妇女小孩子，莫不穿了新衣，额角上用雄黄蘸酒画了个王字。任何人家到了这天必可以吃鱼吃肉。大约上午十一点钟左右，全茶峒人就吃了午饭，把饭吃过后，在城里住家的，莫不倒锁了门，全家出城到河边看划船。河街有熟人的，可到河街吊脚楼门口边看，不然就站在税关门口与各个码头上看。河中龙船以长潭某处作起点，税关前作终点，作比赛竞争。""赛船过后，城中的戍军长官，为了与民同乐，增加这节日的愉快起见，便把三十只绿头长颈大雄鸭，颈脖上缚了红布条子，放入河中，尽善于泅水的军民人等，下水追赶鸭子。不拘谁把鸭子捉到，谁就成为这鸭子的主人。于是长潭换了新的花样，水面各处是鸭子，同时各处有追赶鸭子的人。船与船的竞赛，人与鸭子的竞赛，直到天晚方能完事。"通过对这种独特的端午节风俗的描写，沈从文将一幅独特、美丽的风俗画展现在了读者面前，表现出了小说独特的诗性特点。

除了独特的端午节风俗之外，这里的婚俗也非常特别。在《边城》中，写到湘西有两种婚俗，即车路和马路。其中，前者指的是托媒人说媒。在小说中，大老最开始向翠翠求婚时，就是让媒人拿着礼物向老船夫家求亲。同时，小说中的中寨王团总家修建了一个新碾坊当女儿的陪嫁，然后向二老求婚。"马路"指的是年轻男女心生好感后，就可以在夜晚去对方家门外唱歌，如果歌声可以打动对方，两个人不需要征得父母的同意，就可以结为夫妻。《边城》中曾不止一次提及这样的独特风俗。第一次是翠翠的父亲和杨马兵一起为翠翠的母亲唱歌，向其求婚，翠翠的母亲最终选择了翠翠的父亲，并且与其生死相随，谱写了一段动人的爱情故事。第二次是老船夫在与二老谈话时提及的二老乘船下白鸡关时，从急浪中援救了三个人，之后在滩上过夜时，当地村庄的女子看到二老后，在他的棚子边唱了一整夜情歌。第三次是二老为了获得翠翠的好感，与大老竞争，于是在翠翠家对岸唱了一整晚的山歌，而翠翠在山歌中梦到自己浮到了半山腰，摘了一把虎耳草。这三段唱歌求婚的故事都体现出了当地婚俗具备的独特的诗性浪漫，且其将湘西人原始、自由的生命活力淋漓尽致地展现了出来。

除了以上所说的节日风俗与婚俗以外，《边城》中还展现了当地特有的水手风俗、水手和妓女间的爱情风俗和当地人培养下一代的风俗。大老和二老是当地名人船总顺顺家的孩子，但他们从小没有被娇生惯养，而是被送到船上去锻炼和学习："两兄弟既年已长大，必须在各种生活上来训练他们，做父亲的就轮流派遣两个小孩子各处旅行。向下行船时，多随了自己的船只充伙计，甘苦与人相共。荡桨时选最重的一把，背纤时拉头纤二纤，吃的是干鱼、辣子、臭酸菜，睡的是硬邦邦的舱板。向上行从旱路走去，则跟了川东客货，过秀山、龙潭、西阳做生意，不论寒暑雨雪，必穿了草鞋按站赶路。且佩了短刀，遇不得已必须动手，便霍地把刀抽出，站到空阔处去，等候对面的一个，接着就同这个人用肉搏来解决。"他们从小就学习应酬和贸易，学习怎么在新环境中生活，学习人情世故，所以长成了有着独特价值观与人生观的湘西汉子。这也是湘西生活习俗独特性的体现。

## 三、《边城》中修辞的诗性表达

除了语言、景物以及风俗外，《边城》中大量应用修辞手法也是其诗性的体现。《边城》中运用了丰富多样的修辞，具体表现在以下几个方面。

### （一）《边城》中的比喻修辞

《边城》中大量使用比喻修辞，而运用这些比喻修辞不但可以推动故事情节的发展，还可以体现人物的特点，使文章更加生动有趣。比如，"翠翠在风日里长养着，把皮肤变得黑黑的，触目为青山绿水，一对眸子清明如水晶。自然既长养她且教育她，为人天真活泼，处处俨然如一只小兽物。人又那么乖，如山头黄麂一样，从不想到残忍事情，从不发愁，从不动气"。这段话将翠翠比喻为天真而乖巧的山头黄麂。"两个年轻人皆结实如小公牛"将大老和二老比喻为小公牛。"那个人去年送我回家，他拿了火把走路时，真像个喽啰。""你这个人！要你到我家喝一杯也不成，还怕酒里有毒，把你这个真命天子毒死。"这两句话分别将船总顺顺家送翠翠回家的长工比喻成喽啰和真命天子。"八面山的豹子，地地溪的锦鸡"这句话将二老比喻为豹子和锦鸡这两种难得一见的动物。"伯伯，你说得好，我也是那么想。地方不出坏人出好人，如伯伯那么样子，人虽老了，还硬朗得同棵楠木树一样，稳稳当当的活到这块地面，又正经，又大方，难得的咧。"这句话将老船夫比喻为结实的楠木。

### （二）《边城》中的排比修辞

《边城》中还运用了大量灵活且多样的排比修辞，应用排比修辞不但可以使文章的语言更精确，表达的意义更精准，还能使句子在长短上错落有致，体现出别有风味的诗化色彩。比如，"近水人家多在桃杏花里，春天只需注意，凡有桃花处必有人家，凡有人家处必可沽酒。夏天则晒晾在日光下耀目的紫花布衣裤，可作为人家所在的旗帜。秋冬来时，房屋在悬崖上的，滨水的，无处不朗然入目。黄泥的墙，乌黑的瓦……""白日里无事，就坐在门口做鞋子，在鞋尖上用红绿丝线挑绣双凤，或为情人水手挑绣花抱兜，一面看过往行人，消磨长日。或靠在临河窗口上看水手铺货，听水手爬桅子唱歌""大老走的是车路，应当由大老爹爹作主，请了媒人来正正经经同我说。走的是马路，应当自己作主，站在渡口对溪高崖上，为翠翠唱三年六个月的歌"。《边城》中的排比句不严格地遵守排比句的规矩，相比于其他同时代作家文学作品中的排比句更加灵活多样。

### （三）《边城》中的反复修辞

《边城》中出现的典型修辞方式还有反复修辞，这种修辞手法不仅可以表现出衔接性，使情节更加连贯，还可以表现出人物的情感。而且，反复修辞具有韵律性，可以表现出独特的诗化色彩。比如，"翠翠就说：'我走了，谁陪你？'祖父说：'你走了，船陪我。'翠翠把眉毛皱拢去苦笑着，'船陪你，嗨，嗨，船陪你。爷爷，你真是……'"。这段话表现出翠翠和爷爷相依为命的深厚情感，以及爷爷既渴望翠翠独立，又害怕翠翠独立后离自己而去的矛盾心理。"人老了才当守船。人老了应当歇憩！你爷爷还可以打老虎，人不老。"这段话表现出了翠翠希望爷爷到城里去，自己来守船，然而爷爷却希望翠翠一个人到二老家看赛龙舟，自己留下来看守渡船的相互体贴和相濡以沫的情感。"不是翠翠，不是翠翠，翠翠早就被河里鲤鱼吃了。"这句话表现出翠翠在久等爷爷不归后，流露出的对爷爷的埋怨与情感抵触。"万一有这种事，爷爷你怎么样？万一有这种事，我就驾了这只船去寻你。"这段话表现出翠翠渴望独立，又害怕离开爷爷，爷爷也担心翠翠长大后离他而去。"翠翠我不是那么说，我不是那么说。爷爷老了，糊涂了，笑话多嘞。"这段话表现出爷爷急切地希望得到翠翠的原谅的心理。

# 第六章　沈从文小说中的人性主题研究

## 第一节　沈从文小说中的人性根源

### 一、湘西边陲小城之子的生命体验

任何一位作家的创作都是和他的成长经历分不开的，缺少了成长经历，文学创作就如空中楼阁，不可能实现。对于沈从文来说，他的成长经历对他在人性方面的见解有着重要的影响。

沈从文出生于凤凰城的士绅之家，他的祖父在凤凰城曾是赫赫有名的大人物。后来祖父英年早逝后，留下丰厚家业，所以沈从文童年时的家境仍然殷实，从小得以在私塾读书。

受家庭环境及父亲的影响，沈从文从小就立志当将军。然而，造化弄人，沈从文在五岁时生了一场大病，从此身体变得非常瘦弱，致使其将军梦化为泡影。他的弟弟和他是一起生病的，但后来身体却日渐强壮，所以全家人都把希望寄托在了弟弟身上。由于沈从文从小逃学所以他在家人眼中变成了一个坏孩子，父亲经常责罚他，他也从备受家人宠爱的小孩变成了家人责罚的对象。而他与家人的对抗从某个角度也培养了其自身的独立思考能力。

就像沈从文在自传中写的那样，逃学的经历使其对大自然有了热爱之情，也培养了其对事物敏锐的观察力和对自然生命丰富的想象力。敏锐的观察力和对大自然的热爱之情使其领略了大自然的美，更促使其慢慢将人性之美和自然之美融合在一起，对其人性观的形成产生了很大的影响。

沈从文高小毕业后，母亲在多方面的考虑下，把他送入了军队开办的技术学校。沈从文在这里度过了一段难忘的快乐时光。离开学校以后正好有参军的机会，其母亲便把他送去了部队。从此以后，沈从文便开始了部队生活，而部队给了沈从文增长知识和经验的机会。身处部队，沈从文得以仔细观察湘西部队中的各种人，为其后来创作军人题材的作品奠定了基础。此外，沈从文在空闲之余便上山游玩，游览了沅水两岸的许多名胜古迹。沈从文还喜欢走到哪里，都到当地的码头与河街上游玩，这使沈从文得以听闻许多故事，并近距离观察船上的水手、吊脚楼上的妓女等，感受湘西的风土人情。由于长期在部队过着孤独的军旅生活，沈从文十分渴望重温家庭的温暖，渴望他人的陪伴。当偶然走进乡村人家时，他感受到了当地人淳朴生活中的温暖，对人性的温暖有了更为深刻的理解，也为其日后的文学创作奠定了基础。

沈从文脱下军装后来到北京，渴望上大学，但一切并没有像他想象的那么顺利。他要上大学，就必须先去预科班学习，而要进入预科班就必须通过一个考试，只有高小水平的他是没有办法通过考试的。而且之前答应资助他的军官的资助款也迟迟不到。房东经常去催要房租，自己连饭也吃不起，沈从文第一次体会到了缺钱的烦恼和贫穷的滋味。这段痛苦的经历对沈从文产生了较大的影响。除了经济状况，沈从文在语言、生活习惯、行为举止等各方面也与北京这个城市格格不入。这使沈从文陷入了深深的自卑中。他被都市人嘲笑为"乡下人"，而沈从文在看到都市中人性的种种缺点后，也自称为"乡下人"，以示与都市人的区别。来到都市后的种种落差使沈从文以一个外来者、闯入者以及"乡下人"的视角观察都市中的人性。他看到了在商品经济影响下，都市人抛弃了原始的蒙昧，在物欲横流中徘徊在金钱、人性、文明以及欲望之间。这使沈从文进一步认识到了现代文明影响下都市人的人性的扭曲与复杂之处，为其后来写都市生活系列小说奠定了基础。

## 二、动乱时代文人的洞察与创作实践

沈从文生活在一个动乱的年代。从清朝末年到中华人民共和国成立初期，社会的巨大发展和变革带来了思想和文化的大变革。纵观沈从文所处的时代，新文化运动和五四运动都对沈从文的思想产生了很大影响，影响着沈从文对人性理想的追求与实践。

沈从文在童年和青少年时期对自然环境有着很大的兴趣，而对人文知识并没有什么兴趣。沈从文在军旅生活中，一直与湘军的状态一样，以一种自在的状态活着。忽然有一天，部队上来了一位穿着十分整齐的小军官，并为他介绍了字典中蕴含的丰富的人文知识，激发起了他对人文知识的兴趣。之后，沈从文又遇到一位知识渊博、经验丰富的知识分子，对他的思想产生了极大的影响。不久后，沈从文被调到湘军新开办的印刷厂工作，机缘巧合认识了一位来自长沙的、受五四运动影响的进步工人。从这位工人那里，沈从文第一次接触到了《新潮》《改造》《创造周报》等五四时期发行的新刊物。这些新刊物所展现的思想和精神使沈从文大为震撼，并促使他开始对自己所处的生命状态进行反思。他不想继续保持这种自在无为的生命状态，而是对外界人类长期沉淀下来的人文知识产生了很大的兴趣，他迫切地想要离开部队去感受外面的世界，并急迫地想要寻找一片广阔的精神天地。

离开部队来到都市以后，沈从文经历了贫困和前途未卜的晦暗时期，他孜孜不倦地学习着新知识和新思想，并被作家们倡导的多种文学创作观所影响。时代的巨变以及社会思想的大爆发使沈从文感到迷茫。他刚进都市时的理想是进入一所大学，在取得文凭后进入社会找到一份工作。然而，这一理想在当时的社会环境中十分幼稚。后来，沈从文开始自学写作，他从当时各种派别的文学创作中汲取营养，慢慢在创作中确立了自己独特的文学观。当时社会文学观对沈从文的影响主要体现在以下几个方面。

首先，对健康、美好的人性与自然的人生形式的追求。周作人的人学观点对沈从文的创作产生了很大影响。周作人认为，人是由动物进化而来的，他强调人的动物性与发展性的和谐统一，也就是肯定人作为动物的本能与欲望，并且尊重这种本能与欲望，努力促进人去实现这种本能与欲望。然而，如果单纯地强调人的动物性，就等于否认了人与动物之间存在的巨大区别。因此，在强调人的动物性的同时要看到人的进化，即人在动物本能之上的更高的理想追求和价值。这一点与沈从文倡导的对自然人性的追求以及对理想人性的探寻一致。沈从文指出："一个人不应仅仅能平安生存即已足，尚必须在生存愿望中，有些超越普通动物肉体基本的欲望，比饱食暖衣保全首领以终老更多一点的贪心或幻想，方能把生命引导向一个更崇高的理想上去发展。这种激发生命离开一个动物人生观，向抽象发展与追求的欲望或意志，恰恰是人类一切进步的象征，这工作自然也就是人类最艰难伟大的工作。我认为推动或执行这个工作，文学作品实在比较别的东西更其相宜。"① 从这里可以看出，沈从文肯定人的动物欲望的存在，并尊重这种欲望，称之为自然人性，并在作品中张扬这种自然人性。在沈从文前期的作品中随处可以看到沈从文对人的自然人性的张扬。沈从文构建的湘西世界中，水手与妓女相濡以沫的来往、少女与少男的对歌以及相恋，甚至一个老船夫的生命状态等均是沈从文所赞美的，他们的淳朴与善良、重义轻利的特点以及对爱情的执着等均是沈从文对自然人性进行张扬的表现。与此同时，沈从文不满足于仅从人的动物状态看待人的发展，而是倡导用理性的、发展的眼光看待人，以弥补自然人性的不足，朝着理想人性的状态发展。这一点在沈从文后期的作品中表现了出来。从沈从文的作品中我们可以看出，他在后期的作品中不断反思自然人性以及都市文化对人性的异化，并努力找寻构建理想人性的方法，从而提出了将人性和神性结合起来的形式。沈从文认为，人性和文学本是一体的，文学反映人性，与此同时也深刻地表现出了人性。这也是沈从文文学创作的目的所在。

其次，沈从文的作品注重表现人类最真切的愿望。沈从文以周作人为创作的榜样，但从创作的方式和目标上看，两人的创作观又是不同的。虽然周作人与沈从文都关注人的本真状态，但在具体的创作中，周作人通常是以高高在上的姿态俯瞰众生，并更加注重弘扬个体的自由性与独立性，而沈从文在创作中采取的是下沉的视角，他更加关注底层人民的生活和命运，在创作中对底层人民表达了最为深切和广博的人文情怀。沈从文认为在文学创作中应表现人类最本真的欲望，而这种欲望并非仅限于自然人性，还有对社会黑暗的无情揭露，对未来光明的向往和讴歌。沈从文在表达其创作观时，总是强调自己的"乡下人"身份，从"乡下人"的视角衡量现代社会中的一切思想与事物，并对社会的发展与进步进行评价。沈从文坚持的对现代都市社会的评价标尺即一种健康的人性。沈从文在创作中通过对湘西世界与现代化大都市中的人性进行对比，发现了自然人性缺陷以及都市人性的异化，因此确立了其文学观和文学理想，即寻找有益于人民、有益于社会、有益于中国未来发展的理想人性。在具体的创作方法上，沈从文与其所在时代同时期的作家不同。与沈从文同时代的作家大多坚持现实主义创作，作品中充满了激动的呐喊和狂热的情绪。沈从文在创作时并没有采用这样的形式，而是用一种近乎隐忍的平淡口吻进行叙述，并且在叙述时把社会人性的残缺当成现代社

① 沈从文.沈从文全集（第12卷）[M].太原：北岳文艺出版社，2002：53.

会的一种隐痛表现出来，揭示了世外桃源般的湘西世界中，潜藏在人们和谐生活中的一种无助且无奈的人性隐痛。

最后，鲁迅的文学创作方法对沈从文文学观的影响。1922年，沈从文来到都市后开始学习写作，而在其学习中，当时社会上已经成名的作家的作品常被他拿来阅读，作为学习材料。

鲁迅在文学创作上呈现现实主义风格，而沈从文的文学创作呈现浪漫主义风格，他们的创作貌似存在很大的差异，但是鲁迅的文学创作方法对沈从文的文学观有着一定程度的影响。具体而言，可从以下两个方面表现出来。一方面，从文学创作题材上看，鲁迅对故乡的书写对沈从文的文学创作产生了较大影响。鲁迅创作的《故乡》《社戏》等小说均以其故乡为着眼点，对故乡的人和事进行回忆和描写。沈从文受鲁迅等文学作家的影响，将其故乡湘西作为其小说中人物生长的环境，从而在此基础上构建了其文学的精神园地——一个世外桃源般的湘西世界。另一方面，从文学创作主题上看，鲁迅对国民性和人性的关注对沈从文的创作也产生了一定的启发。鲁迅的文学创作风格与沈从文的文学创作风格截然不同，鲁迅的文学创作专注于描绘病态社会中的不幸民众，反映下层劳动者悲苦生活的同时，着重表现受封建思想毒害的人性的扭曲。沈从文和鲁迅的创作风格不同，但创作方法相似，他们都注重对城市与乡村里的小人物进行描写与刻画，不仅反映了城市人物人性的扭曲，还以乡下人的视角反映出了人性的美。从这个角度来看，沈从文对人性的揭露和他在创作中对人性美的寻找与鲁迅对国民的改造有着异曲同工之妙，是殊途同归的。

## 三、地域文化堆砌的人性小庙

人类生活在一定的环境之中，人类在改变环境的同时，会被环境所改变。作家所处的成长环境的地域文化以一种集体无意识的方式对其生活方式和思维方式产生影响，使其逐渐形成具有特定价值观念的文化心理结构，而且地域文化积淀以隐形传承的方式影响着人们的文化个性和审美创作。[①]

沈从文的故乡是凤凰城，而凤凰城是湘西的一座小城。这里位置偏僻，地势凶险，山高水深，生存条件非常恶劣，而且混杂了汉、苗、土家等多个民族，在历史上有着长达数百年的汉苗冲突。恶劣的自然环境和长期的民族冲突使这里的人们将人生的一切变化归结为命运。此外，湘西地区远离中

---

① 　陈艳平.沈从文作品中的人性启蒙理想[D].成都：四川师范大学，2009：24.

原，环山绕水，地理上的距离以及险恶的自然环境使湘西较少受到现代文明的影响，儒家文化对这里产生的影响非常小，这也使得湘西较强的地方特色和原始文化得以保留。

湘西地区虽然位置十分偏僻，但文化源远流长。自先秦开始，这里的少数民族就与汉族进行了融合，形成了独特的湘楚文化。我国学者凌宇在介绍沈从文的生长环境时，将湘楚文化的特点总结概括为"厚积的民族忧患意识、挚热的幻想情绪、对宇宙永恒感与神秘感的把握"。湘楚文化中，巫鬼文化占有十分重要的地位。湘西人坚信神灵的存在，并认为自然万物皆有灵性，而人与自然和神灵应融为一体。对神灵的自然崇拜使湘西人民养成了对自然的热爱和崇敬之情。这一点对沈从文产生了极大的影响，使沈从文从小执迷于对自然知识的探索，直到后来才在他人的影响下，将对自然万物的浓郁兴趣转移到人文科学这一知识宝库之中。神未完全解体的背后是人与人之间朴素简单的人际关系的保存，是沈从文形成自然人性的土壤。① 湘西自古以来即巫文化盛行之地，这里的人们信巫好鬼，使湘西文化在本质上成了一种巫鬼文化。② 这种神秘的巫鬼文化为湘西的人文景观增添了一种奇异的色彩。除此之外，湘西还是楚辞文化的发源地，这些独特的文化促成了湘西人民独特的生活习俗或人文景观。例如，湘西人给孩子起傩巴、傩送等与巫傩文化有关的名字，意味着对儿子的偏爱，而对于苗人女子来说，她们宁愿献身神巫，也不愿嫁给土司的儿子，这些敬神、爱神的习俗使湘西人在人性中保有了一部分神性，形成了独特的爱与美的信仰。这种在湘西独有文化的影响下所形成的价值观和当地人在这一价值观的引领下做出的种种言行，都为沈从文日后的文学创作积累了丰富且独特的素材，造就了沈从文对自然人性与神性的理解。

沈从文在创作中从不讳言湘楚文化带给他的灵感，并以 20 世纪的湘楚文化承继者自居。然而，在研究湘楚文化对沈从文人性观形成过程的影响时，我们必须看到，基于湘楚文化所形成的民风习俗纵然有着人性美好的一面，同时也具有湘西地区落后和保守的一些缺点。在沈从文的作品中，湘楚文化中落后和保守的一些因素以及由此而形成的当地社会的不合理现象被沈从文进行了淡化处理，从而突出了湘楚文化中的美好人性。

湘西位于四个省市的交界处，遍布险山恶水，因此也形成了当地劳动

---

① 刘爽．论沈从文的人性论文学观 [D]．济南：山东师范大学，2015：27.
② 沈从文．沈从文全集（第 9 卷）[M]．太原：北岳文艺出版社，2002：74.

人民特有的审美文化。湘西人同恶劣的大自然进行搏斗，争得一片生存的天地。这里的男性大多强壮有力，旷达不羁；女性大多勤劳持家，性格泼辣且妩媚。这种湘西独特的审美文化不仅促成了当地健康自然的文化，还促成了健康自然的欲望，即生存欲与性欲。因此，湘西人民大多具有较强的、积极的劳动意识，十几岁的少年即可承担起一家重担，而七十多岁的老人也毫不服老，积极从事劳动。除此之外，健康的性欲在湘西人眼中也极为自然。湘西的苗族人会以对歌的形式寻找爱人，他们在亲事上不受任何束缚，只要两个人是自愿的，就可以随时随地成就好事。这种近乎野蛮且带有原始色彩的爱欲构成了独特且和谐的地域文化，这对沈从文作品中蕴含的自然人性有着重要的影响。

除了湘楚文化与当地自然朴素的生活与生存文化外，沈从文的人性观还受到道家文化的影响。道家文化是湘西文化的重要组成部分，而道家文化中的生命哲学观对沈从文产生了潜移默化的影响。道家学派对沈从文的人性观的影响主要表现在以下两个方面。

其一，道家歌颂人性、尊重生命的思想对沈从文人性观的影响。道家推崇淡泊且自然的人生，这样的思想对后世有着重要影响。沈从文曾公开表示自己没有信仰，唯一的信仰就是生命。这说明沈从文是认同道家尊重生命的观点的。尊重生命不只表现为对人们衣食住行的尊重，更表现为对人们选择和精神追求的尊重。沈从文在其构建的湘西世界中对人自由的精神以及自在的人性进行了歌颂。

其二，道家歌颂人自由自在的生活状态对沈从文人性观的影响。庄子是道家的代表人物，且他所生活的年代是中国历史上极为动乱的年代。由于时代的影响，那时候的人性大多是压抑且扭曲的，人们的生命状态是极为不自由的。在这样的战乱环境下，庄子追求内心的平和与安宁，并逐渐达到了关注生命与人性的高度。沈从文生活的年代恰恰是中国现代社会的大变革时期，社会动荡不安，战争以及商品经济的迅速发展使人们的思想发生了较大异化。在这样的时代，沈从文却坚持对人性的书写以及对完美的、理想人性的追求。沈从文曾在作品中表明自己的理想，即只愿在那个时代中选择在崎岖的山地上，用坚硬的石头堆砌一座精致、结实、匀称的理想的人性小庙。沈从文这一理想与追求和庄子的理想与追求是一致的，他们都对乱世普通人的生命与人性给予了强烈的关怀。在沈从文的作品中，不管是水手、兵士，还是社会底层的农民、娼妓都呈现了一种强烈的生命之美，他们善良质朴，并充满原始的生命力。沈从文始终相信，只有建立在这种自然人性基础上的理想人性才是中国的未来，也才是世界的未来。

综上所述，沈从文对生命和人性的歌颂，和道家崇尚自然的生命哲学在本质上是高度一致的。庄子对自然与生命有着强烈的热爱，并在此基础上实现了对生命以及人性的高度关怀。庄子这种崇尚生命和人性的精神恰好与沈从文的心理需求相适应，沈从文也因此找到了完善自我、关注生命和改造生命的精神支柱和理想依据。所以，沈从文把张扬人性、书写生命、构建人性的"自然小庙"当成了构建人性的基础和终极目标。

## 第二节 沈从文小说中的人性内涵

### 一、淳朴、善良的自然人性

所谓自然，是指天然的、自由发展的、不做作的、不呆板的，而自然人性主要是指不做作且旺盛的生命力。自然人性一词源于欧洲文艺复兴时期，主张人性本善的一元论，注重压抑摧毁自然欲望与人性的意识形态，进而认可人的自然本性的合理之处。[①]

自然人性是沈从文作品所表现的重点，也是沈从文人性文学观的主要内涵之一。

沈从文在湘西特殊的人文环境与自然环境中成长，他热爱大自然，欣赏人们在生活中逐渐形成的一种极为自然的生活状态等。沈从文曾说："我崇拜朝气，欢喜自由，赞美胆量大的，精力强的。一个人行为或精神上有朝气……我爱这种人也尊敬这种人。这种人也许野一点，粗一点，但一切伟大事业伟大作品就只这类人有份。"[②]

在沈从文构建的湘西世界中，我们能够看到其对从事渡船工作长达50多年，已70岁高龄，仍坚持劳作的坚强且乐观的渡船老人的称赞；对生活在沅江两岸的花船或吊脚楼上的可怜妓女的称赞；对每天吃着馊牛肉与酸菜，生活在社会底层，却仅凭一双手，以及高超的技艺与沅江上的险滩与暗礁展开斗争的水手的称赞；对仍保持着对人性至善至美追求的当地老兵的称赞；对拥有一颗纯洁无瑕的心灵的当地少女的称赞……沈从文所倡导的自然

---

① 刘爽.论沈从文的人性论文学观[D].济南：山东师范大学，2015：10.
② 吴翔宇.沈从文小说的民族国家想象研究[M].北京：商务印书馆，2018：59.

人性是至美、至纯的人性，是一种优美的、健康的、自然的又不违背人性的人生形式，而自然人性也是沈从文在都市生活中备受打击之后，对都市人性绝望之下，构建的寄托在湘西自然之子身上的理想人性。具体而言，沈从文所提倡的自然人性美表现在如下几方面。

### （一）纯真的自然之子身上的自然人性

沈从文所赞美的自然人性是湘西世界中的特有人性，它形成于自然，体现在湘西这片土地上自由长大的、纯真的自然之子身上。湘西人在湘西特有的自然环境中长大，险峻的高山与蜿蜒的河水共同熔铸了他们的灵魂，他们坚强而善良、健壮而柔情，刚烈不服输，他们的爱与憎、欲望与死亡都呈现出一种极其自然的状态。

比如，沈从文在《边城》中描写翠翠的成长时写道："在风日里长养着，故把皮肤变得黑黑的，触目为青山绿水，故眸子清明如水晶。自然既长养她且教育她，为人天真活泼，处处俨然如一只小兽物。人又那么乖，如山头黄鹿一样，从不想到残忍事情，从不发愁，从不动气。"[①]翠翠是沈从文塑造的典型的湘西少女形象，体现了纯真的自然之子身上的自然人性。她触目所及全是自然的美丽事物。古朴的环境使翠翠养成了纯粹且天真的性格。每当遇见迎亲的轿子渡船时，翠翠总是在祖父之前下水摆渡，在船上她用好奇的目光观察一切，当船靠岸后，翠翠又独自学着观察到的各种小动物的叫声，用野花把自己打扮成新娘子。翠翠尽管纯真，但并不是不知道生活的艰辛，相反，她小小年纪便开始帮祖父整理家务、守船与过渡。当祖父突发意外离世后，翠翠尽管痛苦悲伤但并没有倒下，而是强忍着伤心和泪水给那些为祖父发丧的亲朋好友置办吃食，把祖父的丧事处理妥帖。同样是湘西少女，《萧萧》中的萧萧从小做了拳头大丈夫的媳妇，然而萧萧仿佛不以为苦，仍然自然地长大："风里雨里过日子，像一株长在园角落不为人注意的蓖麻，大枝大叶，日增茂盛。"[②]《三三》中从小丧父的三三和母亲相依为命："热天坐在有风凉处吹风，用包谷秆子作小笼，冬天则伴同猫儿蹲在火桶里，剥灰煨栗子吃。或者有时从碾米人手上得到一个芦管做成的唢呐，就学着打大傩的法师神气，屋前屋后吹着，半天还玩不厌倦。"[③]在如此自然的山水当中成长起来的少年，亲眼看到父母勤劳的背影，在自然当中无忧无虑地成长，湘西的

---

① 沈从文.沈从文专集：边城[M].长春：吉林美术出版社，2014：7.

② 沈从文.萧萧[M].长沙：岳麓书社，2013：122.

③ 赵园.沈从文名作欣赏[M].北京：中国和平出版社，2001：236.

自然美景启迪着他们的灵魂，也滋养了他们的生命，造就了他们不被世俗所破坏的淳朴，好像一块未经雕饰的璞玉，充满着自然的气息。

### （二）善良淳朴、乐于助人的民风滋养下至善至美的自然人性

湘西因为位置偏远，交通极为不便，位于四省市交界地，由此远离守旧的社会政治中心，保留了老辈人具有的原始特质。湘西又是土家、汉、苗等多个民族聚集区，不同民族文化彼此融合，彼此影响，促使此处形成了独一无二的风俗文化与地域文化。与传统的汉文化相比，这一独特文化极少受到规矩与礼仪的束缚，而具有更多的原始特质。这种独特文化滋养了善良淳朴的民风，促使生活在此处的人们不会贪图享乐，不爱慕虚荣，等级观念极弱，且不会受到封建礼数的制约，可以真诚无私地待人，用天真无邪的眼光去看待大千世界，从而形成至善至美的天然人性。这一点从小说《边城》中便能体现出来。船总顺顺凭借勤劳聚集起偌大的家产，成为小城中极有权势之人。然而，顺顺一家人在小城中的威望并非依靠钱财和权势建立，而是由于顺顺喜好结交四方朋友，又为人豁达、善良，能够理解劳动人民的苦处，并在人们需要的时候伸出援手，赢得了小城百姓的喜爱。"这个大方洒脱的人，事业虽十分顺手，却因欢喜交朋结友，慷慨而又能济人之急，便不能同贩油商人一样大大发作起来。自己既在粮子里混过日子，明白出门人的甘苦，理解失意人的心情，故凡因船只失事破产的船家，过路的退伍士兵，游学文墨人，凡到了这个地方闻名求助的，莫不尽力帮助。一面从水上赚来钱，一面就这样洒脱散去。这人虽然脚上有点小毛病，还能泅水；走路难得其平，为人却那么公正无私。水面上各事原本极其简单，一切皆为一个习惯所支配，谁个船碰了头，谁个船妨害了别一个人别一只船的利益，皆照例有习惯方法来解决。惟运用这种习惯规矩排调一切的，必需一个高年硕德的中心人物。某年秋天，那原来执事人死去了，顺顺做了这样一个代替者。那时他还只五十岁，为人既明事明理，正直和平又不爱财，故无人对他年龄怀疑。"①顺顺的儿子也并不是通过顺顺的权势在省城站住脚跟的，却是从小跟水手　同在船上充当伙计，跟其他人同甘苦，共患难，在日常的劳动中学到了一身本领，也形成了父亲一样豁达慷慨的性格，会帮助有困难的人，"又和气亲人，不矫情，不浮华，不依势凌人"，所以赢得了大家的尊重。

《边城》中的船总顺顺和老船夫两家的家境相去甚远，然而船总顺顺的

---

① 沈从文．沈从文专集：边城 [M]．长春：吉林美术出版社，2014：8.

两个儿子却同时爱上了老船夫的孙女翠翠，二人心中明白，如果娶了翠翠，将来就要代替老船夫守船，过清贫的日子，但他们都义无反顾。当中寨王团总以一座新碾坊作为陪嫁向二老求亲时，二老则明确提出要渡船而不要碾坊。这种不以富贵和清贫作为衡量婚姻的标准的做法深刻地体现出了湘西人的平等意识和尊重他人的理念。

在沈从文的众多小说中，即便是那些在深山中被迫沦为草寇的人身上仍然有着至真至善的人性。沈从文在他的小说《在别一个国度里》描写了一个山大王，其为实现迎娶心爱女子的梦想，先是通过打家劫舍方式对女子进行威胁，接着又以钱财诱惑，最终更是选择向官兵妥协，被朝廷招安。山大王在求亲时事事亲力亲为且考虑周全，女子原本想着婚后求得一死，但是没想到婚后山大王对她极度宠爱与温柔。沈从文小说《喽啰》当中的山大王与喽啰极为和气，抢来的财物也都一并平摊，与本地的官兵相比显得更加讲义气。这至真至善的人性光辉在其系列小说中随处可见，为沈从文小说中彰显人类自然本性的重要方式。

### （三）崇尚个性自由和独立的自然人性

湘西远离历朝历代的政治文化中心，这使湘西人养成了不太受传统道德伦常束缚，也不太受世俗眼光干扰的价值观。湘西人做事的喜好完全取决于人的自然天性，形成了崇尚个性自由和独立的自然人性。这一点在湘西人的爱情选择上表现得尤其明显。

沈从文的小说《边城》当中船总顺顺的两个儿子老大与老二都爱上翠翠之后，二人并没有争吵，且互相尊重对方的选择，采取公平竞争的形式追求自己的爱情。其小说《月下小景》描写了一对年轻男女为了捍卫爱情而双双殉情的故事。寨主的儿子偏偏爱上了异族的一位少女，而少女生活的族群有个不成文的规定，就是女人和第一个男子谈恋爱，和第二个男子去结婚。他们两个人彼此相爱，不想再与其他人谈恋爱或是走入婚姻，所以为了捍卫自己的爱情选择了殉情。《媚金·豹子·与那羊》中，少女媚金与爱人豹子约定到宝石洞中成婚，但因为豹子晚到，媚金以为豹子失约，为了捍卫自己纯洁的爱情，媚金果断自杀。因为迟到而自责的豹子为了证明自己对爱情的忠贞，也果断跟随媚金一起殉情。两人这种对爱情忠贞的态度深深地表现出了湘西少年崇尚个性自由和独立的自然人性。

## 二、扭曲、堕落的异化人性

沈从文在彰显天然人性的同时，对都市人日益异化的人性展开了无情的嘲讽与批判。沈从文指出，都市是个以金钱欲望为主宰的世界。在这里，人性中至真至善的部分将被迅速扭曲，人的身体与灵魂也将被侵蚀。都市是一个充满了情欲、金钱与权势的城堡，且因受到市场经济的制约，人类对物质的追求不断被放大，但被这一欲望影响的都市人却始终找不到出口，只能任由欲望将其推向深渊。人至善至美的天性在不同的欲望影响下逐步走向异化，最终极可能变成一个异化人。都市当中的异化人性的主要表现如下所述。

### （一）人性扭曲

沈从文小说中的都市人堕落在都市的种种欲望当中，变得日益圆滑与世俗，自然的人性被扭曲。他的都市系列著作《都市一妇人》《好管闲事的人》《八骏图》《第二个狒狒》《一个体面的军人》《泥涂》《绅士的太太》《烟斗》《岚生同岚生太太》《焕乎先生》等都展现了这一观点。

小说《某夫妇》描写了一对夫妇为了获得金钱，一同设局诈骗，即妻子利用色相诱惑他人，等对方上钩之后，丈夫则跳出来进行敲诈。然而，两人在发生了争执后，妻子出于报复心理，故意出轨让丈夫难堪。在这一故事中，沈从文用讽刺的笔触描绘出了这对夫妇道德沦丧、唯利是图的丑态。小说《大小阮》当中刻画了两个个性鲜明的人物形象，小阮是一个待人诚恳、拥有崇高信仰的优秀人士，他积极投身北伐战争，勇敢参与广州起义与南昌起义，并且领导工人阶级勇敢反抗，为了革命目标他虽屡次受挫，但是从未放弃，最后英勇牺牲。他的牺牲并没有赢得众人的赞颂，得到的反而是对其"糊涂"的谩骂。大阮则是一个极为无聊且自私，只是顾着自己开心寻乐，却不为百姓谋取任何福利的唯利是图之人，精神世界极其匮乏。但是，这样的小人物却逐渐成为社会上层人物。被利益冲昏头脑的大阮趁小阮不注意把他寄存在他那里的一笔用来革命的费用私吞了。从这个故事中可以看出都市中真正为人民谋取利益的人不受赞扬，而自私、虚伪的人则成了社会上流异化的人。

在小说《八骏图》中，沈从文描写了八位教授，这八位教授都在他们擅长的领域取得了不菲的成绩，属于社会上层的名流。然而，他们心中隐秘的欲望使他们长期处于压抑之中，受到了情欲的极大困扰。在从外地来青岛讲学的心理医生看来，他们的情欲从不同地方表现出来。比如，教授甲日常一派正人君子模样，私下里却每天搂着一张巨大的半裸美女画入眠；教授乙则会对经过他身边的不同异性想入非非。这些教授虽然都是高级知识分子，但他们的内心被强大的性欲所占有，色欲熏心，性意识扭曲变态，在思想上宛如一个矮小的侏儒，远远比不上拥有高尚品德的湘西乡下人。

《道德与智慧》一书描写了一群曾经远赴海外留学极有学问的教授，因为有过在国外学习的经历，亲眼见过国外的美丽与秩序，所以在大学讲课时，既获名气，又受尊重。但是，这些受人尊敬的教授面对国家动乱，却始终保持一种事不关己高高挂起的态度。他们对社会上的一切事物指手画脚，却做不出一点儿对社会真正有用的事。他们在教室中空谈教育与救国，将道理讲得头头是道，却对操场上的士兵十分鄙视，将他们的牺牲视为理所当然。他们在家中谈论到士兵时，将他们称为叫花子，并不让儿子接近他们，对儿子长大后当督军的理想嗤之以鼻。与之相反，在某一教授家中当仆人的娘姨因为自己的孩子参了军，所以对士兵充满了关心与同情，不仅经常拉着士兵关心他们的部队生活，了解他们面临的困境，见到救火士兵受伤之后，还马上将她辛苦养大的公鸡送予受伤的、陌生的士兵。然而，这一举动成了教授们谈天时集体嘲笑的愚蠢行为。在这部著作当中，沈从文表明道德与知识并不等同，教授们即便拥有丰富的学识，但是却道德沦丧，对于社会上的各类时事失去了热情，极度自私、冷漠。与乡下的娘姨相比，教授们的人性已然发生了异变与扭曲。

小说《一个体面的军人》描写了一位下级军官，其每天都打扮得格外体面，见到海报上的全新广告之后总会购买不少时髦货物。他虽然官职不大，但派头十足，穿着打扮像都市人。有一次，他到省城制作了一套华丽的军服与一双精致的长筒皮鞋，然而由于他的官职太低，与这套精致的军服不相匹配，因此不敢穿出来。但为了满足虚荣心，他选择穿着军服四处走动，受到了身边人的暗中鄙视。在此作品中，由于对世俗名利的狂热追求，下级军官的灵魂早已异化和扭曲。

除以上几个作品外，沈从文的其他作品也对都市中人异化的人性进行了突出说明与表现。

### （二）人性堕落

在都市中，除人性被扭曲外，人们的社会道德观念也逐渐被欲望所吞噬，从而造成了人性的堕落。

在《都市一妇人》当中，主人公出身高贵，年轻时不谙世事，被青年科长英俊的外表所蒙骗，义无反顾地与之相爱。但是，青年科长对妇人的爱却并不坚定与纯粹。面对贫困的生活，他毅然找借口离妇人而去。妇人的爱情虽然黯然收场，但她仍然对爱情抱有幻想，受到养父朋友某总长的引诱，只是这位总长在与妇人发生暧昧关系的同时，却与他人定了亲。因为妇人之前曾经和青年科长有过一段情感经历，养父同意把她嫁给总长当姨太太，于是妇人一方面为自己的爱情，一方面又为了富裕的生活享受，心甘情愿地嫁给了这位总长。但是好景不长，没多久总长便过世了，妇人为了享乐与金钱最后变成了一名交际花，毫无收敛地玩弄着他人的感情，生活没有节制，所以生了一场病，然而在病好之后她便来到一个著名的小镇上，继续之前的风流生活。之后，她牵扯到了一件命案里，但得到审理此案的老上校的同情和保护，做了老上校的外室。老上校为人十分正直、节制，使妇人的心也平静下来，但老上校死后，妇人即将死去的心在遇到了青年上尉后又迸发出热情。为了青年上尉不再离自己而去，妇人狠心将他的眼睛毒瞎了，使青年看不见她老去的容颜。在该故事当中，妇人起初对纯洁爱情的追求显现出她的自然天性，而她逐渐在都市的欲望与物质中沉沦，变成一名交际花，最后又不惜为了满足自己的欲望而去毒害爱人，亲手毁掉了爱人的前程。可见，都市欲望促使人性越来越堕落。

《绅士的太太》中的绅士与绅士太太的所作所为已经超越了普通的道德沦丧，而朝着道德败坏的方向发展。绅士与绅士太太在空虚的生活中进行着所谓的爱情游戏，然而这种所谓的"爱情"实质上是出轨的遮羞布。同是爱情，湘西的少男少女在选择恋爱对象时，通过情歌对唱的形式，重视志趣与心灵的和谐，从而达到灵肉和谐。所以，即使二人在对歌之后去约会，也令人觉得两人间的情感是纯洁且真挚的。除了妓女外，其他湘西男女之间的感情既是自愿的，又是自由的。自由不仅指心灵上的自由，还指身份上的自由，少男少女大多处于青春妙龄，他们之前并没有爱人，因此与人相爱并不损害他人利益。即使《旅店》中的旅店老板娘为了情欲勾引客人，也是在旅店老板死去三年之后。与湘西人的自愿且自由的恋爱方式不同，《绅士的太太》当中提及的"爱情"就显得过于虚伪，这些绅士太太、大少爷以及绅士等都有各自的结婚对象，而在婚姻期间，为了宣泄欲望跟其他人发生不光彩的关系，当中还有乱伦关系，体现了都市人赤裸裸的道德沦丧。同时，这也反映出了绅士太太与都市绅士人性沦丧的一面。

### 三、崇德、向善的理想人性

沈从文在赞美自然人性的同时，逐渐发现了自然人性自身所存在的一定局限性，为此沈从文在创作中开始朝着追求理想人性的目标努力。沈从文认为的理想人性体现于两种人身上，即有德行的自然人和有德行的社会人。

#### （一）有德行的自然人

沈从文以为的理想人性均是在自然的优美环境中培养出来的，具有旺盛与顽强的生命力。大自然伴随四季更替形成了一幅壮美的生命画卷，然而在这一壮美的生命画卷当中长大的自然人在不知不觉中沐浴天然人性，变成了有德行的自然人。沈从文的创作中出现了许多有德行的自然人。爱情是沈从文作品中最重要的主题之一。在湘西系列作品中，沈从文通过爱情追求自然人性，塑造了一批有德行的自然人形象。例如，对苗族青年男女的爱情的书写。在《媚金·豹子·与那羊》《阿黑小史》《雨后》《夫妇》等文章中，人们大胆追求性爱，即追求一种健康的自然人性的行为。

《媚金·豹子·与那羊》当中，豹子与媚金二人的爱情最后由于误会发展成为悲剧，然而出现悲剧的原因是二人对于纯粹感情的执着。豹子曾经向媚金承诺会带着一头纯白色的小山羊去宝石洞和媚金约会，豹子认为用一只没有一根杂毛、纯白色的小山羊赢得一个姑娘的芳心是值得的。当见到地保家里的小山羊时，他认为这只山羊配不上他与媚金间的纯洁爱情，因此他跑遍了村寨，仅为找到一只媚金喜爱且适合的小山羊。终于找到时，因为小山羊受了伤，他只好又返回地保家中寻求医治，最终在地保的再三催促下才匆匆赶到宝石洞。这只小山羊的确赢得了媚金的喜爱，然而媚金却已因伤重濒临死亡。豹子最终没有遵从媚金的建议离开山洞从此过隐姓埋名的生活，而是同媚金一样为纯洁无瑕的爱情死了。这一故事之所以令人唏嘘，是因为男女主人公之间有情有义，在追求爱情的同时体现出了强烈的道德感。《阿黑小史》中阿黑与五明相爱，两人总是一起秘密地做一些快乐的事情，阿黑生病时，五明不离不弃，始终守在一旁，最终彻底赢得了阿黑的心。他们之后顺理成章地定了亲，但是当他们马上走入幸福婚姻时，阿黑却突发意外而去，五明伤心欲绝，最终疯了。五明的发疯正是缘于对他们情感的难舍难分，以及阿黑的突然离世带来的打击。从这个结局当中也能看出沈从文所提倡的有德行的自然人性。

除了爱情之外，沈从文笔下有德行的自然人还表现出了为人忠厚、重义轻利等特点。沈从文在作品中塑造了一系列老年男性的形象，这些人大多具有正直、忠厚、重义轻利的德行。比如，在《边城》当中，每次渡船人要给钱时，老船夫总是会生气地跑过去将钱还给那个人；船总顺顺，总是济弱扶贫，且虽然不像桐油商户赚得多，但是在当地树立起了很高的威信。又如，《会明》中的老兵会明在部队当了30年兵，始终是一个身份卑微的伙夫。他参加过大大小小无数次战争，见惯了血肉横飞的战场，却始终保有一颗平和的心。当部队暂时休息整顿时，会明从村庄里讨来了一只老母鸡，精心照顾，母鸡孵化出了一只只可爱的小鸡。当其他人过来讨要小鸡时，他很慷慨地送予他们，体现出了其重情重义的良好品德。

《参军》讲述了一个老参军几次三番前去催促青年士兵出发的场景。一位名叫王五的青年士兵听说部队马上就要移防，心急地想要赶快与自己的情人告别。老参军知晓了王五的心意后，即刻让王五前去与情人相会，而自己整理收拾携带的物品。然而，老参军因担心王五作为年轻人不知保重，与情人相会时冲动做出过激的举动后，再进行急行军会伤害身体，便赶到王五情人家中提醒王五，并嘱咐王五尽快与情人道别后回部队。等到老参军回到部队之后，其又获知部队推迟开拔的信息，惦记王五与情人约会时间紧张，他再次到王五情人的家中通知王五。从老参军的行为中能够看出他对后辈人深沉的善与爱。

### （二）有德行的社会人

沈从文在提倡自然人性的同时，认为人不能仅满足于活着，还要追求更高的理想，这样才能实现生命的价值和意义。沈从文构建的湘西世界充分张扬着自然人性。但是，沈从文在成长过程中发现，湘西人在寻求自然人性时，缺乏对于命运的反抗精神。他们总是选择默默地接受一切强加于自己身上的命运，满足于现状，对自己所处的生活状态与生存状态无法改变，也不想去改变，不需要他人怜悯，更不会自怜。

沈从文在参军时亲眼见到身边人死去，他们死时大多没有埋怨，而是平静地接受了这一结果，没有太多的痛苦和不甘，将生死归结为命运和神的旨意，没有意识到自己才是人生的主宰。沈从文意识到湘西人尽管有着张扬、无忧无虑、善良质朴的自然天性，对自己的命运却始终不自知，没有认识到人生的意义与价值，这正是导致湘西世界悲剧发生的根源。

沈从文认为自然人性在充分肯定人的自然存在、体现人的个人主义的同时，存在一定的局限性。所以，沈从文指出以发展的眼光对待自然人性，促进自然人性的升华，进而实现神性与人性统一和谐的愿望。

沈从文认为这种人性才是理想的完美人性，而对理想的完美人性的追求其实是对人性复归的呐喊。这里的复归不是单纯地回归自然人性，因为沈从文发现自然人性存在自身的缺陷，即缺少理性的自主，所以这种复归过程是人性的进一步完善，是在保持自然人性的同时促使人性理性觉醒的过程，即对有德行的社会人的追求。① 沈从文曾说："应当为现在的别人去设想，为未来的人类去设想，应当如何去思索生活……不能随便马虎过日子，不能委屈过日子了。"②

沈从文在小说《道德与智慧》《大小阮》等作品中，在批判城市人性扭曲的同时，赞美了向着理想人性不断努力的人们。《大小阮》当中的小阮在求学读书之时本是一个阳光少年，当别人在面对军阀不停轮换而仅可以发出议论与感慨时，小阮却决定加入革命战争，用具体行动推倒军阀的统治。

小阮经过革命的洗礼，更加坚定了走革命之路，他对于大阮每天穿着整齐地出入于戏院之类的地方内心十分不屑，认为于国于民无益。文中小阮在与大阮的争论中指出："先生，要世界好一点，就得有人跳火坑。"这句话指出小阮的理想是让世界变得更好一点儿，让小阮心中的世界更好一点儿，就像他对大阮所说的："革命成功后，你就会知道对你是什么意义了。第一件事是没收你名下那三千亩土地，不让你再拿佃户的血汗在都市上胡花；第二件事是要你们这种人去抬轿子，去抹地板，改造你，完全改造你，到那时节看看你还合宜不合宜。这一天就要来的，一定会来的！"③ 可见，小阮心中的理想是废除特殊权利，创建一个大家彼此通过劳动平等生活的世界。小说《道德与智慧》当中从乡下出来的娘姨，一方面在教授的家里做活，一方面不停关注街道上的兵士，关爱他们、帮助他们，这一做法比那些仅会空谈爱国却没有任何实际行动的做派要高尚很多倍，这一做法就是底层百姓在艰辛的生活中向理想人性不断努力的结果。

沈从文倡导人们做有德行的社会人，实现生命中人性和神性的统一。他认为，一个人只有爱生活时，才能在生活中发现美，而当做到这一点后，他自然就会在生活中发现神性，神性即一种最高的德行。沈从文从理想人性的角度出发，使自己的创作除了展现生活和生命中真实的美感外，还形成了一种引人向善的力量，以便读者从中看到并理解另一种人生形式的存在，从而

---

① 刘爽.论沈从文的人性论文学观 [D].济南：山东师范大学，2015.

② 沈从文.湘行散记：从文自传 [M].杭州：浙江文艺出版社，2018：212.

③ 沈从文.沈从文小说选（下）[M].北京：人民文学出版社，2015：119.

对生命产生新的感悟和理解。

# 第三节　沈从文小说中的人性剖析

## 一、自然人性的剖析

沈从文的湘西系列小说最大程度地体现了他对自然人性的揭示。但是，参照真实历史分析，沈从文小说中反映出的自然人性具有某种消极特征。

### （一）湘西社会中的宗法制度对人性的摧残

湘西作为四省市交界、多民族混杂的地区，清朝时期曾长期爆发各种民族冲突。自清政府推行"改土归流"政策以来，湘西地区，尤其是少数民族地区的宗法关系逐渐被封建宗法制度所取代。封建宗法制度是由政权、族权、神权、夫权组成的宗法制。这种封建宗法制度对湘西地区人性的摧残主要表现在以下三个方面。

第一，封建宗法制度是导致湘西童养媳制度的根本原因。童养媳制度是我国封建宗法制度所导致的一种独一无二的影响人性的制度。这一制度导致了湘西地区家庭关系的畸形。比如，《萧萧》当中的主人公是个童养媳，她从小便没有父母，一直跟着伯父长大，12 岁时被伯父嫁到某户人家当童养媳。此时萧萧的丈夫只有 3 岁，还是一个"拳头大的孩子"。萧萧每天除了帮助婆婆打理家务还要照看丈夫。萧萧与丈夫之间相差 9 岁，这种结合本身就是不合理的，是与自然人性相冲突的。但为儿子找一个大几岁的童养媳以帮助家中做家务是湘西当地人的普遍认知，因此他们并不认为萧萧的婚姻是不合理的。当萧萧 15 岁正值青春期时，她的丈夫却仅仅是一个 6 岁的儿童，两人的年龄相差极大，这便引起了家里长工花狗的关注。花狗开始有意对着青春期的萧萧唱情歌，诱惑萧萧。萧萧顺从了自然人性的呼唤，被花狗找准时机欺负且怀上身孕之后又惨被抛弃，进而拥有了悲惨命运。

因为伯父的不忍心，萧萧生下了儿子，但萧萧的命运并没有受到太大的影响。更加可悲的是，萧萧自己是童养媳制度的受害者，儿子长大后，萧萧却依然按照当地的习俗，为儿子娶了一个大许多岁的姑娘成亲，又开启了新一轮的家庭悲剧。这一愚昧且不自知的举动，为当地人的正常伦理生活笼罩上了一层厚厚的阴影。

又比如，小说《一个女人》当中的三翠也是湘西地区的一个童养媳，自小在各种打骂当中成长起来，与牲畜居住在一起，每天都在做各种家务活，伺候丈夫与公爹吃完饭之后，自己才可以吃饭。然而，人人都夸她有个好丈夫。她 13 岁嫁给丈夫，比丈夫小 5 岁，15 岁圆房后的第二年就生下了儿子，18 岁时公爹死了，丈夫当兵走了，三翠只好带着儿子一起照顾养母。三翠的命运十分坎坷，直到她的儿子娶了媳妇，丈夫也没有回来。然而，三翠却并不埋怨命运，而是以一种逆来顺受的态度接受命运的安排，从未想过反抗，习惯活在他人的交口称赞之中。三翠的一生可怜可悲但不自知，自然天性被宗法制度所束缚。

第二，封建宗法制度是导致湘西地区畸形夫妻关系之根本原因。一般的家庭组成模式是一夫一妻制，且二者之间应当是一种平等关系。但是，在湘西部分地区，由于生活艰苦，人们会在妻子结婚之后没有怀孕生孩子前，将其送到城市中的花船之上，让妻子当妓女补贴家用。

"一个不呕于生养孩子的妇人，到了城市，能够每月把从城市里两个晚上所得的钱，送给那留在乡下诚实耐劳种田为生的丈夫处去，在那方面就可以过了好日子，名分不失，利益存在，所以许多年青的丈夫，在娶妻以后，把妻送出来，自己留在家中耕田种地安分过日子，竟也是极其平常的事。"[①]可见在湘西，为了金钱将妻子送至城中花船之上当妓女的事是极为常见的。这一事情对女人心灵与身体的伤害极其巨大，而女性所遭受的这些身心遭受摧残的事往往被大家有意地忽视了。因为这一行为过多，其慢慢变成了一桩生意。谁家刚娶的媳妇到城中挣钱时，便跟着家里的某一亲戚一同去到城里，而丈夫每逢过年过节时可到花船之上见妻子，仿佛出远门去见妻子似的，一点儿不觉得可耻。妻子尽管在花船之上，却经常关心家里的一切，如小猪养得好不好，挣的钱有没有收到，可见她们对家庭的挂念。

一般而言，丈夫初见妇人的穿着打扮时，通常吃惊得像看到城里的奶奶，听到妻子问家中的一切后，知道妻子心中仍然记挂着家里，丈夫仍然是家里的男主人，于是才放下心来，胆子变大，摆起丈夫的架子，并且还准备让妻子尽夫妻之间的义务。但是，每次见到妻子被欺负和她的无奈，同时自己身为丈夫的权利被无情侵犯之后，丈夫最终几乎都无法忍受，会带着妻子回到家里。

从小说《丈夫》当中能够看出，把妻子送至城中当妓女是丈夫的决定，

① 沈从文.丈夫[M].长沙：岳麓书社，2013：40.

却从没有征求过妻子的意愿，妻子尽管在城市中，但是始终惦记着家里的举动。然而迫于无奈，妻子必须硬着头皮做下去。丈夫刚开始看到妻子挣钱时，居然升起一种欢喜的心情。丈夫只想妻子在外几年挣了钱，家里的日子好过了，妻子再给他生个儿子，丝毫没考虑这件事给妻子带来的伤害。沈从文在文章中明确指出了这件事带给妻子的伤害："她们从乡下来，从那些种田挖园的人家，离了乡村，如同离了石磨的小牛，离了那年青而强健的丈夫，跟随到一个熟人，就来到这船上做生意了。做了生意，慢慢地变成为城市人，慢慢地与乡村离远，慢慢地学会了一些只有城市里才需要的恶德，于是这妇人就毁了。但那毁，是慢慢的，因为需要一些日子，所以谁也不去注意了。"① 这种夫妻之间的关系是一种畸形的关系。

第三，封建宗法制度是导致湘西不断迫害尊严与生命的根本原因。封建宗法礼数对自然人性的违背与忽视造成了部分家庭悲剧的出现。但是，这一悲剧出现后，封建宗法制度再次高举道德的旗帜，大肆摧残生命。比如，作品《萧萧》当中，萧萧身为童养媳，被花狗欺负又惨遭抛弃之后，因为肚子逐渐大起来，被发现了，于是女主人公萧萧面临着两种选择，一种是选择被卖，另一种便是沉塘。萧萧的伯父不忍心将萧萧沉塘，请求把她发卖嫁人，这样丈夫的家中可以得一笔钱财作为补偿。萧萧是幸运的，因为一时没有人买，也因为萧萧生下了儿子，于是不再被发卖，日子又回到了以前的轨道里。

《巧秀和冬生》中巧秀的母亲在巧秀刚刚两岁大时，丈夫就死了，那时巧秀的母亲才 23 岁，正是青春健康之时，不仅要守护巧秀，守护丈夫留下来的山田，还要应对道貌岸然的族长的骚扰。但是，年轻的巧秀妈妈最终不甘心这样度过一辈子，于是偷偷和一个黄罗寨的打虎工匠建立了亲密关系。这一事情被族群中的人知道之后，有的人是为了获取巧秀家的田产，有的人是因为嫉妒，把他们抓起来公开宣判。大家本来只是打算把他们两人打一顿，再次把巧秀妈妈卖到遥远的地方了事。然而，族长狠心地提出将打虎匠的双脚折断，然后再将他送回黄罗寨。到了黄罗寨后，巧秀妈却提出她愿意放弃田产和女儿，一起跟打虎匠到黄罗寨。这下惹怒了族长，族长因为曾经多次调戏巧秀妈而被巧秀妈拒绝和大骂，怀恨在心，既出于嫉妒，又害怕巧秀妈揭发他的罪行，因此建议将巧秀妈沉塘。最终巧秀妈被脱光了衣服捆在石磨之上然后沉了塘。这一残酷的制度不只践踏了巧秀妈的尊严，同时还严

---

① 沈从文.丈夫[M].长沙：岳麓书社，2013：4.

重侵犯了她的生命。分析此类作品可知，封建宗法制度是败坏道德、残害身心以及扭曲人性的罪恶之源。

### （二）湘西社会中的封建文化对人性的摧残

封建文化是湘西社会中摧残人性的另一主要元素，湘西社会受封建礼教的束缚，主要表现在三个方面。

第一，封建文化成为湘西地区打家劫舍的工具。湘西位于多民族混居的地区。历史上的苗族曾经多次起义，但是起义屡次被统治当局镇压。沈从文的居所凤凰小城便是其中一个刑场。沈从文童年逃学时常常到刑场上看头一天杀完人后留下来的尸体，9岁时也曾目睹清政府疯狂地砍杀革命者。沈从文去到部队之后，常常跟着湘军外出剿灭土匪，所以他熟知该地区杀人者把人命看作儿戏的情况。在沈从文的文章中，湘西的杀人者将杀人视为一种趣味游戏，每当无事可做时，他们就会到乡下随便抓人，并胡乱拷问，逼迫他们承认莫须有的罪名后就将人杀掉。在地方上，部分本地有权势的人痛恨部分乡民之时，也能够通过湘军之手，随意给其安上一个莫须有的罪名，将其处死。沈从文在文章中曾经记载过，在湘西地区的街道上经常能够看见几个湘军从身边走过，后边跟着一个孩子，用筐装着被砍杀亲戚的头颅走过去。

沈从文在《哨兵》《新与旧》等作品中均对这一事实进行了说明。《新与旧》中的主人公杨金标曾是清朝刽子手。他杀人时不问原因，而是只照着规矩杀人，但杨金标居然幻想自己可以通过杀人得到更高的职位。杨金标在封建统治阶级眼中是一位忠实执行命令的刽子手。在他看来，杀人如同在官府办理案件，但官府办理案件依照规矩是不可以发问的，所以他即使奉命杀了很多罪犯，但是依然对于杀人的原因稀里糊涂、含含糊糊。每当杀人之后，他都要虔诚地在佛祖跟前祈祷，但又不知道为什么祈祷。

数十年来，杨金标就站在刑场上，用他的独门绝技在看客的叫好声中砍头杀人。他始终秉持着湘西人特有的人性。然而，这种质朴的人性和满身绝技没有用来为社会服务，而是充当了湘西地区杀人越货的工具。辛亥革命后，杨金标被发配去看大门，忽然有一天新政府让杨金标去杀人，杨金标到了法场后问都不问就将两个犯人砍了头，然后照规矩前往城隍庙给神佛磕头。但是，由于手拿血淋淋的大刀却被误认为是疯子，被逮捕枪毙，可他到死也不清楚为什么要杀人。这一切都是中国封建传统文化思想对人性的摧残所带来的影响。

第二，封建社会的传统文化促使大众成为事不关己的看客。封建传统文化把人摧残得麻木不仁的现象曾经被很多作家描述过。比如，鲁迅先生曾经在《记念刘和珍君》《狂人日记》等小说中对国人在封建传统文化的作用下演变成为冷漠看客的状况展开了深层次的讽刺。沈从文在小说中把这个状况当作湘西本地自然人性被迫害的关键因素。他在《巧秀和冬生》与《黄昏》当中均对封建传统文化导致的冷漠看客现象展开了深层次的剖析。《黄昏》描写了湘西地区一座监狱里发生的故事，这座监狱周边居住了很多穷苦之人，家中长辈白天忙于工作挣钱，无暇照顾孩子，每当有处决犯人的事情发生，周边居住的儿童都会结伴到现场看杀人。沈从文在文中这样描述杀人的场景："大伙儿到了应当到的地点，展开了一个圈子，留出必须够用的一点空地，兵士们把枪从肩上取下，装上了一排子弹，假作向外预备放的姿势，以为如此一来就不会使犯人逃掉，也不至于有人劫法场，看的人就在较远处围成了一个大圈儿。一切布置妥当后，刽子手从人群中走出来，把刀藏在身背后，走近犯人，很友好似的拍拍那乡下人的颈项，故意装成从容不迫的神气，同那业已半死的人嘱咐了几句话，口中一面说'不忙，不忙'，随即嚓的一下，那个无辜的头颅，就远远地飞去，发出沉闷而钝重的声音坠到地下了，颈部的血就同小喷泉一样射了出来，身子随即也软软地倒下去，呐喊声起于四隅，犯人同刽子手同样地被人当作英雄看待了。"[①]

除了作品《黄昏》之外，小说《巧秀和冬生》也揭露了封建传统宗法制度下的罪恶行径，巧秀妈被脱光了衣服捆在磨盘上，大家麻木不仁地围观她漂亮且年轻的肉体，一边口中狠狠地咒骂她的无耻，一边又肆无忌惮地欣赏着她的身体。这些围观者大多出于一种看热闹的心态，或者出于一种隐秘的欣赏巧秀妈裸体的心态，他们围观在一起，处于一种集体无意识中。围观的人群中，有个大婶同情巧秀与巧秀妈，想让孩子最后吃一口母亲的奶，也让做母亲的好好与孩子作别。但是，族长见到之后，马上把大婶骂走。围观的百姓面对族长此种毫无道德底线的行径，谁也不敢或者不愿出声，仅仅做一名冷漠的看客。最后，巧秀妈在沉塘之前仅有一人过来问她是否还有什么愿望，别的人大部分都躲得极远。这种封建文化笼罩下的阴影，宗族之中封建大家长的威望，既是造成当地悲剧的根本原因，又是无视他人苦难，造成人性悲剧和泯灭人性的根本原因。《巧秀和冬生》当中的一般百姓对生活早已麻木，对巧秀妈的遭遇不光是没有同情，更多的是指责与谩骂，他们把他人的痛苦当作自己获取快乐的途径，对和自己毫不相关的人和事，全都选择高

---

① 沈从文.沈从文小说[M].长春：吉林文史出版社，2005：200.

高挂起、不闻不问的方式，明明知道巧秀妈是无辜和迫不得已，但是大家都默契地选择对她的死冷眼旁观。

第三，封建传统文化促使百姓对生命的意义与价值一无所知。湘西的封建传统文化促使人们坚信其命运跟自然有机融合，就好像湘西区域内的大地、树木与河流等一切不能挪动的事物一般，对于命运的任何安排都选择接受与顺从。例如，在沈从文的作品中，许多被官兵或土匪抓住的人面对最终走向死亡的命运，通常无一反抗，坦然接受既定的命运。他们把自己的命运交给他人主宰，有权处置他们的湘军、官府、衙门或宗族族长等则将他们的命运视为游戏。官府或湘军经常随意抓人，在审判时施以刑罚，逼乡民承认并不存在的罪行，然后将乡民拖出去斩首或枪毙。但是，当找到真正的元凶时，湘军与官府却借助占卜选择对罪犯的判决方式，把湘西百姓的命运当作儿戏。《巧秀和冬生》当中，巧秀妈追寻个人幸福被族人得知后，族人决定将其沉塘，而巧秀妈对她即将面对的命运却选择默默接受。她手里有族长调戏她的证据，却没有用其为自己和孩子寻得一个好的结果，任由族长将她置于死地，而且就在生命即将走到尽头之时，她还叮嘱孩子不要对此事产生怨恨。《萧萧》中萧萧成长的年代是一个女学生纷纷参加运动的时代。女学生努力通过自己的行动，为自己和中国人争取更好的未来。萧萧既看过"女学生"，又多次听他人讲过学生的故事。萧萧因与花狗偷情而怀孕后，曾约花狗一起逃走，然而花狗独自逃走后，萧萧却迟迟不肯动身，而是任由别人发现后，随意支配自己的命运。而她自己在儿子长大后，仍然给儿子娶了大几岁的童养媳，继续着像她一样悲凉的人生。以上所述都是在封建传统文化的影响下大众形成的极为特殊的敬畏与盲从心理所造就的，这也是导致湘西乡民自然人性愚昧无知的根本原因。

## 二、沈从文人性论的价值及反思

沈从文人性论既具有一定的积极价值，又存在一定的局限性。下文就此进行分析。

### （一）沈从文人性论的价值

沈从文的写作生涯开始于他从湘西地区走进大都市生活后，沈从文凭借他极强的观察力，发现湘西乡下人和都市中人的人性间存在极大差异。他创作湘西系列小说，既是对都市文明对人性产生影响的勇敢反思，又是对湘西自然美的纪念。他对于都市生活中人性的反思带有极强的理性特质。

其一，沈从文人性论对现代文明的理性反思。现代文明不只是创造了极为丰富的物质基础，其所带来的精神财富也使大众从过去的束缚当中解脱了出来。社会文明的不断发展促使大众的生活越来越便利，使大众对未来充满了美好期待与无限遐想。然而，商品经济的发展在为社会创造了丰富的物质财富的同时，也在一定程度上瓦解着人们的精神意志。现代文明作为一种全新的社会生活方式，需要打破旧有的社会秩序，并在其上建立全新的社会秩序。在中国现代化的过程中，旧有的社会道德体系被打破后，适应现代文明的新的道德体系并没有迅速建立起来，由此导致现代文明出现了种种弊端。在我国现代文学发展史上，沈从文是早期对现代文明发展展开反思的作家之一。他一生共创作文学作品 80 多部。20 世纪 20 年代，他所出版的作品包括《十四夜间》《呆官日记》《神巫之爱》《阿丽思中国游记》《好管闲事的人》《蜜柑》《老实人》《鸭子》《不死日记》《雨后及其他》《山鬼》《男子须知》《长夏》《篁君日记》等。沈从文对现代文明进行了全方位的反思，大致可以分为两阶段。第一个阶段以乡村自然人性为参照，对现代都市人性的异化进行反思，以此揭露现代文明的弊端。这一时期的作品主要为沈从文在 20 世纪 20 年代创作的都市生活作品，从内容上看，其又可分为两大类型。一种类型是带有明显自传色彩的作品。沈从文 1922 年来到北京之后，发现自己无论是在人文知识方面，还是在精神思想方面，抑或物质方面都与都市人有较大的差距。沈从文背井离乡来到北京时，是怀揣着实现崭新人生理想、怀抱着无限憧憬的。但是，来到北京之后，他一边感受着北京城深厚的文化底蕴与人文情怀，一边又感到深深的自卑。他离开家乡湘西到北京时并不是毫无准备的，而是有备而来。他最初的想法是在古都上几年学。离开湘军之时，沈从文跟他的上级说出了自己对今后的打算，得到了上级领导的支持与肯定，并且承诺将提供沈从文在京的读书费用。然而，沈从文来到北京后却一直没有得到他的资助。于是，沈从文一贫如洗地在北京城住了下来。北京这个世界文明古都对于沈从文的到来是冷漠的，沈从文在湘西时幻想的来到北京后的生活被全盘打乱。他并没有像预期的那样，进入大学进行深造，实际上，沈从文只有高小文化水平，他连大学预科的入门考试都没有通过，沈从文因此备受打击。另外，由于预期的资助迟迟不到，沈从文在北京的生活变得举步维艰。他当时住在北京特意为湘西来京人员准备的会馆里，住宿费算是省下了，而取暖、吃饭等却成了问题。迫于理想的无法实现与生活带来的巨大压力，沈从文便开始自学如何写作。在这期间，他像那个年代的所有有志青年一般，给当时社会中有名望的作家写信求助。郁达夫是当时极受年轻人欢迎的作家之一，收到了沈从文的信件。不久，郁达夫便来到沈从文的住所看望沈从文，而在沈从文和郁达夫的自传或文章中都提到了这次重要会面。从后来他们的描述中均可看出沈从文当时的窘迫境况。这一时期，沈从文创作的《棉鞋》《绝食以后》《篁君日记》《生存》等作品大多属于缺少人间温暖的孤独者的人生感慨。另一种类型则是对都市的异化现象进行揭露和讽刺的作品。沈从文来到都市后，由于立场不同，观察视角不同，因此从许多都市人司空见惯的现象中发现了都市人自私、虚伪、做作等人性扭曲的一面。比如，《十四夜间》《岚生同岚生太太》《或人的家庭》《第二个狒狒》等作品。20世纪20年代末，沈从文再次撰写了《焕乎先生》《某夫妇》《烟斗》等深具讽刺特质的都市小说。这一阶段，他还撰写了一系列关于湘西自然人性的优秀作品。

从总体上看，这一时期沈从文对湘西和北京、上海等大都市的文化进行对比后，从中感受到了现代文明强大的破坏性和摧毁性，因此对现代文明中出现的人性异化等现象进行了理性的批判。

第二阶段是进到20世纪上半叶之后，沈从文进入写作生涯的顶峰期。这期间他陆续撰写了《八骏图》《如蕤》《虎雏》《大小阮》《都市一妇人》《顾问官》《生》《一个女剧员的生活》《王谢子弟》《来客》，以及《凤子》《边城》《长河》《萧萧》等极具代表性的文学作品。这一时期，沈从文以其独有的文化视角剖析了都市文化，在指出都市文化对人性进行异化的同时，指出了都市文化的进步性，在复杂的现实世界试图建立一种完善的人生价值体系。审视沈从文作品所表现的主题可知，沈从文的文学作品展现出了浓厚的现代社会文明发展的理性色彩。

其二，沈从文作品中对人道主义关怀的张扬。人道主义原指人道精神，其内容包括关怀人的精神世界、宽容人的发展，以及对人的生存尊严、个性发展、人性自由等的重视。人道主义产生于现代社会。

沈从文的作品当中展现出的人性论从某种层面分析是一种极具现代特性的人道主义的关怀。他在文学作品当中展现出的人性论并非专门描写某一特殊群体，而是针对整个中国乃至世界人类。沈从文文学作品当中的人性论并非居高临下的同情与施舍，而是一种人人拥有独立、人人自爱的人格。沈从文的作品不同于与其同时代作家的作品，他的作品与人们的生活很近，不是以高高在上的视角审视生活在人世间的芸芸众生，而是仿佛身临其境地描绘他们的生活。沈从文把不同的人当作单独存在的个体，且不管这个个体是湘西沅江上的水手，还是都市当中的上流绅士；不管是在家收拾家务打扫卫生的娘姨，还是在大学讲授课程的高级知识分子；不管是都市中来往于富商高官之间、艳名四播的交际花，还是湘西吊脚楼上或城里花船上来自乡下的底层妓女；不管是拥有神一样完美性格的白耳族王子，还是战场上一个不起眼的老兵……沈从文都随着作品中的人物一同经历生活当中的欢乐与痛苦，感受他们的悲喜哀乐，在展现人物淳朴善良天性的同时，也展示了他们在生活当中愚昧无知的一面，但并不对这一现象作评论，仅仅是让阅读者自己去体会。

沈从文理性地对待作品中的每一个人物，充分表现出了他的人道主义关怀。

除此之外，沈从文在文学作品中对社会生活中出现的所有事件都表现出了明晰的爱憎态度，就此彰显了他对生命的真诚与尊重，但这一点是以人道主义情怀与个人主义的完善为基础的。沈从文的作品常常在平实的语言中表现出其鲜明的爱憎观点。例如，沈从文在《边城》中处处体现其观点："一个对于诗歌图画稍有兴味的旅客，在这小河中，蜷伏于一只小船上，作三十天的旅行，必不至于感到厌烦，正因为处处有奇迹，自然的大胆处与精巧处，无一处不使人神往倾心。""这些人既重义轻利，又能守信自约，即便是娼妓，也常常较之讲道德知羞耻的城市中人还更可信任。""凡帮助人远离患难，便是入火，人到八十岁，也还是成为这个人一种不可逃避的责任！"从以上语言当中能够看出，沈从文对于湘西人民在社会生活中所展现出的淳朴善良天性满怀赞美之情。再比如，沈从文在《会明》当中描写了一位常年从事伙夫工作的老兵，其他人在他的年纪已然立下卓越功勋，但是伙夫却并没有什么远大理想，甚至在战乱年代中是死去还是活下来都不曾多想，只要是自己还活着就怀着平常心准备好每一顿饭。他的理想十分简单，也十分单纯，就是当战争结束后，自由自在地养一群小鸡。这个愿望是简单的，也似乎是触手可及的，从中可以看出伙夫平和的心态。沈从文在文章中并没有嘲讽主人公的人生理想，却是对这种简单的人生理想进行了大肆宣扬，在一种满是诗意的情境下，令读者感受到主人公生活的艰辛与不易，并对生活在大时代下的每个独立个体自主选择生活方式的勇气表示尊重。这一点彰显出了浓厚的人道主义精神。

沈从文在文学作品当中既强调重视人的社会属性，又追求人的自然特性，具体为人的生理本能与自然欲求。自然人性关注人的天然欲望或是人源于某种心理或者生理的天然追求，不对个体的任何欲望与追求进行压制，却是张扬与肯定这一欲望或追求。

然而，如果只一味追求人的自然欲望，而不注重人的社会性特点，则将人等同于动物，从而易使人的心灵产生扭曲，使人异化为都市中道貌岸然的伪君子。

沈从文在文学作品当中运用大篇幅对民俗风情进行描写，并讲述大量普通人的故事，希望借助这些作品记录下湘西地域文化中的浪漫，实现文学作品承载社会文化的关键作用，促使文学的审美地位与独立价值得以体现。

综上所述，沈从文作品中的人性观体现出了人道主义精神，并对现代都市文明进行了深刻反思，具有深刻的现代性特征和意义。

### （二）沈从文人性论的反思

任何事物都不是绝对的，而呈现出两面性。我们在肯定沈从文作品中的人性论的同时应看出，沈从文的人性论在具有一定积极意义的同时，也存在一定的局限性。

沈从文文学作品当中有关人性论的局限性体现在如下三方面。

第一，沈从文对于文学独立性的追求过于执着。沈从文写作顶峰时期，中国社会发展正处在一个动荡时期，中国现代文学作家们因为政治主张各异，创作理念各异，所以被分为不同的派别。特别是20世纪30年代，中国现代文学界出现过多次文学批判与思想争鸣。沈从文强调文学的个性独立，认为文学不能与任何政治或商业因素联系在一起，因此他拒绝加入任何一个流派。这种在文学主张上的坚持最终导致沈从文与其好朋友胡也频和丁玲分道扬镳。在那个混乱的年代，沈从文的这种坚持导致其后期陷入了对抽象生命的追求状态中，其文学创作与社会现实和时代要求相脱节，削弱了文学的真实性。此外，沈从文拒绝参与一切文学社团，这促使沈从文深陷个人世界当中，无法意识到政治斗争爆发的历史原因，也不能理解政治斗争的发展走向。所以，沈从文错误地把政治使命与文艺使命对立起来，简单地追寻纯粹的艺术美感，却忽略了文学的现实意义与社会价值。沈从文曾在自己的文章中阐述其个人的文学观："我面对着这个记载，热爱那个'抽象'，向虚空凝眸来耗费这个时间。一种极端困惑的固执，以及这种固执的延长，算是我体会到'生存'唯一事情，此外一切'知识'与'事实'，都无助于当前。我完全活在一种观念中，并非活在实际世界中。我似乎在用抽象虐待自己肉体和灵魂，虽痛苦同时也是享受。时间便从生命中流过去了，什么都不留下而流过去了。"[①]沈从文对文学艺术独立性的执着使他后期文学作品中的人性论

---

① 赵园.沈从文名作欣赏[M].北京：中国和平出版社，2001：544.

描写变得过于理想，慢慢地脱离了现实生活。

第二，沈从文在文学作品创作上对经验主义太过重视。纵览他的文学作品，不管是湘西系列小说，还是都市系列小说，都创建于他自身生命感悟基础之上。沈从文这一艺术创作形式决定了他对人性的理解太过依赖他的个人经历，无论是对都市人性异化的分析与揭露，还是对湘西自然人性的张扬，以及对理想人性的追求均是如此。然而，人性的复杂程度远远超出单一个体体验范围，这就决定了沈从文不能从宏观角度把握复杂的人性论内容。沈从文极其热爱他的故乡，热爱那里的一草一木，热爱其到过的每个地方。也正是因为这份热爱，他在文学创作中构建了他理想中的湘西景象。其作品基本均围绕湘西地域展开，即使是都市系列小说，也和他所构建的湘西世界彼此参照而产生。对于沈从文来说，湘西是人性存在的一种特殊形式，沈从文这种将眼光局限于湘西世界的行为使他免不了陷入一种深深的偏执之中，却不能从湘西世界中跳出，在更为广阔的领域对人性的多样性展开观察。

第三，沈从文作品中的人性论带着极为强烈的理想色彩。受湘西文化影响，他所秉持的人性观念带有一定的理想色彩。五四青年运动时期，国内作家提倡个性主义与人道主义思想，此两类思想都和西方浪漫主义与启蒙主义密切相关。沈从文笔下的湘西世界具有极其独特的区域特征，同时他也不可避免地受到了都市文化与湘西区域文化的共同影响，此两类差异性文化彼此碰撞，促使他不得不陷入一种极其矛盾的漩涡之中。沈从文向往独立和自由的个性，而在坚持人道主义立场或原则时，如果任何一方发挥到极致，都会形成一种偏执。沈从文过于坚持理想的人性论，而这使其人性论逐渐朝着抽象以及虚无的方向发展。

总而言之，沈从文文学作品当中的人性论具有一定的局限性，但这一局限性很难磨灭或否认其作品当中人性论的积极作用。所以，在对他的人性论展开分析时，应当从正向与反向两个方面进行。

# 第七章　沈从文小说中的人性表达研究

## 第一节　沈从文小说中的人性光辉

### 一、备受礼赞的自然人性

沈从文一生都致力于弘扬人性的美好，鞭挞人性的异化，揭露人性的复杂性。其中，对自然人性的礼赞是沈从文作品中最重要的主题之一。沈从文作品中对自然人性的礼赞主要表现在湘西男女对爱情的向往和追求方面。

#### （一）沈从文作品中爱情抉择体现出的自然人性

在沈从文的文学作品中，湘西男女对情感的追寻是极为纯粹的，充分体现了湘西人民率真、自然的天性。他的作品中除了歌颂青年男女的爱情之外，还诠释了爱情中的矛盾与抉择，如《旅店》《巧秀和冬生》以及《爱欲》中"弹筝者的爱"与"被刖刑者的爱"等。

《爱欲》讲述了三个女性对爱情进行抉择的故事，其中"被刖刑者的爱""弹筝者的爱"两个故事中女性对爱情的抉择最能体现作者对自然人性的礼赞。"被刖刑者的爱"中的两个女性，一个为了能让自己的丈夫顺利走出沙漠，情愿自尽，让丈夫顺利地活下去；另一个不愿去死，是因为她深爱着她的丈夫，并且声称若是丈夫死去，她也绝对不会活下去。然而，活下来的女性对爱情的忠诚在遇到了没有双足的乞丐之后发生了变化。尽管她深爱着她的丈夫，但是丈夫却只关心国家大事，忽略了自己的妻子。他们遇到被刖刑者之后，由于每天推着被刖刑者赶路，免不了与之交谈，久而久之，那个深爱丈夫、愿意与丈夫一同赴死的女性最终抛弃了自己的丈夫，与被刖刑者一同开始了流浪的生活。然而，被女子抛弃的丈夫并没有死，之后在一座颇为文明的城市做了总督。

没过多久，活下来的女子与被刖刑者来到了前夫所在的城市，并且过着到处乞讨的日子。总督得知后命令手下把这两个人找来，并且让其前妻再一次在被刖刑者与自己之间做个选择。但是，这位女子宁可跟随既被砍了一只手，又没有了双脚的男人讨生活，也不想回到总督身边。沈从文通过一个带有奇幻色彩的故事，用女子不同寻常的对爱情的抉择对女子的自然人性进行了礼赞。沈从文在文中指出女子这样做的原因："她能选择，按照'自然'法则的意见去选择，毫不含糊，毫不畏缩。她像一个真正的人，因为她有'人的本性'。"[①] 此处所提到的人的本性主要是指女子跟随自己的内心所做的抉择，面对已经成为总督的丈夫，女子还是选择了外形丑陋的乞丐，由此可见湘西女性极为纯粹的自然天性。

在"弹筝者的爱"这一故事中，一位年轻的寡妇在丈夫死后，引发了当地众多青年的求爱。然而，这位寡妇因为深爱着自己的丈夫，认为世界上再也寻找不到如同丈夫一般的爱人，因此对那些朝着她唱歌求爱的人统统不屑一顾，而是自己独立而又艰难地抚养着孩子。两年后，一位弹筝人来到这里，他的筝声打动了年轻寡妇的心，使其本来跟随丈夫死去的心再次跳动起来。年轻的寡妇忍不住喜欢上了琴声，随后也爱上了这位弹筝艺人的手，又由弹筝艺人的手爱上了弹筝艺人。狂热的爱使她的身体与心灵陷入失控状态，并且在这一令人晕眩的爱情中误将亲生孩子勒死了。孩子死后，妇人为了自己心中的爱情趁夜晚来到弹琴人的住处，想与自己深爱的人亲近，然而这位弹琴者因为害怕远远地逃走了。最后，女人选择了在弹筝者住过的房间里自缢，女人结束的不仅是自己的生命，还有自己的爱情，为了爱情不惜付出生命。在该故事中，年轻寡妇并没有以相貌或者金钱去选择爱人，而是遵循自己的内心去选择爱人。这一行动无法被小镇上的所有人理解，同时也不

---

① 　沈从文.沈从文文集（第5卷）[M].长沙：湖南人民出版社，2013：98.

被弹筝人所理解。

《巧秀和冬生》中巧秀的母亲在巧秀父亲死后艰难地养育着巧秀。在此期间，族人要么想趁机骚扰巧秀母亲，如族长；要么打巧秀家田产的主意。从该处能够看出湘西部分宗族中人的心思之坏，但这些做法跟自然天性相违背。巧秀的母亲与捕虎者相爱，是她自己发自内心的选择，也是遵从自然天性的选择。随后，当他们被宗族人逮住，捕虎人被弄断了双脚之后，巧秀母亲对他的爱情仍然没有发生改变，甚至宁愿放弃巧秀和田产，也要追随捕虎人去黄罗寨过生活。当巧秀母亲最后为此被处死之时，她也绝不提及一句想要放弃捕虎人的话，宁愿为了爱情被羞辱，而后被沉塘。正是巧秀母亲这种对爱情的执着，打动了围观的人们，也使执意处死巧秀母亲的族长心怀愧疚，并在巧秀母亲去世三年后于祠堂自尽而亡。巧秀母亲这种对自然天性的追求与封建礼教、封建宗族对自然人性的压制形成鲜明对比，更突出了作者对自然人性的礼赞。

在小说《旅店》中，旅店的老板娘黑猫在其丈夫离世后，本能够在众多追求者中选择一个过上舒适的生活。但是，她源自独立的心理，拒绝了所有求婚者。辛苦地度过了三年时间之后，她却产生了巨大的欲望，勾引了住店的客人。但生下孩子后，黑猫并没有因此走上滥情的道路，而仍然选择独立生活，并嫁给了在旅店中帮忙的又老又驼的驼子。从黑猫之前勾引客人的行为可以看出，黑猫喜欢年轻强健的男子。可见，无论是黑猫守寡，还是为了自身情欲去勾引客人、生孩子与结婚等各种不被他人所认可的行为都是由于自然且纯粹的天性。

### （二）沈从文作品中对自然人性的挽留

无论是沈从文笔下的湘西人，还是故事中的其他异乡人，无论是妻子还是寡妇都能勇敢地跟随自己的心，甚至以生命为代价追求自己的幸福。她们活得真诚而纯粹，自然而真实。这种展现自然天性的爱情与都市中人的遮遮掩掩或游戏人生的爱情形成了鲜明对比。

在沈从文的文章中，都市的文明慢慢伴随社会发展而渗透到湘西这块土地上。但在都市文明的侵蚀下，湘西文学世界当中纯粹且原有的天然人性也显现了消解的迹象，沈从文发现了这一点之后，对自然人性的消解作了挽留。比如，《三三》当中，母亲和三三生活在农村，依靠一个碾坊生活，即使三三的父亲早已去世，两个人还得生活下去。农村的生活规律且宁静，三三好像将要一直如此过下去，长大之后用碾房当作嫁妆，招个上门的女婿，然后好像妈妈一样，一生守着碾坊将生活过下去。可是，这样宁静的日子被城里来养病的少爷打破了。因为城里少爷的到来，三三开始对城市生活展开想象，并对城市的一切进行讨论，又常常做关于进城的梦。母女俩开始想象可以在城里找到属于自己的幸福，并对城里的生活充满了无限的憧憬。在三三和母亲的心中，城里的生活无限美好，这美好超越了乡间的一切，所以她们对待来到家里的城里客人极尽热情，而且三三在母亲喊她回家时，也开始将"三三不回来了，三三永不回来了"的话当作口头语。从此处能够看出，城里人的出现打破了乡民宁静的生活，他们便开始向往乡下之外的世界，想要走入城市过好生活。尽管城市里的少爷突然离世，母亲与三三进城的希望被打破，两个人急忙回到碾坊，又开始按照过去的习惯过生活，然而此事在三三的心中留下了无法忘记的印象，使其继续做着进城的梦。当进城的机会再次出现时，三三这样的乡下人还会再次面临进城还是留在乡下的选择。在这个故事中，母女俩对城里的事物、城里的梦以及为什么到城里等进行了讨论，当三三问母亲为什么她们要到城里去时，母亲急忙告诉三三："你不去城里，我也不去城里。城里天生是给城里人预备的，我们有我们的碾坊，自然不会离开的。"即便这样，母亲和三三还是对城市充满着无比的憧憬，并且数次坚定地说必须要到城里去。从母女俩的对话中可以看出城市文明对湘西乡村所产生的影响。三三作为湘西青年的代表，她与母亲这样老一辈的乡村人不同，希望寻找到一种全新的、不一样的人生，不愿重复母亲走过的道路，而青年人的这种思想变化是无法阻止的。文章中母亲与三三还有一切淳朴的乡民身上的天然人性，且展现得极为明显。同时，笔者看到并且体会到了乡民的自然天性在城市文明的影响渗透下的变化，并且在作品中展现出了对自然天性的挽留。

作品《虎雏》以第一人称描写了主人公向六弟讨要勤务兵"虎雏"，并且通过现代科学知识培育他的故事。起初，"我"的教育的确取得了一些成果，然而最后虎雏还是逃离了文明的社会，杀了人，当了逃犯，重新回到了"野蛮"的文明中。在该故事当中，沈从文对于人性观展开了反思，并且开始注意到自然人性并非是完美的，同时都市当中的人性又有着异化，作品中充满了对自然人性未来发展与挽留的探索。

## 二、执着追求完美的人性

沈从文笔下湘西世界中的人是至美至善的，是质朴无瑕的，但建立在此基础之上的自然人性并非完美，而是充满缺憾的。

《边城》当中二老与翠翠的爱情是无瑕的、纯粹的，仿佛小城的溪水，极其清澈。在大老及二老与翠翠的爱情当中，大老与二老始终在主动展开行动。大老喜欢上了翠翠之后，先是自己找到老船夫去探口风，看到老船夫并没有反对，便又开始委托媒人杨马兵向老船夫婉转地提亲，然后依照老船夫提出的方法选择了"走车路"，郑重地向老船夫提亲。之后，大老在与二老聊天谈心时，得知二老也喜欢上了翠翠后，兄弟俩相约一起向翠翠唱山歌，并在明白自己唱山歌不如二老，而正式下聘又迟迟得不到翠翠的回应后，大老做出了自己的选择，即退出这场爱情竞争，离开家乡。二老在爱上翠翠后，不仅向老船夫侧面表达对翠翠的喜欢，还到对岸向翠翠唱山歌，在家里逼婚后，又向家中明确表示"要渡船，不要碾坊"，并有意在搭船时与翠翠聊天、谈心，但因总是得不到翠翠的回应，最后做出了离开家乡搭船到辰州（今湖南怀化市北部地区）的决定。与二老和大老的举动作比较，翠翠尽管清楚自己心中所属，却一直没有任何行动，始终如一地被动等待。当翠翠在睡梦中听着动听的歌声爬到高山上摘了一把虎耳草之后，翠翠便开始盼望着再次听到二老的歌声。可是等了一夜又一夜，二老始终没有再来唱歌。故事的结尾是翠翠一直在溪边等待着二老，然而二老何时回来她却不知道。由此可见，在翠翠与二老和大老的感情中，翠翠一直在被动等待。这一等待尽管展现了翠翠身上美好的自然天性，却也反映出了她把自己的未来全部寄托于对方身上、寄托于虚无命运上的可怜、可悲与可叹。

小说《萧萧》中的主人公萧萧尽管是湘西文学世界勤劳、淳朴、美丽的少女的化身，而她也是童养媳制度下的受害人。萧萧无法自由地选择自己的命运，由祖父母与伯父共同决定把她嫁给了只有 3 岁的丈夫。萧萧长大后受到花狗的引诱怀了孕，却仍然将希望寄托在花狗的身上，希望花狗带她到城里去。然而，花狗却自己逃跑了。萧萧被抓住后面临两个选择，沉塘或者发卖，而这两个选择同样交由别人决定，要卖给什么人家也由别人决定。最终，生下的儿子被留在家里，一样是由他人所决定的。萧萧不只是自身没有面对生活的自主权，还在儿子成长起来之后，也替儿子娶了个大好多岁的童养媳，令其他女性经历和她一样的痛苦。这种建立于自然天性上的愚昧无知导致湘西文学世界的人始终处在蒙昧与淳朴彼此交织的环境当中。

自然人性是第一位的，人们只有拥有了自然人性才能在此基础上追求理想的、健全的人性，而追求理想人性的第一步是唤醒自然人性。沈从文在小说《丈夫》中写到了湘西人自然人性的觉醒过程。在这一作品中，丈夫跟其他的乡下丈夫一样，为了挣钱，将妻子送至城里的花船之上，他自己也依照当地的规矩，在思念妻子时收拾好行李，就像出远门看望远房亲戚似的到城里的花船之上看望自己的妻子。刚见到妻子，丈夫尽管由于妻子的打扮稍有不适，但是听到妻子时刻挂念着家里便适应了，并且当有人上船时体现得极为知趣。但在船上的两天中，丈夫看到妻子十分娴熟地对待前来的各色人等，遭受着水保以及士兵的嘲弄与侮辱，其人性渐渐觉醒。这一觉醒的过程是十分痛苦的，丈夫面对自己和妻子的处境，没有激烈反抗，而是被击垮了。之前，只要看到妻子赚钱，丈夫就会十分高兴，然而当他觉醒后，看到妻子塞过来的钱不但一点儿也不开心，反而十分气愤，他明白这钱来自对他和妻子尊严的践踏以及对他们人性的侮辱。最后，觉醒之后的丈夫用乡下人独有的倔强开始了反抗，但这一反抗也是无声的，即将妻子带回了乡下。

小说《龙朱》是沈从文创作的一篇寻求理想人性的文学作品。龙朱作为白耳族的王子，身份高贵，相貌英俊，心地极其善良，没有做过任何虐待别人的事情，不管是对幼儿、长辈，还是女性、男性均谦卑有礼，仿佛一个完美的神。龙朱在不同的寨子当中均是榜样与名人。父母希望得到像他一样的儿子，女人渴望得到像他一样的丈夫。然而，正是因为龙朱的完美，没有一个女人敢于让龙朱做自己的爱人。龙朱参与了很多次对歌，协助众多小伙子追到了心爱的女孩，而他却一直是寂寞的。作品中的龙朱勇敢、诚实、高贵、有情，温和似绵羊，强壮似狮子，而正由于他十全十美得好似神一般，自然也失去了当作凡人的快乐。

文中写道："在龙朱面前，人人觉得极卑小，把男女之爱全抹杀，因此这族长的儿子，却仿佛永远无从爱女人了……然而所有龙朱的亲随，所有龙朱的奴仆，又正因为美，正因为与龙朱接近，如何的在一种沉醉狂欢中享受这些年青女人小嘴长臂的温柔！"①从这段话当中能够看出，龙朱本人由于过于完美没有女子与之相爱，相反龙朱身旁的奴仆，却由于接近龙朱而受到了女子们的欢迎，均找到了各自的爱人。小说最后的结局，龙朱喜欢上了黄牛寨寨主的女儿，并且故意做出怒斥矮小奴仆的样子，以体现出自己的不完美，才终于赢取了该寨寨主女儿的爱情。

沈从文意识到自然人性存在种种缺陷，并主张寻求一种对自己生命价值的深刻认知，同时保留自然天性的理想诉求，这也是沈从文理想人性追求的直接表现。

---

① 沈从文.沈从文的湘西世界：月下小景[M].长沙：岳麓书社，2013：54.

### 三、同情悲悯底层的民众

沈从文在他的文学作品当中大量描写了生活在社会底层的湘西民众，并且对他们展现出了一种人道主义的关怀，对其处境怀有悲悯与同情，进而展现出了其所提倡理想人格当中的人道主义思想。

在沈从文构建的湘西世界理想国中，其并没有一味表现湘西的美与善，而真实地反映出了湘西世界人们的生存状态，用大量悲悯的笔触描写了底层人民的艰辛与心酸。沈从文曾说："生活有些方面极其伟大，有些方面又极其平凡，性情有些方面极其美丽，有些方面又极其琐碎，我动手写他们时，为了使其更有人性，更近人情，自然便老老实实地写下去。"① 由此可见，沈从文是在如实地书写湘西世界的人性，并在此过程中一步步构建他的"人性小庙"。沈从文对水手这个人群极为重视。水手是湘西文学世界当中极其独特的存在。湘西地区山比较多，且为四省交界之处，山路上土匪很多，但沅水以及支流很多，所以乡民大多通过水路运货或出行。尤其是在运输大宗货物时，水路成了最重要的运输通道。水路的繁盛使水手这一职业兴盛起来。水手极为辛苦，不但吃得差、挣得少、工作环境差，而且工作中面临的危险多。

水手当中的大部分人一辈子都很难挣到娶媳妇的钱，一生孤苦，最后寂寞地死去。沈从文极为同情这一人群，并且对他们的情况展开了生动的描绘："我在心中打了一下算盘，掌舵的八分钱一天，拦头的一角三分一天，小伙计一分二厘一天。在这个数目下，不问天气如何，这些人莫不皆得从天明起始到天黑为止，做他应分做的事情。遇应当下水时，便即刻跳下水中去。遇应当到滩石上爬行时，也毫不推辞即刻前去。在能用气力时，这些人就毫不吝惜气力打发了每个日子，人老了，或大六月发痧下痢，躺在空船里或太阳下死掉了，一生也就算完事了。这条河中至少有十万个这样过日子的人。"② 从这里可以看出，沈从文对身处社会最底层的水手的生活状态是同情的。

在《黄昏》中，沈从文着重对监狱旁居住的穷人的生活状态进行了描绘。这里的人们生活得凄惨无比，孩子生下来后几乎在一种奇迹的状态下长大。大人们每天为了赚取一点儿口粮而挣扎，他们拼命工作，然而每天仍

① 沈从文.沈从文专集：边城 [M].长春：吉林美术出版社，2014：92.

② 沈从文.中国20世纪名家散文经典丛书：沈从文散文集 [M].西安：太白文艺出版社，2008：30.

然生活在贫困之中，难得吃一顿饱饭。妇女们艰辛一天之后，从菜市场路过时仅可以买一些下水、鱼的杂碎以及菜叶回去做饭给孩子们吃。孩子们天天生活在垃圾堆里，将观看杀头当作乐趣。在如此一幕一幕景象构成的图画当中，底层民众毫无希望且凄惨的生活景象被一点点展开。特别是被当作一个家族的未来的儿童，在杀人与污秽的环境当中度过，能够想象他们未来的生活在本质上与父辈们不会有根本性不同。沈从文在这篇文章中并没有高高在上地站在道德立场上对底层人物施以廉价的、无足轻重的眼泪或评判，而是通过努力还原生活的本质，展现了对底层人物的人道主义关怀，同时启迪人们对生活做出改变。

在作品《更夫阿韩》中，沈从文好像身临其境般地描写了更夫阿韩的生活现状，在对他报以人道主义同情之时，努力发掘出了他身上的人性光芒。

更夫阿韩虽然生活在社会的最底层，平日里的吃喝全部依靠所在小城中人家的捐赠，但他十分乐观，并凭借出众的德行受到了小城中人的尊重，赢得了一声"韩伯"的称号。更夫阿韩十分和气，每天到各家取点儿吃食度日，无论对方给多少钱或多少米，都会对人说"道谢，道谢"，而这声感谢也赢得了全城街坊的好感。更夫阿韩工作时十分尽责，对城中的街坊十分熟悉，谁家男人不在家、孩子又小，他必定留意，即使到了后半夜也会提醒人家关好门，以防贼人进去。更夫阿韩自身生活在最底层，但是每次见到街道上饿死的"叫花子"，总是一把泪水一把鼻涕地去到大户人家替"叫花子"募集棺材费用，尽管被大家嘲笑也不以为意。日常里，阿韩十分满足，也十分乐观。尤其是春节时，不拘到哪一家，都会送给他鱼、肉等吃食，让他过个丰足年。他永远为别人着想，打更街上发生的事，他都把责任归咎于自己。更夫阿韩尽管职业卑微，却比做包工的老赵、卖水的老杨等人富于同情心，他平和、慈善，并且极为乐观，所以赢得了大家的尊重。从该篇作品当中能够看出底层大众身上的人性光芒。

小说《厨子》描写了众多教授来到长江边上的一座校园之后，高教授前后请了很多厨师都不满意，最后请到一位曾经在部队充当伙夫的厨师时感到极为满意，于是请人来到家里吃饭。刚请来的厨子说要到市场买菜，结果却久久不曾回来，一直到夜晚点灯之时才回来。高教授与客人十分生气，于是审问厨子，问他到底去做了什么，为何此时方才回来。原来，厨子去了一位熟识的妓女二圆的家中，等了好久二圆才回家。之后，两人又遇到了邻居家的命案。二圆告诉厨子："这个月街里死了四个妇人，全不是一块钱以上的事情。"可见，在湘西文学世界当中，尽管民风淳朴，而身处社会底层的妓女不只是受到各种人的欺辱，或许是任何时候都在直面生命危险。厨师听说该事之后，为了照顾二圆，影响了为新主人家买菜烧菜。从中可以看出，身处底层的厨子拥有纯洁善良的心灵。故事的最后，两位教授听到厨子的讲述后，在震惊妓女悲惨的生活之余，被这位厨子与妓女之间炙热、真挚的感情感动，最终建议高教授不要辞退这位厨子。

除了湘西文学世界当中的底层劳动人民之外，沈从文还对都市中的底层民众的生活现状展开了描写。沈从文在对底层民众的生活现状进行描写时，经常借助都市文明和被都市文明异化的湘西文明之间的相互映衬，来展现社会底层小人物的人性道德观，如《道德与智慧》中教授的人性异化与丑恶以及底层人物杨妈心地善良的美好人性等。

总而言之，尽管底层民众的命运很悲惨，然而身处生活泥潭的他们却始终保持着人性的美好与纯洁。沈从文始终站在人道主义的立场，用温情关怀着底层劳动人民，彰显了沈从文对理想人性的向往与追求。

# 第二节  沈从文小说中的女性言说

## 一、爱与美兼具的少女

神圣自然的少女形象是沈从文构建的湘西世界中最令人印象深刻的形象，也是沈从文着意塑造的人物形象。

### （一）少女形象的特征

沈从文的作品中所刻画的少女形象在外貌、年龄、生长地域、亲属关系以及性格等方面都具有极大的同一性。她们均生活在湘西区域，年龄大多在15～18岁之间，且性格与形象极其相像，都有着黑而亮的小动物一样的清澈眼睛，留着长长的大辫子，有着尖尖的下巴，乖巧天真，还聪明伶俐。但在家庭方面，她们基本上都是孤女，父母在她们的成长当中处于缺席状态。

这些神圣自然的少女形象包括作品《边城》中的翠翠、《长河》中的夭夭、《三三》中的三三、《萧萧》中的萧萧、《阿黑小史》中的阿黑、《阙名故事》中的阿巧以及《巧秀和冬生》中的巧秀等。这些少女的形象具有以下几个典型特点。

其一，以上少女都生长于湘西境内。沈从文在创作时，通常会在作品开篇处说明故事发生的具体地点。例如，小说《边城》中指明了故事发生在湘西一个名叫茶峒的小山城中；小说《长河》当中指明故事发生的地点是沅水的上游支流辰河流域；作品《阿黑小史》当中运用隐晦的地理环境指出故事发生的位置在湘西；作品《阙名故事》中的故事发生在湘西辰州地区；小说《三三》中所涉及的自然和人文风景与沈从文《湘行散记》中的内容如出一辙，因此也属于湘西地区。

其二，文中少女的年龄界限相当集中，大部分在 15～18 岁。文中少女大部分处于懵懂的青春期，对爱情极为向往，十分渴望拥有一份美好的爱情。沈从文也正是通过对这些少女形象的刻画体现了湘西世界中纯美无瑕的爱情。小说《边城》中二老与翠翠从相识到相知，再到彼此爱慕，经历了诸多磨难，但二人仍旧对纯粹的爱情充满期待，为沈从文笔下湘西文学世界当中纯洁爱情的典范。

小说《萧萧》中主人公萧萧 12 岁成为童养媳，懵懵懂懂中对家里的长工花狗产生了爱情，虽然花狗是一个不负责任、勾引别人媳妇的负心男人，但是对于萧萧来说，这份在情窦初开时恰好到来的爱情并非她的过错，而萧萧也成了湘西世界中一个在乡村仍然保持着纯洁心灵的少女。小说《阿黑小史》中，阿黑在花样年华与五明互生情愫，并在下雨之后的山坡上约会，大胆恋爱。此外，小说《长河》当中的少女夭夭在相爱时正处在 15 岁的花季；小说《三三》当中的主人公三三在 15 周岁时偶遇了令她难忘的人；作品《巧秀和冬生》当中的冬生与少女巧秀互生好感的年龄是在 17 岁。

其三，沈从文笔下少女的相貌和性格具有一定的相似性。沈从文在塑造湘西少女的形象时，赋予了她们相似的特征，即都有着黑黑的皮肤、尖尖的下巴、清明如水晶的眼眸，而且都有着长长的黑发。此外，这些少女大多具有青春美少女共有的特点，善良、机灵，在面对心爱的人或者陌生人时，却又表现得极为沉默矜持、腼腆羞涩，既十分能干又纯真可爱。以《边城》中的翠翠为例，翠翠平日里十分机灵、勤劳，每当有人过渡时，都会抢在爷爷前面去撑船，让年老的爷爷休息。当看到陌生人时，她则会露出小动物一样机警的眼神，明白来人无害后又会开心地玩耍。随着年龄越来越大，翠翠开始产生隐秘的心事，尤其是面对心爱的二老时，她会表现出羞涩的一面。同时，当听人谈论起二老的婚事以及碾坊陪嫁时，翠翠则会莫名地生气。此时的翠翠清晰地明白自己与团总女儿间的巨大差距，身为撑渡船人的孙女，她没有嫁妆，在物质方面远不如王团总的女儿，由于真心喜欢着二老但不愿让其感觉自己是攀附对方以及自身的自卑心理，所以当面对二老的时候，翠翠又展现出了要强的一面。

总而言之，沈从文作品中所塑造的湘西少女形象是沈从文构建的湘西世界中的美好人性的象征，也是沈从文构建的湘西世界中爱与美的象征。

### （二）少女形象人性之美的体现

沈从文作品中的每一位湘西少女都正当妙龄，从人生经验来看，她们还未受到世俗的污染，做人、做事均从最本真的角度出发，且其做事的目的也十分纯洁，还没有沾染这个世界上的恶习，更没有受到现代文明的侵染。此外，文中少女不但有着健康、大自然般的美丽外表，而且有着中国古典女性的善良与温柔，彰显出了一种健康且自然、纯粹的人性。她们是湘西文学世界当中传统人性的典型代表，拥有美好的真爱与人性，且从容接受生命赐予的一切。这些少女身上的美好品质也寄托着沈从文改造社会和美化人性的理想，带有极为深刻的现实寓意。沈从文笔下的少女形象是沈从文构建的湘西理想国中的主要人物，她们身上凝聚着丰富的内涵，是沈从文笔下美好人性的主要体现。湘西少女形象的人性美、人情美、自然美主要通过以下几个方面表现出来。

其一，湘西少女是沈从文所构建湘西理想国中人性美的象征。湘西少女形象的人性美表现为少女的天真与纯洁。湘西少女生活中因为有父辈或祖辈依靠，对生活压力没有太大的感触，所以即使将迈入爱情或婚姻，但是依然保持着天真孩童气质，还未形成真正的成人那样对物质利害得失的关切与计较，任何喜好或厌恶都出自天性。所以，这一阶段，她们的心灵像她们的眼睛一样清澈，又像钻石一样纯洁无瑕、晶莹剔透，所有喜好都来自内心单纯且没有掺杂任何利己的思想，这促使文学作品当中湘西少女的所作所为展现出了一种极为天然的人性美。

其二，湘西少女是沈从文构建的湘西理想国中人情美的象征。湘西少女正处于渴望爱情以及渴望与异性接触的年龄，她们的爱情不是出于功利目的，而是出于一种纯粹的发自内心的喜欢，丝毫没有矫揉造作和虚伪成分，而且可以为了爱情忽视其他一切现实的、功利性的因素。比如，在小说《边城》中，翠翠青春懵懂时，因为一次偶遇而对二老产生了情愫。在那以后，其又由于二老的主动示爱而更加喜爱他。所以，大老派媒人前去提亲时，翠翠最初极为激动与羞涩，但是当听明白提亲的是大老而不是二老之后，瞬间便不再欢喜。故事的结尾，在经历了无数起伏后，翠翠对二老的纯洁的爱情仍然没有改变，且执着地在家乡等待二老的归来，所以她成了湘西世界中象征人情美的典范。

其三，湘西世界中的少女是沈从文构建的湘西理想国中自然美的典型代表。湘西世界中的少女正处于花季，她们生长在自然间，并没有受到现代文明的侵蚀，所言所行大部分与她们所成长的自然环境彼此映衬，是湘西文学世界中和谐美的典型代表。在湘西世界中，少女的名字与外貌可反映出自然美。翠翠、夭夭、阿黑等名字并不出奇，却体现了一种自然之美。比如，夭夭成长于辰河岸边的橘园当中，和橘园的繁荣景象相对应，寓意着丰收季节的到来；翠翠的名字来自她所生长的小河两岸翠绿的竹林与树木，代表着翠翠身上积极向上的生命活力；阿黑名字的来源则是她黝黑的皮肤，而这种皮肤也是湘西少女共同的肤色。沈从文不将女孩皮肤白皙视作美的象征，反而认为在大自然下晒着阳光而形成的皮肤才是健康且自然的。

综上所述，湘西少女是沈从文作品中善良与美丽的象征，是湘西世界人性美、人情美和自然美的集中体现。

## 二、大胆逐爱的世俗女性

爱情是文学作品永恒的主题，也是沈从文作品中的主要主题之一。沈从文笔下的许多女性形象都散发着原始的生命力，她们勇敢地追求爱情，为了爱情奋不顾身。这些女性形象不仅体现出了人类的自然情欲，还体现出了湘西女性为爱情敢于付出一切的决心。

### （一）为爱情奋不顾身的世俗女性形象

在沈从文所构建的湘西文学世界当中，女性特别是少数民族女性大部分活泼、美丽，不受封建制度的束缚，勇于追寻爱情，并且愿意为了爱情付出巨大代价。

例如，小说《夫妇》讲述了一对新婚夫妇在前往妻子娘家时，途中路过某村，两人看到大自然美景后产生了冲动，不顾白天就开始在野外宣泄情欲，但是却被本村的人发现并抓住了，最后"城里人"为其开脱，才最终使他们被村民释放的故事。在这一小说中，新婚夫妇做出此种在他人看来惊世震俗的举动的原因是气氛太好，空气当中充满鸟雀的叫声、天然的香气等令人心动的因素，因此他们产生了冲动。面对村人愤怒的诘问，这位新婚的妻子虽然感到害怕，但这种害怕是出于惶恐，并非对自己的行为产生了歉疚的心理。由此可见，这位新婚的妻子没有受到传统封建礼教的深刻影响，而充满了一种自然的野性。

作品《媚金·豹子·与那羊》中，豹子与媚金在一场歌会上相识，二人在情歌对唱中暗生情愫，并且约定当天晚上到宝石洞里成亲。媚金满怀激动心情乔装打扮自己，并且用心地布置了成婚场地，在忐忑不安之中等待着爱人的到来。

然而，等待的时间越久，她的心越凉，眼看东方即将发白，她却仍然没有等来自己的爱人。媚金以为自己受骗了，自己纯洁的爱情遭到了背叛与戏耍，想到这一点后，她拿起刀毅然决然地捅进了自己的胸膛。对于媚金而言，爱情便意味着所有，如果失去了比生命更珍贵的爱情，媚金宁愿结束自己的生命。之后，媚金的爱人豹子看到媚金的举动也随之殉情自杀。在这篇文章中，沈从文以外人的口吻来讲述这件事情。媚金与豹子的爱情故事被人口口相传，反映了沈从文对媚金这种为了爱情奋不顾身的行为的肯定。

《阿黑小史》作品当中的少女阿黑爱上五明之后，便开始和五明自然地相处，二人的相爱、相恋、相识汇聚了青年人恋爱时应当具有的一切想象。阿黑生病时，五明寸步不离地守候着她，这种守候和爱护使阿黑对自己的爱情更加坚定，愿意为了爱情付出任何努力。两人在欲望驱使下不顾一切地相爱，而且他们纯洁的爱情在当地人的眼中并不是秘密，但两人仍然享受爱情带来的隐秘与期待感。两人缔结婚约后，建立在美好爱情基础上的婚姻似乎唾手可得。但是，故事的结局是阿黑突然离世，五明在深受打击之后变成了癫子，油坊再也无人打理，就仿佛他们曾经的爱情一般。尽管结局无奈且凄凉，然而能够想象在这之前阿黑为爱情付出了所有，也正是由于曾经得到过毫无保留的爱，五明才会在失去阿黑后伤心欲绝，从而变成癫子。

除了以上几部作品外，小说《雨后》中的女子在情欲冲动下的所作所为也充满了原始野性的生命力，小说《神巫之爱》中的花帕族女性对神巫的爱恋之情表现出了世俗女性对爱情的大胆追求与热情。

### （二）世俗女性形象的人性表达

沈从文文学作品当中的女性形象大部分都性格奔放且年轻，她们没有受到传统礼教的束缚，而是选择遵循自然法则自由恋爱。这一自由不受到任何束缚的行为正好顺应人性的自然规律，所以属于一种宣扬人性的形式。

在小说《旅店》中沈从文塑造了一个鲜活的苗族女性形象黑猫。黑猫是一个20多岁的年轻妇女，她和丈夫合开了一家小小的旅店，由于皮肤略黑，为人飒爽大方，说话风趣逗人，因此被丈夫称为黑猫。然而，丈夫在为黑猫取了这个名字后不久就去世了。黑猫是一个极为有热情的妇人，精明且自尊心强烈。丈夫离世之后，她并没有选择再嫁，而选择独自一人经营旅舍。丈夫离世三年以来，不管是擅长歌唱的布依族男子，还是相貌英俊的白耳族男子，抑或是挥金如土的烟商、富贵的土司都没能吸引黑猫。

她辛勤且专心地打理着旅店，成了出名的规矩妇人。黑猫虽然雇用了一个年老的驼子做帮手，但是仍然事事亲力亲为。每天天刚亮，黑猫就起身去给客人烧热水，并给客人烫酒，然后去挑水，一直将水缸挑满，除此之外，还要算账等。总而言之，主人公自从丈夫离世之后，就无比辛勤地过着每一天。但是，有一次当四个常驻旅舍的客人到来时，平时矜持的黑猫被突如而至的情感欲望所困，于是当四个客人中一个大鼻子客人壮着胆子摸了一下黑猫的腰时，黑猫并没有表示出任何反抗。当黑猫外出到井边担水时，大鼻子客人也借故走了出去。小说中并没有对两人外出后的事情进行描述，而是以两人相继迟归和黑猫突然为客人做了鸡蛋、蜂糖，以及客人走后黑猫没有像往常一样回去补觉，而是痴立在门边片刻等行为进行暗示，表明在这个起雾的清晨两人做了一场露水夫妻。十月怀胎后，黑猫生下了一个女儿。在他人的误解中，驼子真的做了黑猫女儿的父亲，顺理成章地成了黑猫的丈夫。在这一故事当中，黑猫作为一个寡妇勾引有家室的大鼻子男人，这点在封建社会是不被接受的。但是，黑猫是一个20多岁的年轻女性，她有着身为人的正常欲望，所以跟客人发生的事情可以说是她找回人性、突破藩篱的象征。

除了《旅店》外，《雨后》《采蕨》等小说中均展现出了这种"不悖乎人性"的生命跃动场景。在沈从文看来，情欲是人类的一种自然本真的情感，这种情感是神圣的，也是不可抑制的，这种自然人性的欲望具有神性的光辉。这种发生在湘西世界中的自然纯净的爱欲与都市中矫揉造作的、功利的、虚假无聊的两性关系相比，具有一种自然舒展、张扬人性的美。

## 三、勤劳坚定的母亲

沈从文在湘西文学世界当中塑造了大量辛勤劳动的妇女形象，她们生活在湘西世界的不同角落，在绿水青山中做着推磨碾米、养鸭喂猪、渍麻纺纱、挑水种菜等工作，是湘西文学世界当中辛勤形象的典型代表。

### （一）勤劳的母亲形象

作品《菜园》中玉家菜园主人公玉太太便是一位中国传统母亲形象。沈从文在介绍这个菜园的女主人玉太太时，用了一段话说明玉太太的聪明与勤劳："主人玉太太，年纪五十岁，年青时节应当是美人，所以到老来还可以从余剩风姿想见一二。这太太有一个儿子是白脸长身的好少年，年纪二十一，在家中读过书，认字知礼，还有点世家风范。虽本地新兴绅士阶级，因切齿过去旗人的行为，极看不起旗人，如今又是卖菜佣儿子，很少同这家少主人来往。但这人家的儿子，总仍然有和平常菜贩儿子两样处。虽在当地得不到人亲近，却依然相当受人尊敬。玉家菜园园地发展后，母子俩双手已不大济事，因此另雇得有人。主人设计每到秋深便令长工在园中挖窖，冬天来雪后白菜全入窖。从此一年四季，城中人都有大白菜吃。菜园廿亩地，除了白菜也还种了不少其他菜蔬，善于经营的主人，使本城人一年任何时节都可得到极新鲜的蔬菜，特别是几种难得的蔬菜。也便因此，收入数目不小，十年来，渐渐成为小康之家了。"①

从该段描写当中能够看得出，玉家的老太爷是旗人，辛亥革命爆发之后，清王朝被推翻，旗人贵族也到处流浪，并且大多数都生活得贫穷窘迫。老太爷去世后，玉太太的丈夫也随之消失，仅留下一个 4 岁的儿子和玉太太。然而，玉太太和儿子相依为命，孤苦为依，凭借本地少有的、稀奇的大白菜种子为生，靠着勤劳打造了本地小城中闻名的菜园。玉太太和儿子一起动手种菜卖菜，小有所得后即雇人耕种，且因为勤劳以及保管得当，使全城人一年四季都吃上了新鲜蔬菜。此外，玉太太还擅于把白菜的不同部位做成风味各异的吃食，既可以勤俭持家，又可以勤劳致富，所以在短短的十年时间里，玉家便成了当地有名的小康之家。

除了《菜园》外，《泥涂》《一个女人》等作品中也塑造了令人印象极为深刻的母亲形象。《一个女人》中主人公三翠的身世十分可怜，她是一个童养媳，从小学做事，家务活样样拿手。三翠的丈夫苗子却比她大 5 岁，最初三翠的生活还比较美满，15 岁便生了儿子。作为家里仅有的女主人，三翠每天都很辛勤地劳动，虽然很辛苦，但是却无比快乐。然而，到三翠 18 岁时，公公死了，丈夫当兵走了，之后，二爹死了，干妈瘫痪无人照顾，三翠就带着儿子与干妈住在一起，细心照顾干妈。虽然生活的不幸带给了她打击，但是三翠依然乐观而又善良，她直面生活的苦痛，辛勤工作，并一人将儿子养大，帮他娶了媳妇。三翠 30 岁时，终于抱上了孙子。在这一故事当中，三翠便是那个时期中国平凡母亲的典型代表。

①　沈从文．沈从文专集：边城 [M]．长春：吉林美术出版社，2014：92.

### （二）勤劳的母亲形象的人性美体现

沈从文描写的母亲形象体现出了湘西当地女性的坚强与坚韧，以及她们面对生活带来的重压与不幸，勇敢与之进行抗争的精神。这些妇女在现实生活当中是不幸的，她们要么丧父或家道中落，独自一个人用双手撑起一家人的生活；要么童年时因家庭贫困而不得不到别人家做童养媳，一面从事繁重的工作，一面长大。作者在描写这些母亲的遭遇时并没有一味地突出她们的苦难，而是从她们的处境去表现其身上顽强的生命力，并从不同角度体现出这些女性的人性美，欣赏这些女性的人性美，进而给予她们充分的尊重。

比如，作品《萧萧》当中的萧萧因为从小母亲去世，家庭条件极为艰苦，不得不嫁给他人做童养媳。当地女子结婚时的习俗是要哭嫁，用来表达姑娘离开母亲时难舍难分的心情，但是萧萧连实现哭嫁的机会也没有。到了婆家后，丈夫还只是一个穿开裆裤的小孩子，萧萧每天除了完成既定的家务之外，还要带着丈夫玩。然而，萧萧的身上具有一种反抗精神，当花狗对她唱情歌时，萧萧朦胧的性意识开始觉醒。面对花狗的引诱，萧萧在朦胧的觉醒中，开始反抗自己的命运，并顺从了自己的欲望。当发现自己怀孕后，萧萧勇敢地邀约花狗一起出逃，她对出逃后的命运充满信心。然而，胆小的花狗得知此事后抛下萧萧独自一人逃跑了。萧萧眼见生活无望，就采取了各种堕胎的土办法，喝冷水、持续不停地跳动等。萧萧怀孕之事被家里的丈夫得知后，面对将要被卖的命运，萧萧依旧平静。最后，萧萧产下一子后，继续她原本平静的生活。在她看来，没有必要因为花狗与她之间的事情而感到羞愧，而应该选择从容地做好一个母亲与妻子。在这一文学作品当中，笔者用萧萧的抵抗来展现湘西地区母亲身上所体现的人性美。

《菜园》中的女主人玉家太太和儿子在陌生的小城里相依为命，又因为身为旗人而备受小城中新旧绅士的冷落，但玉家太太在这种不幸中凭借着勤奋，以来自北京的大白菜种子，经营了一片轰动全城的菜园。玉家太太的勤劳中从不缺少开明，在小城当中成了独树一帜的存在。北京对她而言是一个伤心地，作为旗人其在北京生活时家境殷实，但是清王朝被推翻之后，曾经的旗人大都流散四方，过着贫困的生活。当儿子长大后，求亲的媒人踏破了玉家的门槛，但谁也无法说服和打动玉太太。当儿子说出想去北京后，玉家太太是不情愿的，但她仍然尊重儿子的想法，让儿子走出小城，到外面的世界增长知识。借助读儿子寄过来的新书报，玉家太太接受了很多新思想。当儿子领着媳妇回来之后，儿媳喜欢菊花，玉家太太便和媳妇、儿子一同在菜园中种了很多菊花。儿子、媳妇被匆忙带走处以死刑后，玉家太太在备受打击之下病倒了，病好后却种了更多的菊花以示对儿子和儿媳的纪念，将玉家菜园变成了有名的玉家花园。但是，玉家花园最后却沦为了小城新旧绅士相约消遣喝酒的地方，面对世间的不公，玉家太太最终选择了自尽来进行对抗。

在这部小说中，玉家太太作为一个有知识、开明的母亲，最初面对生活中的不幸，通过一颗小小的白菜种子来反抗命运的不公。在儿子和儿媳被处死后，她用种菊花来反抗时局和命运。由于儿子和儿媳是共产党，他们死后被随意地葬在土坑里，做母亲的只能默默用他们喜欢的东西来纪念他们；当玉家花园成为城中绅士随意进出的赏花之所后，面对这种违背了她初衷的结局，玉家太太毅然用自杀作为对命运的反抗，这些都表现了她的人性美。

## 四、命运多舛的妓女

妓女是中国特定时代的产物，沦为妓女的人均是生活中贫困或不幸的人，她们生活在社会的最底层，在精神与物质方面遭受了双重蹂躏。但是，沈从文小说中的妓女形象也有一种独特的人情美与人性美。

### （一）社会底层的妓女形象

沈从文多部作品中都出现了妓女的身影，妓女是湘西世界中一类特殊的女子，她们没有自由，在人格上依附于他人，但她们又和湘西所有女子一样，敢爱敢恨、热情如火、即使身处泥淖、生活不能自主，依然不放弃对爱情的渴望。她们就像所有的女性那样怀揣着一份对于爱情的痴情与赤诚，在艰苦中坚守着人性的尊严。沈从文在《柏子》《边城》《厨子》《丈夫》等文学作品中都刻画了妓女的形象。

沈从文曾经在《边城》中几次刻画妓女的形象，并在讲述小城中的风俗时，使用大段的文字对本地妓女展开评价："由于边地的风俗淳朴，便是作妓女，也永远那么浑厚，遇不相熟的人，做生意时得先交钱，再关门撒野，人既相熟后，钱便在可有可无之间了。妓女多靠四川商人维持生活，但恩情所结，则多在水手方面。感情好的，互相咬着嘴唇咬着颈脖发了誓，约好了'分手后各人皆不许胡闹'，四十天或五十天，在船上浮着的那一个，同留在岸上的这一个，便皆呆着打发这一堆日子，尽把自己的心紧紧缚定远远的一个人。尤其是妇人感情真挚，痴到无可形容，男子过了约定时间不回来，做梦时，就总常常梦到船拢了岸，一个人摇摇荡荡地从船跳板到了岸上，直向身边跑来。或日中有了疑心，则梦里必见男子在桅上向另一方向唱歌，却不理会自己。性格弱一点儿的，接着就在梦里投河吞鸦片烟，性格强一点儿的便手执菜刀，直向那水手奔去。她们的生活虽同一般社会疏远，但是眼泪与欢乐，在一种爱憎得失间，揉进了这些人生活里时，也便同另外一片土地另外一些年轻生命相似，全身心地为那点爱憎所浸透，见寒作热，忘了一切。若有多少不同处，不过是这些人更真切一点，也更近于糊涂一点罢了。短期的包定，长期的嫁娶，一时间的关门，这些关于一个女人身体上的交易，由于民情的淳朴，身当其事的不觉得如何下流可耻，旁观者也就从不用读书人的观念，加以指摘与轻视。这些人既重义轻利，又能守信自约，即便是娼妓，也常常较之讲道德知羞耻的城市中人还更可信任。"① 从此段文字中能够看出，沈从文在内心最深处对湘西妓女持有尊重的态度。作品《边城》中还讲述了一个水手与妓女的爱情故事，翠翠在第一次看到二老的端午节上等着祖父接她回家的时候，听到船上的两名水手谈论着吊脚楼上的妓女，原来楼上妓女是当中一名水手的相好，当水手做出一个两人间约定的口哨之后，楼上琴声便即刻停止了。可见，妓女虽被迫为了生存出卖身体，但依旧深爱着楼下的水手。沈从文笔下所刻画的妓女大多是这类守信、重义、痴情的女子形象。

### （二）妓女形象体现出的人性美和人情美

沈从文笔下的妓女身上透着人性中最本真的自然和天真，这些女性因为各种各样的理由沦落为娼妓，然而她们的心中仍然保留着一份纯真。比如，《边城》中翠翠听到水手谈论的妓女，因为父亲被人杀死，为了生活被迫沦为娼妓；《丈夫》作品中的妻子沦为娼妓，却是在丈夫支持下为改变家境做出的抉择。这些女性的身世虽然悲惨，但是沈从文在塑造这类女性的形象时刻意淡化了她们身世的悲苦以及身处最底层的出卖肉体的痛苦，着重表现这些女性精神上的富有，从这个层面与视角表现出了湘西妓女的人性美与人情美。

小说《柏子》中重点描写了主人公到吊脚楼上与妓女相会的画面，作品中把妓女称作"妇人"。主人公拖着满是泥土的双腿刚走到妓女门前，妓女立刻便开门扑了过去，一边用粗俗的语言埋怨柏子，一边用力与柏子亲热，但是这种埋怨中带着的却是深深的牵挂。从妇人望着柏子的神情以及妇人与

---

① 沈从文.沈从文专集：边城[M].长春：吉林美术出版社，2014：88.

柏子的对话中可以看出，妇人对柏子自始至终怀着一份真挚的情感。而柏子对待妇人也十分痴情，即便下着小雨，滩头上滑溜溜的几乎难以立足，他也情愿一步步踩着深深的烂泥走上岸去，以免延误时间，让妇人担心与牵挂，两人之间的交易虽然也与金钱有关，但更多的是一种不受任何道德和礼法约束的自由的爱情。这份感情是社会底层人们之间的彼此慰藉，促使他们即使一两个月仅见一次，也能在苦难的日子中彼此牵挂，且由于这份牵挂，彼此苦难的日子似乎也有了盼头，盼着分离后的再一次重聚，进而展现出了世俗夫妻之间的人情美和人性美。

小说《一个多情水手与一个多情妇人》中讲述了一个水手和吊脚楼上一个妓女痴情相恋的故事。水手与吊脚楼上的妇人相会时相互叮嘱，难舍难分，直到留在船上的水手扯着嗓子再三催促，多情水手才一步三回头地从吊脚楼上下来。楼上的妇人则将自己一颗颗挑选又用鞋底一点点将外皮揉掉晒好的核桃送给水手补身体。多情水手在用一捧核桃与客人换了不常见到的大苹果后，立刻又返回吊脚楼上给妓女送去。二人临别时仍依依不舍地约了下一次再相见的时间。从这二人的交往中，痴情的人性美与湘西妓女的多情也体现得淋漓尽致。

## 五、物欲浮沉的都市女性

与湘西世界中那群灵动得犹如天使、勤劳而善良的女性形象不同，沈从文笔下塑造的都市女性形象则表现出人性异化和丑恶的一面。

### （一）都市女性形象

若说湘西文学世界是沈从文构建的理想国，那么都市便是他全力逃避的地区。沈从文从湘西来到都市之后发现，都市里的人们生活节奏很快，每个人都很忙碌，但是这份忙碌多源于功利目的，并且那里的人因为生活压力巨大，长期缺乏体育锻炼，大部分人面色不太健康，神经极其敏感，面对生活是一种麻木的状态。都市人的这种生活状态与湘西世界中健康自然、具有旺盛的原始生命力的状态正好相反。此外，由于都市人受到商品经济的影响，人与人之间的关系也不像湘西世界中那样纯洁无瑕，而在商品经济和功利思维的影响下变得十分复杂。沈从文曾明确地表示自己是一个"乡下人"，从中表现出了对都市人身份的不认同。

沈从文笔下的湘西本地女性身上展现了女性所有的美好品质，沈从文甚至刻画了女神般纯洁天真的女性形象。从人性的视角来看，沈从文创作的都市女性形象能分成两大类型：一种类型是受到高等教育的都市新女性形象；另一种则是都市上流社会的女性形象。

首先，都市上流社会女性形象。沈从文早期创作的一篇文章《绅士的太太》即以都市女性为主人公。沈从文在这篇文章中所塑造的都市上流社会女性形象并不是都市中的个别群体，而是具有普遍性，从中也可看出沈从文对都市上流社会女性发自肺腑的蔑视。《绅士的太太》中描写的三位女性角色，两位是西城绅士的二姨太和三姨太，另一位则是东城绅士太太。东城的绅士太太尽管外表看上去很青春年少，仿如纯洁的少女，然而她的生活极其糜烂与庸俗，每天在走巷串门、打骂下人、打牌中度过，生活毫无目标。当她发现丈夫偷情后并不以为意，反而将其作为向丈夫索取钱财的机会，用丰富的物质来填补空虚的心灵，最后竟然与西城绅士的大少爷通奸并生下了私生子。西城绅士的二姨太嫁人后，因为丈夫性无能，为宣泄情欲与一个和尚私通，被发现后还理直气壮地为自己辩解。西城绅士的三姨太原为都市中的高级妓女，与湘西底层世界中有情有义的妓女不同，其为了获得物质上的享受嫁给西城绅士，之后又与西城绅士的大少爷通奸，最后与东城绅士相互勾搭。在这一作品中，上流社会大部分太太平时总是显得很清高，其实过着醉生梦死、虚情假意的生活。她们眼中的爱情和湘西文学世界中的爱情有区别，是建立在物质、金钱之上的欲望异化，彰显出了上流社会太太们纯净面孔之下肮脏的灵魂。

其次，都市新女性形象。除了上流社会中戴着虚伪面具的太太外，沈从文还塑造了另一类都市女性形象，即努力寻找美好人性的都市新女性。沈从文的作品《都市一妇人》中讲述了一位都市女性，她出身于北京的上层贵族人家，思想独立，敢作敢为。年少时，她爱上了一位青年科长，但是他们的爱情却没有得到家长的认可，这为二人的爱情留下了隐患。在某次争执当中，青年科长离她而去。妇人获得了养父的原谅之后，对养父一位本来就有家室的朋友动了心，为了她的爱情，她愿意嫁给养父的这位朋友做姨太太，但是养父的这位朋友却由于舞弊案被刺死。那人死后，妇人终于意识到女性在现实中只能随波逐流，然而妇人不愿命运被他人左右，毅然决定要对男人进行报复。于是，她成了上海著名的交际花，然而这次疯狂的报复行动却给她带来了一场大病。病愈后，妇人又牵涉进一桩命案。审核案件的主审官出于同情，收她做了外室。然而，刚刚平静地过了两年，那位主审官也不幸死去了。后来，妇人来到老兵俱乐部认识了一位年轻军官，并和他恋爱。但是，这时妇人的青春已走到尾声，青年军官却风华正茂，妇人担心又被抛弃，于是便狠心毒瞎了军官的眼睛。之后，妇人出于愧疚带着军官四处走访名医、医治眼睛，故事的最后两人双双丧命于一场轮船事故。在这个故事中，妇人为爱情奋不顾身的行为并没有给自己带来幸福，反而引发了人生的一系列不幸。但是，妇人面对如此命运却始终敢于与之抵抗，而这种敢于和命运进行斗争、敢爱敢恨的精神展现出了其作为都市新女性特有的活力与精神。

### （二）都市女性形象所表现出的人性异化

都市女性形象所表现出的人性是一种不同于湘西世界中美好人性的人性异化。作品《绅士的太太》中，东城绅士太太尽管物质条件极为优越，然而她并不知足，会通过耍手段从东城绅士手里骗取大量钱财。但她和西城大少爷间的私通无关崇拜，也无关爱情，只是单纯地因为她垂涎大少爷的美色。西城绅士的二姨太口口声声自由和权利，却一边留恋西城绅士丰富的物质生活，一边出于情欲而与一个和尚通奸。西城绅士的三姨太不仅罔顾人伦与西城绅士的大少爷通奸，还不顾朋友情谊与东城绅士勾搭在一起。从都市中绅士太太复杂而又混乱的关系中可以看出，她们的价值观是扭曲的，她们的所作所为反映出的不是人性之美，而是人性的丑恶和异化。

作品《都市一妇人》中的妇人为了与自己的命运抗争，一次次反抗，又一次次沉沦。最终，为了不让自己再次陷入不幸，她毒瞎了心爱之人的眼睛，而这一行为所体现出的也是极端的利己思想，是人性的异化。

## 第三节 沈从文小说中的男性言说

### 一、恣意的"弄潮儿"

沈从文构建的湘西世界中充满野性的男性形象以水手为代表。如果说在湘西世界中水是精华，那么在水上讨生活的水手就是这个世界中最为恣意的"弄潮儿"。水手是湘西世界里最能体现湘西世界活力和原始生命力的群体。

沈从文在年轻时期喜欢到码头和河街上玩耍，喜欢观察水手的生活，也曾经在搭乘客船或货船时近距离地观察过水手。水手也是他作品中出现次数较多的人物。水手是生活在社会最底层的劳动者，正如沈从文在散文集《湘行散记》中所写的："他们是纯粹的廉价劳动力，经济收入十分微薄，雇主包一次船是十五块，而船上掌舵的老水手才八分钱一天，拦头的大伙计才一角三分一天，小水手才一分二厘一天；劳动强度大，劳动时间极长，在薪水恒定的情况下，不管天气多么恶劣，他们必须从天明工作到天黑；生命十分脆弱，随时都有死亡的可能：遇到下行急水与滩石上爬时，他们必须立刻跳入水中护船……生活水平十分低下，他们吃的主要是没有维生素的酸菜和滋生着细菌的臭牛肉，健康的生命在一天天地腐烂；生活内容也异常单调乏味，成天面对的就是熟悉又冷漠的河道、河滩、深潭、码头等。他们会讨生活……所需要的只是生活，而对于生命没有特殊的理解和追求，不知道生命的特殊意义。当生命走到终点时，便毫无意义地躺下结束。"① 从这一描写能够看出，水手的生活环境极为恶劣，尽管所从事的工作既艰辛又充满危险，然而他们所得到的报酬极为有限。水手不仅生活待遇差，还生活得乏味又单调，但他们并没有抱怨人生，而是充满了生活的活力与激情。沈从文作品中水手的原始活力具体表现在如下几个方面。

首先，水手是命运的搏击者。水手是靠力气吃饭的底层人民，他们的工作环境十分恶劣，常年漂荡在海上，他们往往身体健壮、身手敏捷，船只遇到险滩或礁石时，紧张地行船，当船只被卡住后，无论冬天还是夏天，不管水深还是水浅，也不管水流是急抑或缓，他们都要义无反顾地跳进水中，用尽全身力气让船只脱离险境。这种恶劣的环境促使水手养成了极其彪悍的性格，对待糟糕环境通常用脱口而出的打骂以及坚强的意志当作对生活的反抗，且只要是为了生存，他们能够克服一切困难，面对一切险境都能与命运搏击。比如，《辰河小船上的水手》当中出现的水手大部分健壮而健康。他们坚信自己做水手是注定的，既然这样，他们便把自己的命运与水中的那一叶小舟串联起来，用过人的水技和手中的长篙与命运抗衡。他们在沅江的险滩和乱石中与命运相抗衡，在大风大浪里笑看生死，即便吃着酸菜和臭牛肉也能谈笑风生，在嬉笑怒骂中纵情欢唱。除此之外，水手与命运的搏击还体现在许多方面。比如，《一个多情水手与一个多情妇人》中，作者写到小船开到辰河多滩的水路时，详细地描绘了水路的险境，一个长潭过后，紧接着是无数的小滩、大滩，但在冬天河水回落之后，雪后没有风的天气中，小船即便沿着浅水走也极为费事。然而，在这样恶劣的环境下，水手一面相互咒骂着野话，一面与乱石与激流搏斗。"船上滩时浪头俨然只想把船上人攫走。水流太急，故常常眼看已到了滩头，过了最紧要处，但在抽篙换篙之际，忽

---

① 沈从文.沈从文作品新编[M].北京：人民文学出版社，2011：250.

然又会为急流冲下。河水又大又深，大浪头拍岸时常如一个小山，但它总使人觉得十分温和。河水可同一股火，太热情了一点，时时刻刻皆想把人擭走，且仿佛完全只凭自己意见做去。但古怪的是这些弄船人，他们逃避激流同漩水的方法十分巧妙。他们得靠水为生，明白水，比一般人更明白水的可怕处；但他人为了求生，却在每个日子里每一时间皆有向水中跳去的准备。小船一上滩时，就不能不向白浪里钻去。可是他们却又必有办法从白浪里找到出路。"① 从该段话中能够看出，水手经常在十分险恶的环境中凭着高超控船技能和命运展开抗争。

其次，水手的性格勇敢无畏。湘西世界的水手面对险恶的工作环境毫不退缩，而是勇敢地与各种险境进行斗争。比如，在《一个多情水手与一个多情妇人》作品中，沈从文描写了辰河上的一个险滩，这个险滩的河面很宽，小漕河水太浅，小船在划过险滩时，一连好多次都被急流冲下，水手并没有因此气馁，而是勇敢地面对险滩，想方设法把小船拖上滩口。这样的险滩在辰河上到处都是，有时候，船行一天，一天都在上滩，对于水手来说，则是一个困难接着一个困难，水手或在急水滩头趴伏到石头上拉船，或脱了裤子涉水。面对急流和险滩，如果需要，他们随时都可以勇敢地跳进水里。又如，《柏子》中的水手柏子知道自己作为一个水手，在与命运搏击的过程中可能会因为种种意外而横死。然而，他始终无所畏惧，只要有酒有肉，哪怕一月一次到岸边的吊脚楼上找妇人相会一次，喝一口酒，吸一口烟，品味一次做皇帝的感觉，就心甘情愿地出去挨一个月的风吹雨打。再比如，《边城》中船总儿子大老与二老都是从底层水手做起，他们在发现爱上了同一个姑娘之后，谁也不肯让步，便依照当地的风俗，决定公平竞争，在大半夜为姑娘唱情歌。在大老死后，二老被家人逼迫接受用碾坊做彩礼的团总小姐，然而二老的身上体现出了水手的勇敢与血性。他明确地告诉家人，如果想家中再增添一座碾坊的财富就接受团总小姐；如果是为了他自己，他宁愿要一只渡船。面对着财富的诱惑，他没有多想便选择了爱情。从这个事件中能看出，水手在面对行船外的事时通常很勇敢。

沈从文在行文中经常保留每个人物具有原始色彩的语言。在沈从文的笔下，水手除了勇敢地对抗命运之外，性格也十分外露。沈从文在作品中主要从两个方面展现了水手大胆直露、充满野性的性格。一方面，沈从文主要

---

① 沈从文. 中国 20 世纪名家散文经典丛书：沈从文散文集 [M]. 西安：太白文艺出版社，2016：19.

以水手在工作中的咒骂来体现水手大胆直露、充满野性的性格。水手的工作环境极其恶劣，每次面临恶浪与险滩时均需要拼命，同时面临巨大的生存压力，所以他们经常通过咒骂来释放这一压力。在《一个多情水手与一个多情妇人》中，沈从文写到在辰河上有一个名为"骂娘滩"的地方，在这里，即便是父子俩一起工作，也免不了互相咒骂。因为那个滩头十分危险，而水手作为依靠水而生的人，与普通人相比更加明白水的可怕之处，他们往往一边咒骂险滩恶水，一边咒骂与自己合作的水手，并在相互咒骂中激发起勇气与毅力将小船拖上滩。所以，水手性格常表现在行为莽撞、言语粗鲁等方面。另一层面，沈从文在作品当中展现水手爱情时，常常体现出水手充满野性、大胆直露的性格。在《柏子》作品中，沈从文塑造了一个经典的水手形象，柏子在船上时极为勇敢，上岸之后会拖着带泥的鞋子，走上吊脚楼和熟悉的妇人相会，二人在相会时热烈而又大胆，充分彰显出了人类原始的野性。

综上所述，沈从文笔下的水手不畏生死，勇敢地与命运进行斗争，他们虽然生活在社会的最底层，面对恶劣的生存环境随时都有丧命的危险，从年轻到年老一直拿着微薄的工资，但是在他们卑微的生活中，却又闪耀出了人性的光辉。因此，沈从文作品中塑造了一批有血有肉、重情重义的水手形象，他们是命运的斗士，也是生活的勇士，保持着湘西世界中原始的人性和精神，是湘西世界中最具活力和生命力的男性形象。

## 二、充满正义的湘西大家长

沈从文湘西系列小说中刻画了一大批男性老者形象，这些形象大都善良、正直，是其构建的湘西文学世界中的守护者。沈从文文学作品中的男性老者常常以各种形象出现。

在作品《边城》中，沈从文树立了两个具有典型意义的湘西老者形象：一个是生活在社会最底层的老船夫；另一个则是小城中最具有权势的老者船总顺顺。

老船夫尽管生活在社会最底层，却正直且坚强，面对心爱的孙女极为慈祥。老船夫的女儿在青春期时为了爱情与军人相恋，并且在生完孩子之后，选择为爱结束生命，撇下了嗷嗷待哺的婴儿和逐渐年长老船夫。面对白发人送黑发人的不幸，老船夫并没有一蹶不振，而是毅然担负起了抚养孙女的责任，表现出了坚强的意志。除此之外，老船夫作为一个鳏夫，从年轻时接管渡船开始，守了 50 年渡船，独自抚养孙女更是无比艰难。但是，老船夫身上一直有着坚持正直的倔强，当过渡人要付船资时，老船夫总是极为刚硬地选择拒绝，并且老船夫忙着控船而来不及阻止付船资的客人远离时，还大声喊出自己的孙女，让翠翠领着黄狗将客人拦住，以便将船资还给客人。

当节日来临，老船夫按照当地的风俗进城购买过节用的菜肉时，街上的摊贩总是将最好的部分留给老船夫，然而老船夫拒绝占便宜，不想给店铺的主人添麻烦，更不想收店铺老板给予的好处。老船夫对过路人十分慷慨，夏天把解暑的草药放在缸里便于过渡人取用。除此之外，老船夫还把船夫的责任看得极其重要。端午节，老船夫特别邀请一位朋友代替自己守船，他自己和孙女翠翠一同到城里看赛龙舟，但担心朋友不能看管好船只所以匆忙返回。在替代老船夫看管渡船的朋友醉倒后，老船夫出于责任不肯离开渡船，只好请进城的人帮忙捎信给翠翠，让翠翠自己回来。即便翠翠到家后，老船夫仍然不肯上岸，始终站在渡船里，等待趁夜赶回家的人。

除坚守职责之外，老船夫对待孙女也极为爱护。他想方设法实现翠翠的所有心愿，陪伴翠翠看赛龙舟，为翠翠歌唱，并且尽所有可能让翠翠开心，让翠翠在失去了双亲之后，还能快乐地成长。在翠翠的婚事上，老船夫尊重翠翠，想让她找一个合心意的人，陪伴她一生。因此，在察觉船总顺顺家的大老和二老对翠翠的心意后，老船夫隐晦地向翠翠暗示，然而翠翠出于羞涩，不向老船夫透露自己的心意。老船夫只能在大老、二老以及船总顺顺三人之间小心翼翼地周旋，然而命运无常，阴差阳错下，老船夫在承受着翠翠的期待的同时，忍受着船总顺顺与二老的冷落，内心充满了委屈和惆怅。这些苦楚与压力放在一起，在老船夫的心中堆积成了一面厚厚的人生屏障，最后彻底击垮了老船夫，促使老船夫在遗憾与牵挂中离世。

《边城》中，除老船夫以外，笔者还刻画了另一个老者形象，那就是船总顺顺。顺顺是一个十分有魄力且豪爽的人。他从小便以行船起家，可以理解失意人的心情与出门人的苦处，真诚对待小城中的每个人以及过路的退伍士兵、游学的人或失事破产的船家等，但凡到顺顺家里来求助的，他都会尽自己所能给予帮助。同时，顺顺本人十分喜欢结交朋友，慷慨大方，做事公正无私。在被推举做了小城中的管理者后，他就用心维护着湘西边城和谐安乐的秩序。

端午节，人们正在看龙舟时突降大雨，船总顺顺邀请乡亲们到他家的吊脚楼上避雨。在教育子女上，船总顺顺表现出了既开明又严格的父爱。二老与大老并没有因为是顺顺的儿子从小便过着锦衣玉食的大少爷生活，而是从小便被送到船上，和其他水手一样，从最为基础的事做起，所以二人从小便养成了吃苦耐劳的好习惯，但凡是一般家庭的孩子能做到的，他们无一不精、无一不做，学到了湘西男人的一切本事。在顺顺的言传身教下，大老和二老也像父亲一样，为人热情又大方，凡是遇到需要帮助的乡亲，都会义无反顾地伸出援手，而且不引以为傲，反而将这些当作自己应该做的，因此大老和二老也成了闻名乡里的好小伙，成了小城中侠义的代表。

二老与大老到了成亲年纪，船长顺顺由着他们的心意选择自己喜欢的姑娘，无论贫富，顺顺均支持。所以，当大老通过中间人咨询老船夫的看法时，老船夫给了大老两种选择，一个是自己到对岸山头上向翠翠唱三年六个月的情歌，另一个则是正式请媒人到碧溪岨提亲。不久，大老就得到了顺顺的支持，正式请媒人到老船夫家中提亲。然而，大老的提亲并没有获得翠翠的认可，翠翠的心上人是二老，因此老船夫只好委婉地告知大老。当发现大老和二老两人同时爱上撑渡船的孙女时，顺顺也并没对他们的选择强加干涉，而是让两人自己决断。

大老意外离世后，顺顺内心责怪老船夫，认为是老船夫害死了大儿子，并且不愿意二老娶翠翠，但是最后还是顺了二老的意，拒绝了王团总的提亲。二老离家之后，顺顺心中仍然对老船夫心怀不满。然而，当得知老船夫不幸去世后，顺顺在第一时间赶去帮忙，并安抚翠翠，老船夫下葬后，顺顺看翠翠一人孤苦无依，毅然决定成全翠翠和二老的爱情，担负起了照顾翠翠的责任，进而派人要将翠翠以二老未婚妻的身份接到家中。当翠翠回绝了这个提议，依然在碧溪岨等待二老时，船总顺顺又帮忙打通各种关系，让杨马兵留在翠翠身边照顾翠翠。

除了《边城》中两位老者的形象之外，沈从文的小说中还塑造了多位老者的形象。这些老者无一例外都十分亲善，并具有善良侠义的性格。比如，《长河》作品中橘园的主人滕长顺年少时曾是一名水手，他靠着好学与勤奋，一路从水手当上了掌舵把子，之后又变成大船主，赚了钱之后买下了橘园，自此扎下根来，用心经营着家业，使得家业日益兴旺。

滕长顺一生当中生了三个女孩和两个男孩，之后又添了三个孙子，可滕长顺依然不愿意服老。每当遇到家中碾谷米，而长工和其他劳力都忙不过来时，他就亲自上阵干活，且不落后于年轻人。除此之外，滕长顺为人十分公正，被推举为萝卜溪的头行人。他自己在教育子女方面也不落后于人，为人处事受人尊重。此外，滕长顺很照顾当地的孤苦人家。一位老水手拼搏一生，重返家乡生活困苦，此时，他毫不犹豫地把老水手接回家里，和他像家人一般相处。老水手虽然贫穷但一辈子在险恶的水上生存，性格十分刚硬，不肯在滕长顺家白吃白住，一定要靠自己的双手为生。滕长顺没有刻意为了美名而违背老水手的意愿，而是帮助老水手成为祠堂的守护者，实现了老水手凭借自己的力量吃饭的愿望。此外，滕长顺还始终践行着湘西当地质朴的风俗，为湘西当地秩序与正义的守护者。

从上述老者形象能够看出，在沈从文打造的湘西文学理想世界中，男性老者形象与中国以往专断独行的大家长形象有很大差别，明显具有近乎完美的品质。这类男性老者的形象颠覆了中国现实主义文学中独断专行的大家长形象，对传统父权是一种解构。这类形象为沈从文构建的湘西世界的基础，对维护湘西世界的稳定，抵制现代文明的入侵起到了重要作用。

### 三、珍视责任与荣誉的军人

沈从文的湘西文学作品中刻画了一系列的军人形象，其对军人形象的刻画与其亲身经历有关。沈从文的故乡是一个常年驻扎军人的地方，沈从文从小就可以见到不少军士。沈从文的祖父以从军起家，并最终升任为提督，而沈从文的父亲一直以继承父亲遗志、恢复家族的荣光为己任，并走上了从军的道路。受家庭的影响，沈从文从小即对军人十分亲切。沈从文十几岁的时候在家道中落、二姐意外去世等原因的影响下走上了从军的道路，自此直到其北上之前，大部分时间都在部队度过。因此，沈从文对湘西的军人形象十分熟悉。

沈从文的文学作品中经常看到军人形象。比如，沈从文的文学作品《边城》中塑造了两个极为经典的军人形象，一个是杨马兵，另一个是翠翠的父亲，这两位军人都和翠翠的人生有着很大的关系。翠翠的父亲在文中并未直接出现，大多出现在别人的话语中。翠翠的父亲是一个极其爱惜自己军人荣誉的人，天生有一副好嗓子，十分招本地姑娘喜欢。他自由地追逐自己的爱情，以当地人的传统方式，与翠翠的母亲对歌，并最终赢得了翠翠母亲的青睐。在翠翠母亲怀孕之后，翠翠父亲为了自己的孩子与爱人，不惜违背身为军人的责任，与翠翠母亲相约一同逃往下游。翠翠的母亲拒绝后，翠翠的父亲也意识到逃走会违背自己珍视的军人的荣誉和责任，而留下来也会对自己的军人荣誉产生影响，且不利于翠翠母亲的荣誉，因此前后矛盾之下服了毒。从这里可以看出，翠翠的父亲是一位视军人荣誉为生命的湘西军人。

翠翠父亲与杨马兵是战友，也是同龄人，当翠翠父亲喜欢上翠翠母亲时，杨马兵也爱上了翠翠母亲，而杨马兵对翠翠母亲唱情歌时，没有获得她的回复，在爱情中败给了翠翠父亲。但是，杨马兵以极大的胸怀包容了一切，不但不以为意，而且在翠翠的父亲和母亲相继去世后成了老船夫为数不多的、值得托付的朋友，不仅在端午时替老船夫守船，让老船夫陪伴翠翠进城看赛龙舟，而且倾听老船夫的心事，为翠翠的婚姻操心。当他知道大老爱上翠翠的时候，想方设法为其做媒，期望翠翠将来可以在家境富裕的环境中过上相对轻松的生活。当老船夫去世后，杨马兵更是承担起了照顾翠翠的责任，他担心翠翠一时想不开寻短见，时刻跟随在翠翠身边宽慰翠翠，使翠翠得以在短时间内走出了失去爷爷的伤痛，勇敢地活了下来。当顺顺让人接翠翠去城中居住时，他又为翠翠出主意，陪着翠翠在溪边等待二老。从这里能够看出，湘西军人善良无私、有情有义、热情质朴，是湘西文学世界中人情美与人性美的象征。

除了《边城》以外，沈从文在《一个老战兵》《连长》《会明》《夜》《我的教育》《新与旧》《灯》等小说中都塑造了极为生动的军人形象。在作品《连长》中，作者讲述了一个年轻军人来到驻扎的乡村之后与当地一寡妇相恋的故事。由于所驻扎的地方是乡村，当地又没有匪患，每天事情十分轻松，连长即有机会与当地一名美丽的青年寡妇相恋。虽然两人之间的恋爱属于露水姻缘，但是连长对这份爱情十分珍视，每天早晚两次到妇人的家中相会。同时，连长明白自己的职责，每天不管多晚都不在妇人家里过夜，一定要赶回军营当中，每天吹号点名，并每天与伙夫对账，以免军队突然发令开拔时，耽误了出发时间。

一次夜晚时分，连长不顾青年寡妇的阻拦执意要回部队，因此青年寡妇十分伤心。之后，连长为了避免青年寡妇伤心，特意将办公地点搬到了青年寡妇的家中。在这篇文章中，连长与青年寡妇热烈地相爱，塑造了一位执着于爱情又不忘自己的军人职责，并在工作中恪尽职守的军人形象。

作品《会明》中刻画了一位普通老兵形象，他日复一日地坚守在伙夫的工作岗位上，拥有极其丰富的作战经验，从军期间经历了无数场战争，可残酷的战场没有从根本上使伙夫的世界观发生转变。他始终以炒菜、做饭为乐，在充满硝烟的厨房中用心做着每一顿饭。这种天真而忠厚纯良的个性使同在部队中的人小看他，但会明始终不以为意，坚持过好眼下的生活。当战事稍停时，会明从村里的一个熟人处得到了一只母鸡，他精心地饲养这只母鸡，精心地保管每一颗鸡蛋，并将鸡蛋孵化成小鸡。可不管谁向他讨取这些孵化的小鸡，他都毫不犹豫地赠予。老兵会明就像湘西文学世界中一切老者那样，身上有着极其纯粹的洒脱、善良与忠厚，以及一种淳朴无华的美好品格。

在作品《新与旧》中，沈从文描写了一位在历史交替时期沉浮于命运中的军人杨金标的故事。主人公武艺超群，清末曾经在外卖艺，凭借着水泼不进、刀扎不着的高超武艺赢得了民众喝彩，却被差役按倒在地上打了 40 棍。从此之后，杨金标一改过去的世界观和价值观，开始对未来充满种种光荣的幻想，而且只要是皇命，就足以引爆他的所有热情。杨金标满怀如此理想变成了清末一名刑场上的刽子手，与其他刽子手不同，他砍头时用的是拐子刀法。这样的刽子手生涯慢慢磨灭了杨金标对生命与生活的热情。在经历了辛亥革命后，由于政府使用枪毙代替了斩首，已经 60 岁的杨金标成了一名守城老兵。失去了在刑场上、万众瞩目之下表演的机会，杨金标十分失落。然而，就是在这样一位被时代毁掉的、在刑场上杀人无数的、晚清最后一个刽子手老兵的心灵深处仍然保留着一片光明和圣洁的天地。沈从文在颂扬军人的善良与正直时，也对部队中部分兵油子展开了无情的批判。

《虎雏》《灯》中借由对军人形象的塑造，在表现湘西文学世界中最底层兵士美好个性的同时，也体现出了其身上的野蛮与身处战争环境身不由己的悲惨命运。

沈从文塑造的军人形象展现了在历史进程中，身处战争的一群湘西男性的命运。他们虽然身处乱世，随时可能丧命，但是并没有丢失中华传统文化中的正直、率真、坦诚与善良等美好品质。他们或者在新旧交替的时代中迷茫、困惑，或者身处血肉横飞的战场却仍然对人生抱有美好的期待，或者在动荡的乱世中尽一切努力珍惜一段爱情等，彰显出了湘西文学世界桃花源在走向现代文明的过程中所付出的巨大代价，同时塑造了一批极具个性的军人形象。

## 四、具有文化劣根性的男性

沈从文的湘西系列作品中不仅塑造了一系列完美的、展现出人性美好品质的男性形象，还塑造了一系列揭露湘西民众身上文化劣根性的底层民众。

比如，在作品《丈夫》中，沈从文刻画了一个极为愚昧的男子形象。这一男子与他所在乡村别的男子一样，自私、懒惰，面对贫困的家境竟然想出让妻子到城里花船上当妓女养家赚钱的办法。丈夫进城看望妻子时，一开始仍然将自己的妻子视为赚钱的工具。因此刚开始，丈夫与老鸨和妻子在船上的相处十分和谐，看到有客人来时，不用人提醒，自己就走到船尾去了，将这一切视为理所当然。直到感受到自己丈夫这一身份受到了他人的挑战，见到妻子在外任由他人欺压，他才慢慢觉醒并与妻子一同回家去了。

寓言体小说《牛》当中，大伯身为一个农民，极为看重牛，与牛相依为命，而牛不只成了大伯精神上不可分离的伙伴，也是大伯生活中不可或缺的助手。大伯一直将牛视为自己的亲人与朋友，以及奔向美好生活的直接途径，在牛身上寄托了对生活的一切希望。然而，在农耕前夕，大伯在气头上时，不小心将牛的右腿打伤了。为此，大伯陷入了深深的自责中，不仅细心地照料牛，还请大夫为牛治疗，比自己生病还要舍得花钱，照顾得也非常精细。为了不耽误犁地种粮，大伯不惜花钱用人代替牛。

最后，大伯如期地种完了地，且牛的腿伤也好了，眼看着大伯正向着人生中一个个愿望前进时，命运却给了大伯致命的一击。官府征用了农民所有的牛，甚至没有给出任何理由。大伯视为朋友和亲人的牛被牵走后，大伯再次陷入了深深的自责，他一方面埋怨自己以前对待牛太过苛刻，后悔没有善待牛，另一方面将希望寄托在保长身上，希望保长能将自己的牛找回。从这个人物形象可以看出，大伯作为底层农民视牛为伙伴，爱护牛的一面，展现出了大伯面对官府以及保长懦弱固执而又愚昧的国民劣根性。

在作品《贵生》中，作者刻画了一个辛勤工作、老实巴交的当地人贵生。他为人老实，手脚勤快，但有着乡下人都有的迷信通病。他喜欢村中杂货铺老板的女儿金凤，因为一味懦弱，不善于言辞，尽管平时总去杂货铺帮忙，常常采集山上的果子送给金凤，金凤也为此对贵生心生好感，可是因为金凤的娘意外身亡，贵生听信了迷信的话，认为金凤命中克人，只有等到金凤18岁时再求娶。尽管杂货铺老板等人多次暗示，但是贵生始终不松口，直到有一天，贵生突然醒悟，到城里找了舅舅，且得到了舅舅的财力支持，又到庙里求了签后，才终于下定决心，准备回去向杂货铺老板提亲，却意外得知金凤要嫁给五老爷做小的传闻。面对五老爷的夺妻之恨，贵生并没有选择大闹现场，而是默默地到五老爷家帮忙，看到五老爷家中人多事忙，还特意担了七八担水将五老爷家的水缸添平，如此窝囊和懦弱。然而，入夜后，最终忍无可忍的贵生一把火将溪头的杂货铺烧了，也将自己的家烧毁，以此作为对五老爷娶金凤的反抗。

在《贵生》这部作品中，作者除了刻画毫无湘西人血性、老实懦弱的贵生之外，还刻画了四老爷与五老爷两个封建地主的形象。四老爷十分爱好妇人，曾经一个月叫了许多妇人到家中快活，除给每个妇人40块大洋外，还要给拉皮条的中间人外快，这对每个月辛苦工作可工资仅有七块六的底层打工人来说极其不可思议。

长期纵欲过度导致四老爷无暇应付其他的事情，原来骑兵旅长的职务也让他玩丢了。在乡下劳动人民看来，四老爷既无能力又无官运，然而这并未被归结到四老爷的人品上，而是使用了迷信的说法，认为四老爷天生衣禄官上有一笔账，如果销不了账，来生还是如此。这也变成四老爷一直荒唐下去的理由与借口。五老爷与四老爷有别，不爱找妇人，却极为热衷赌博。但是，五老爷的手气实在太差，逢赌必输。

一次，五老爷在外赌博时欠了 3 万元回家。老太太虽然生气，但是仍然拿出 3 万元来给五老爷销了账，并且命令下人不得将五老爷丢丑的事情说出去，以免五老爷在当地失去威信。但是，五老爷欠债过多，并且赌博的恶习始终不改正，气得老太太最终一命呜呼。而五老爷作为继子，为了树立自己的孝子形象，大肆铺张浪费地办了全围子最轰动的葬礼，挥霍老一辈辛苦攒下的财富。葬礼之后，五老爷依旧不吸取上次的教训，继续四处赌钱，一直赌一直输。五老爷的事情被四老爷知道后，迷信地让五老爷去找处女冲喜，以改变赌运。

在四老爷的撺掇下，五老爷明知贵生喜欢溪头桥的金凤，而且金凤的母亲热孝未除，贵生也一直在为娶金凤默默地准备着，却棒打鸳鸯，将年轻的金凤抢过去做了新媳妇。五老爷迎娶金凤并非为了爱情，而是借金凤冲喜，以改赌运，所以金凤日后的生活可想而知。沈从文通过四老爷、五老爷形象的塑造，展现了湘西乡村中地主之流赌博、迷信以及贪色的各种文化劣根性，而这些文化劣根性正是中国乡村逐渐衰败的主要原因。

沈从文在湘西系列小说中不仅成功地描写了有别于勇敢、正直、善良与原始野性的男子形象，而且成功刻画了一批向现代文明过渡中具有一定缺陷的湘西男性形象。作者对底层人民泯灭人性的愚昧和心灵的麻木进行了无情批判，并试图让底层人民以各种形式反抗这个不公的社会，同时对湘西特权阶级的恶习与愚昧展开了无情批判，深刻地揭示出了旧时制度下湘西悠闲舒适的生活中潜藏的层层危机，抒发了对民族与国家可以重新强大与振作的殷切期盼。

除了以上几种男性形象外，沈从文在湘西世界系列作品中还塑造了近乎完美的人物形象，如《龙朱》中的龙朱、《月下小景》中的小寨主傩佑、《媚金·豹子·与那羊》中的豹子等。这些几近完美的男性人物形象是沈从文湘西文学理想世界中美好人性的彰显者，也是沈从文培育新生力量、唤起人们良知的关键人物。

除了湘西男性之外，沈从文同样塑造了众多都市男性形象。比如，《八骏图》中的八位都市男性、《绅士的太太》中的大少爷与绅士以及《岚生同岚生太太》中的岚生等人。这些都市男性与湘西世界中的男性相比，大多缺乏魄力和血性，并且受现代文明的侵袭，身上存在着各种各样的缺点和现代病，而这些都市男性形象的塑造更加反衬出湘西世界中男性形象的丰富性以及可贵之处。

综上所述，沈从文的文学作品中刻画了湘西文学世界中的都市男性形象与"乡下人"男性形象，并对二者进行比较解析。读者可以从中认识到不管都市男性还是乡下男性，都有他自身的缺点。这些都成了国内现代文学优秀作品中独具特色的人物形象，很大程度上丰富了国内现代文学创作。

# 参考文献

[1]  杨义 . 中国现代小说史（第 1 卷）[M]. 北京：人民文学出版社，1986.

[2]  沈从文 . 沈从文作品新编 [M]. 北京：人民文学出版社，2011.

[3]  赵园 . 沈从文名作欣赏 [M]. 北京：中国和平出版社，1993.

[4]  凌宇 . 沈从文传 [M]. 北京：北京十月文艺出版社，2003.

[5]  凌宇 . 从边城走向世界 [M]. 长沙：岳麓书社，2006.

[6]  海德格尔 . 存在与时间 [M]. 陈嘉映，王庆节，译 . 北京：生活·读书·新知
      三联书店，2006.

[7]  吴投文 . 沈从文的生命诗学 [M]. 北京：东方出版社，2007.

[8]  沈从文 . 从文自传 [M]. 长沙：岳麓书社，2010.

[9]  沈从文 . 长河 [M]. 广州：花城出版社，2010.

[10] 沈从文 . 沈从文全集（第 12 卷）[M]. 太原：北岳文艺出版社，2002.

[11] 弗里德里希·尼采 . 悲剧的诞生 [M]. 周国平，译 . 南京：译林出版社，2011.

[12] 张秀枫 . 中国现代名家经典书系：沈从文散文精选 [M]. 北京：北京工业大学
      出版社，2012.

[13] 沈从文，卓雅 . 湘行书简 [M]. 长沙：岳麓书社，2013.

[14] 沈从文 . 沈从文文集（第 5 卷）[M]. 长沙：湖南人民出版社，2013.

[15] 沈从文 . 沈从文的湘西世界：月下小景 [M]. 长沙：岳麓书社，2013.

[16] 沈从文 . 丈夫 [M]. 长沙：岳麓书社，2013.

[17] 沈从文 . 沈从文专集：边城 [M]. 长春：吉林美术出版社，2014.

[18] 废名 . 竹林的故事 [M]. 北京：海豚出版社，2014.

[19] 沈从文 . 沈从文小说选（下）[M]. 北京：人民文学出版社，2015.

[20] 沈从文 . 中国 20 世纪名家散文经典丛书：沈从文散文集 [M]. 西安：太白文艺出版社，2008.

[21] 童庆炳 . 维纳斯的腰带：创作美学 [M]. 北京：北京师范大学出版社，2016.

[22] 沈从文 . 读人生这本大书 [M]. 上海：东方出版中心，2017.

[23] 加斯东·巴什拉 . 梦想的诗学 [M]. 刘自强，译 . 北京：生活·读书·新知三联书店，2017.

[24] 沈从文 . 沈从文别集：龙朱集 [M]. 北京：中信出版社，2017.

[25] 沈从文 . 湘行散记：从文自传 [M]. 杭州：浙江文艺出版社，2018.

[26] 吴翔宇 . 沈从文小说的民族国家想象研究 [M]. 北京：商务印书馆，2018.

[27] 汪曾祺 . 汪曾祺经典 [M]. 南京：江苏凤凰文艺出版社，2018.

[28] 沈从文 . 神巫之爱 [M]. 北京：民主与建设出版社，2018.

[29] 沈从文 . 边城 [M]. 北京：中国友谊出版公司，2019.

[30] 沈从文 . 沈从文全集（第 17 卷）[M]. 太原：北岳文艺出版社，2009.

[31] 钱理群，吴晓东 . "分离"与"回归"——绘图本《中国文学史》（20 世纪）的写作构想 [J]. 文艺理论研究，1995（1）：37-44.

[32] 叶世祥 . 征服时间的纪念碑——鲁迅小说的空间化效果 [J]. 绍兴文理学院学报（哲学社会科学版），1996，16（3）：90-95.

[33] 吴晓东 . 现代"诗化小说"探索 [J]. 文学评论，1997（1）：118-127.

[34] 段德智 . 西方主体性思想的历史演进与发展前景——兼评"主体死亡"观点 [J]. 武汉大学学报（人文社会科学版），2000（5）：74-78.

[35] 王学振 . 从《萧萧》看沈从文文化心态的矛盾 [J]. 西南民族大学学报（人文社科版），2006（8）：111-113.

[36] 叶诚生 . 诗化叙事与人生救赎——中国现代小说中的审美现代性 [J]. 文史哲，2008（6）：73-80.

[37] 廖高会 . 文体的边缘之花：略论诗化小说的特征与概念 [J]. 长春理工大学学报（社会科学版），2011，24（7）：82-84.

[38] 颜翔林 . 美学新概念：诗性主体 [J]. 社会科学辑刊，2013（5）：159-165.

[39] 周暑明 . 论沈从文的神性思想 [D]. 长沙：湖南师范大学，2007.

[40] 陈艳平 . 沈从文作品中的人性启蒙理想 [D]. 成都：四川师范大学，2009.

[41] 尹君 . 论沈从文作品中的生态意识 [D]. 武汉：华中师范大学，2009.

[42] 仇敏 . 论诗性主体 [D]. 长沙：湖南师范大学，2011.

[43] 卢临节 . 中国现代诗化小说研究 [D]. 武汉：武汉大学，2012.

[44] 刘爽 . 论沈从文的人性论文学观 [D]. 济南：山东师范大学，2015.

[45] 李美容 . 浪漫的救赎——沈从文小说的诗性研究 [D]. 长沙：湖南师范大学，2016.

[46] 周伟 . 诗化小说阅读教学初探 [D]. 徐州：江苏师范大学，2016.

[47] 张芊 . 沈从文小说的时间叙事特征 [D]. 青岛：青岛大学，2017.

[48] 李慧 .《边城》阐释史及其教学研究 [D]. 漳州：闽南师范大学，2021.